winter

unter dem schnee sind alle winter grau
sam

doch seine spuren werden weich
gezeichnet

flockenschleier vernebeln
ein
töniges
nichts

ver
lockend
bannt

der rausch
goldengel
augen
blicke

und zeichnet
ein
tauendes
lächeln
über das grau
der winter
gesichter

Der Roman spielt hauptsächlich in bekannten Regionen, doch bleiben die Geschehnisse reine Fiktion. Sämtliche Handlungen und Charaktere sind frei erfunden.

Im Verlag CW Niemeyer sind bereits folgende Bücher der Autorin erschienen:

SchattenHaut
SchattenWolf
SchattenGift
SchattenTod
SchattenGrab
SchattenSchwur
SchattenSucht
SchattenGier
SchattenZorn
SchattenQual
SchattenSchuld
FriesenNerz
FriesenGeist
FriesenSpiel
FriesenLust
FriesenSchmutz
KurzKrimis und andere SchattenSeiten

MIX
Papier aus verantwortungsvollen Quellen
FSC® C104608
www.fsc.org

Der CO_2-Ausstoß dieses Druckproduktes wurde mit ClimateCalc berechnet und kompensiert:
www.climatecalc.eu
Cert. no. CC-000094/DK

Bibliografische Information der Deutschen Nationalbibliothek
Die Deutsche Nationalbibliothek verzeichnet diese Publikation in der Deutschen Nationalbibliografie; detaillierte bibliografische Daten sind im Internet abrufbar über http://dnb.ddb.de

www.niemeyer-buch.de

Umschlaggestaltung: C. Riethmüller
Der Umschlag verwendet Motiv(e) von 123rf.com
Druck und Bindung: Nørhaven, Viborg
Printed in Denmark
ISBN 978-3-8271-9576-0

Nané Lénard

SchattenSchnee

CW Niemeyer

Über die Autorin:

Nané Lénard wurde 1965 in Bückeburg geboren, ist verheiratet und Mutter von zwei erwachsenen Kindern. Nach dem Abitur und einer Ausbildung im medizinischen Bereich studierte sie später Rechts- und Sozialwissenschaften sowie Neue deutsche Literaturwissenschaften. Ab 1998 arbeitete sie als freie Journalistin. Von 2009 an war Lénard im Bereich Marketing und Redaktion für verschiedene Unternehmen tätig. Seit 2014 ist sie freiberufliche Schriftstellerin und verfasst neben Kriminalromanen auch Kurzgeschichten und Lyrik. Einige ihrer Werke wurden prämiert. Nané Lénard ist auf Lesungen, Buchmessen und in sozialen Netzwerken für ihre Fans präsent. Mittlerweile sind ihre Schatten-Thriller rund um die Kommissare Hetzer und Kruse sowie ihre heiter-skurrilen OstfriesenKrimis mit Oma Pusch im gesamten deutschen Sprachraum bekannt.

Mehr über Nané Lénard finden Sie auf der Internetseite:
www.nanelenard.de

Für Birgit und Peter

Prolog

Blut rann in den Schnee. Jeder einzelne Tropfen bahnte sich seinen Weg durch die Kristalle und hinterließ eine rote Spur, bis seine Temperatur so weit gesunken war, dass er plötzlich stoppte und vom Weiß umschlungen wurde. Ein kleines Stück Leben, das einem Körper gehört hatte, der unwiederbringlich verloren war. Noch für eine Weile würde er weiter vom Frost gekühlt werden. Doch dies war kein Ort für die Ewigkeit. Man hatte die Frau sichtbar in diesem Park abgelegt, wie einen Engel. Sie sollte gefunden werden. Nur in ein weißes Spitzenhemd gekleidet lag sie unter der Tanne. Mit ihren toten Armen hatte jemand Flügel in die Schneedecke gemalt. Das hatte nichts Besinnliches.

Es war drei Tage vor dem ersten Advent, aber hier hielt der Totensonntag noch alles fest in seinen Klauen. Die Grabesstille lastete schwer auf Mauern und Wipfeln. Sie wurde jetzt durch das Zwitschern der Wintervögel durchbrochen, denn inzwischen dämmerte es.

Wenn man die Frau genauer ansah, musste man unwillkürlich an das Märchen mit der Eiskönigin denken. Versteinert lag die Tote in einem Bett aus Schnee. Ihre naturblonden Haare waren um den Kopf herum ausgebreitet wie Strahlen um einen Stern. Sie umrahmten ein Gesicht, das sich so wenig vom Weiß des Untergrundes abhob, dass es beinahe damit verschmolz. Möglicherweise war es das Bläuliche, das ihr einen märchenhaften Schimmer verlieh, fast als wäre Eiswasser statt Blut durch ihre Adern geflossen. In ihr konnte sich auf jeden Fall keines mehr befinden, denn es war zur Tinte für einen Todespoeten geworden und hatte dazu gedient, eine Botschaft im Weiß des Winters zu hinterlassen.

Unter der Frankenburg

So früh hatte es selten Schnee gegeben. Die letzten Winter waren mild und trist gewesen. Von oben und von der Seite, je nach Wind, hatte es den hier üblichen Nieselregen bei vier Grad gegeben, der überallhin bis auf die Haut kroch. Wenn überhaupt mal eine Flocke gefallen war, dann nur in den höheren Regionen. Dazu konnte man Todenmann wirklich nicht zählen, auch wenn es am Kamm des Wesergebirges lag. Den Begriff Gebirge muss man etwas differenziert betrachten. Jeder Bayer würde sich kaputtlachen. Hier oben in Niedersachsen ist ein Hügel schon ein Berg, denn weiter nördlich gibt es nur noch Flachland. Man kennt es als norddeutsche Tiefebene.

Hauptkommissar Wolf Hetzer witzelte immer, wenn er den Begriff hörte und behauptete, stets im Trockenen leben zu können, selbst wenn die Polkappen schmelzen würden. 153 Meter über NN waren schließlich schon etwas.

Genau an diese Worte musste Moni gerade denken, als sie mit Leo und Ole durchs Hainholz stapfte. Die Hunde tobten durch den Schnee wie ausgelassene Kinder. Allem Klimawandel zum Trotz glaubte dieser Winter wohl, wirklich einer zu sein. Das wäre zu schön, dachte sie. Ein stimmungsvoller Advent mit der Aussicht auf gemeinsame besinnliche Stunden lag vor ihnen. Schon jetzt freute sich Moni wie verrückt auf Weihnachten, denn dann würde Wolf endlich aus der Kurzzeitpflege wieder zu Hause sein. Was hatte sie sich in den vergangenen Monaten um ihn gesorgt. Und in seinen schwärzesten Tagen, als er schon aufgeben wollte, hatte sie ihm Ole auf den Schoß gesetzt. Der pechschwarze Welpe hatte an ihm geschnuppert und sich anschließend schlafend auf seinem Schoß zusammengerollt. Wolfs Herz hatte er mit seinen Knopfaugen im Sturm erobert.

„Wir brauchen dich. Wenn er groß ist, musst du fit sein. Ich kann ja nicht allein mit 60 Kilo Hund spazieren gehen“, hatte sie zu ihm gesagt. „Wir wollen deinen etwas verfrühten Ruhestand mit viel Bewegung an frischer Luft genießen."

„Wie …? Wieso …?“, wollte er fragen, aber Moni hatte ihm ganz sanft ihren Zeigefinger auf die Lippen gelegt.

„Er und seine Geschwister sind Opfer eines Verbrechens, genau wie du“, hatte sie ihm erklärt. „Ich dachte, dass ihr gute Freunde werden könntet. Und Leo ist nicht so alleine, wenn ich dich in den nächsten Wochen besuchen komme.“

Es rührte sie immer noch, wenn sie daran dachte, dass er den Kleinen damals wortlos unter Tränen gestreichelt hatte. Doch anschließend war er wie verwandelt gewesen. Es schien, als hätte er neuen Lebensmut geschöpft, und er hatte sich vorgenommen, ihr nicht zur Last zu fallen.

Mit einem leisen Seufzer dachte sie an die vergangenen Monate zurück …

Im Palaisgarten

Die Wintersonne traute sich soeben zaghaft hinter den Bäumen hervor. Es war noch bitterkalt. Kahle Äste und Tannenzweige waren vom Neuschnee der letzten Nacht überzuckert. Selbst die Pfeiler der Absperrung zum See hin trugen kleine Mützen. Fußstapfen und Reifenabdrücke, die die Wege mit ihren Spuren gezeichnet hatten, konnte man nicht mehr erkennen. Wie unberührt lag der Palaisgarten vor Wolf Hetzer. Die Stille war fast greifbar. Kein einziger Mensch hatte sich bisher an diesem Morgen hinaus in die Kälte gewagt, um im Park spazieren zu gehen. Er selbst hatte es in seinem stickigen Zimmer nicht mehr ausgehalten. Ihm fehlten die Runden in der klaren Morgenluft, die er sonst immer mit seinem Hund Leo gedreht hatte. Wenn er genauer nachdachte, fehlte ihm vieles, aber er schob den Gedanken weg. Es brachte nichts, mit seinem Schicksal zu hadern. Das zumindest hatte er begriffen. Man musste die positiven Sachen sehen. Immerhin lebte er, wagte mit Unterstützung einige Schritte und konnte sich mit dem E-Rolli wieder überall selbstständig fortbewegen. Gerne hätte er aus eigener Kraft die Räder des Rollstuhls angeschoben, aber die gesamte linke Seite war nach dem Schlaganfall noch immer nicht wieder richtig einsatzfähig – von seinem Arm ganz zu schweigen, der schon vorher unbrauchbar gewesen war, weil man ihn vor ein paar Jahren während der Ermittlungen fast umgebracht hatte.

Man konnte meinen, das Schicksal meinte es nicht gut mit ihm, doch wenn man es andersherum betrachtete, war er dem Tod schon oft von der Schippe gesprungen. Es war fast so, als ob er mehrere Leben hätte, wie eine Katze. Extra totschlagen musste man ihn wohl. Er war sich selbst in den vergangenen Monaten zuwider gewesen und hätte den bedauerlichen Rest seines Körpers in dunklen Momenten am liebsten weggeworfen. Aber da war eben auch noch sein Geist gewesen, seine Seele, die sich mit Händen und Füße wehrte aufzugeben, obwohl sie unendlich müde war.

Wolf schob auch diese Gedanken beiseite und sog die kalte Luft ein. Schnee hatte einen eigenen Geruch. Durch die Bäume bahnte sich jetzt der erste Sonnenstrahl seinen Weg. Er lockte die Vögel von ihren Schlafplätzen zu einem Morgenständchen. Das alles war doch wunderbar, dachte Wolf und steuerte seinen Rolli bergab um eine Kurve, aber ein Glücksgefühl wollte sich trotzdem nicht einstellen. Doch selbst wenn eines da gewesen wäre … in dieser einen Schrecksekunde hätte es sich abrupt verflüchtigt.

Fassungslos starrte Hetzer auf das Bild, das sich ihm plötzlich bot. Von einem Sonnenstrahl in gleißendes

Licht getaucht, lag ein Engel vor ihm im Schnee, direkt am Fuß einer Tanne. Er wusste überhaupt nicht, was er denken sollte. Trotz seiner schrecklichen Endgültigkeit war das Stillleben vor ihm unglaublich faszinierend. Ja, man konnte es fast schön nennen. Der Gedanke an einen Rauschgoldengel oder eine Ikone schoss ihm durch den Kopf. Natürlich wusste er, dass das viele Rot, das den Körper in einem Bogen umrahmte, Blut sein musste, aber hier wirkte es wie eine Verzierung. Mit bläulich-bleichem Gesicht lag die Tote vor ihm, auch ihre Gliedmaßen, die aus dem weißen Hemdchen ragten, zeigten diese Farbe. Das gab ihr ein übersinnliches Aussehen. Er schätzte, dass die Frau so Mitte 20 gewesen sein musste und versuchte, sich möglichst viele Eindrücke einzuprägen. Dann zog er mit der rechten Hand sein Smartphone zwischen den Beinen hervor und machte mehrere Aufnahmen. Das gelang ihm einhändig zwar mehr schlecht als recht, aber er wollte auch nicht zu nah heranfahren, um den Fundort nicht zu verändern. Auch wenn er schon länger nicht mehr im Dienst war, hatte er noch alle Nummern im Speicher seines Telefons. Als Erstes rief er seinen Kollegen und Freund Peter Kruse an und erwischte ihn schmatzend.

„Mensch, Wolf, das ist ja eine Überraschung", freute der sich. „Moment, ich muss eben die Frikadelle …"

„Ja, ja schon gut", sagte Wolf und musste grinsen. Manche Dinge änderten sich zum Glück nie. In diesem Moment spürte er, wie sehr er gewisse Momente mit ihm vermisste. Bald würde er wenigstens wieder zu Hause sein, seufzte er innerlich, obwohl er aus freien Stücken hier war.

In den Wochen bis zum Fest würde ein Therapeut zu ihm in den Herminenhof kommen, der deutschlandweit bekannt war. Nein, Hetzer würde nicht aufgeben. Das hatte er sich selbst geschworen. Darum hatte er den Spezialisten für knapp vier Wochen auf eigene Rechnung gebucht, Hotel inklusive. Das kostete ein Vermögen, würde ihn aber enorm nach vorne bringen, was den Heilungsprozess anging.

„So, jetzt kann ich hören", kam es von Peter, der ein Bäuerchen unterdrückte.

„Du meinst wohl sprechen", erwiderte Wolf, „hören konntest du schon mit vollem Mund, aber ich habe ja Anstand."

„Immer noch der Alte", antwortete Peter, „aber das freut mich. Was hast du auf dem Herzen? Kann ich irgendwas für dich tun?"

„Sicher, du kannst mich besuchen", schlug Wolf vor.

„Jetzt? Im Heim? Aber wir haben uns doch erst letzte Woche im Klinikum gesehen", wunderte sich Peter. „Ich fürchte, das muss bis zum Feierabend warten. Geht es dir nicht gut? Brauchst du mentale Unterstützung?"

„Auch", entgegnete Wolf, „aber im Moment benötige ich eher kriminalistische und natürlich verständigst du auch gleich Nadja mit ihrem versierten rechtsmedizinischen Blick sowie Seppi von der Spurensicherung."

Peter stutzte. „Gibt es da im Herminenhof etwa Unregelmäßigkeiten?"

„Nein, ich habe eine Leiche im Park gefunden, weiblich, schätzungsweise Mitte 20", erklärte Wolf. „Sie liegt im Schnee und sieht aus wie ein Engel."

„Du machst Witze", antwortete Peter und überlegte, ob Wolfs Psyche nicht doch irgendwie gelitten hatte.

„Moment", bat Wolf Hetzer und schickte eins seiner Fotos per WhatsApp an seinen Kumpel. „Glaubst du mir jetzt?"

„Ach du heilige Scheiße", entfuhr es Peter, als er das Bild sah.

„Sag ich doch!" Hetzer grinste in sich hinein. Hielt der ihn für bekloppt?

„Bleib genau, wo du bist", befahl Peter und hatte es plötzlich eilig. „Wir sind in Sekundenbruchteilen vor Ort."

„Keine Sorge, ich werde die Dame mit meinem Leben verteidigen", versprach Wolf.

„Äh ja, der Mörder hat in deinem Zustand sicher mächtig Angst vor dir." Wolf hörte ein amüsiertes Hüsteln. „Rollst du ihm über die Haxen, ziehst die Bremse an und machst ihn am Rad fest? Wo genau ist der Fundort?", wollte Peter noch wissen.

„Knapp unterhalb des Sees", informierte Wolf ihn. Dann klickte es in der Leitung. Ungläubig sah er auf sein Smartphone. Legte der einfach auf. Und was sollte das, ihn in „seinem Zustand" auch noch zu verhohnepiepeln! Das war frech und respektlos, fand Wolf, aber es war ihm bedeutend lieber als die bedauernden, mitleidigen Blicke vieler anderer. Peter behandelte ihn wie immer. Dafür war er ihm dankbar.

So langsam fing er allerdings an zu frösteln. Wenn man sich nicht richtig bewegen konnte, kroch die Kälte noch schneller überallhin.

Was musste sein Sohn Niklas gefroren haben, dachte Wolf, als er knapp 14 Tage in diesem Regenwasserschacht auf der Wiese gefangen gewesen war. Nur mit Boxershorts bekleidet hatte er mal in mehr oder weniger Wasser gestanden und zuletzt gelegen. Es war ganz knapp gewesen. In allerletzter Sekunde war er dem Tod von der Schippe gesprungen, weil eine aufmerksame Nachbarin von Gaby ihn gehört hatte. Und auch Christel war zunächst davon überzeugt gewesen, sich zu irren. Wie konnte da jemand auf der Heuwiese rufen, wenn keiner zu sehen war? Doch als sie am Nachmittag noch einmal durch ihren Garten gegangen war, stutzte sie wieder. Tatsächlich, da rief jemand. Zwar fast unhörbar leise, aber nun war sie sicher, dass sie sich das nicht einbildete.

Doch wo kam es her?

Wolf, der inzwischen zu zittern begann, fiel wieder ein, dass er selbst damals Christels Anruf entgegengenommen hatte. Er erinnerte sich: Sie war extra auf die Wiese gegangen, weil ihr plötzlich der tiefe Schacht wieder eingefallen war und hatte dort nachgesehen, damit sie sich nicht zum Affen machte, falls es doch nur ein Pfeifen im hohlen Baum gewesen sein sollte. Da säße jemand im Höppenfeld nackt in einer Betongrube, hatte sie kurze Zeit später atemlos in den Hörer gerufen und Wolf, dessen Hoffnungsschimmer bereits dabei gewesen war zu verblassen, hatte sofort gewusst, dass es sich bei dem jungen Mann nur um seinen Sohn Niklas handeln konnte.

Seitdem waren Monate vergangen. Monate voller Angst und Zuversicht, von denen er selbst etliche verpassen sollte. Beide Gefühle hatten einander ständig die Hand gereicht und sich abgewechselt, da Wolf bei der Organtransplantation einen Schlaganfall erlitten hatte und ins Koma gefallen war. Ein Martyrium für Moni, eine Selbstverständlichkeit für ihn. Auch heute fand er den Preis noch angemessen: Sein Leben für das seines Sohnes, falls es dazu gekommen wäre, aber glücklicherweise hatten sie beide überlebt.

Im Gegensatz zu ihm war Niklas längst wieder hergestellt und im Dienst. Gesundes Essen, Sport sowie eine liebende Frau an seiner Seite, hatten ihn ruckzuck zu alter Form zurückfinden lassen. Natürlich musste man auch sein jugendliches Alter bedenken. Da wurde man einfach schneller wieder fit. Vielleicht war er durch die Tortur etwas ernster geworden, aber das schadete nicht. Und Nadine, die anfänglich an seinem Bett gewacht hatte, tat es auch jetzt noch mit Argusaugen. Wolf schmunzelte. Sie hatte ihn auf positive Art im Griff. Um seinen Sohn musste er sich keine Sorgen mehr machen, was den Alltag anging. Der Erziehungsauftrag war beendet.

„Mann, Mann, Mann, ist das lausig kalt hier draußen, richtig schattig“, schimpfte Peter, der seinen Kollegen Detlef beneidete, weil er mit Lammfell gefütterte Stiefel trug. Er beschloss, sich auch welche zuzulegen. Warum nur zu Hause Lammfellpuschen tragen?

„Moin, Wolf, du siehst auch schon ganz schön verfroren aus, fast wie die Schönheit im Schnee“, begrüßte Detlef ihn.

„Kein Wunder, ihr kommt aus dem Warmen, und ich sitze schon seit Längerem hier“, sagte Wolf.

„SpuSi und Rechtsmedizin sind auch gleich da“, kündigte Peter an. „Krasse Nummer.“ Er zeigte auf die Tote.

Detlef betrachtete sie, als suche er irgendetwas. „Hmm, ich kann gar keine Verletzung erkennen. Das viele Blut. Wo kommt es her? Wirkt wie ein Muster oder so. Komisch.“

„Ja, das ist mir auch schon aufgefallen“, erwiderte Wolf. „Ich kann mir allerdings keinen Reim drauf machen, aber es geht mich im Grunde gar nichts an.“

Peter stöhnte. „Jetzt komm mir nicht mit der Mitleidsnummer. Nur weil du im Moment im Rolli sitzt …“

„Schön, wenn es nur ein Moment wäre“, wandte Wolf mit bitterer Stimme ein.

„Unterbrich mich nicht“, meckerte Peter. „Nur weil du also zeitweise im Rollstuhl sitzt, muss doch dein Hirn nicht auch geschoben werden, oder? Das wird ja wohl intakt sein. Falls nicht, lass es mich wissen. Vielleicht hat dir der Schlag ja die grauen Zellen zerdeppert. Ich glaube aber eher, das ist der miese Versuch, uns deutlich zu machen, dass wir bei diesem Fall auf deine Mithilfe nicht zu hoffen brauchen."

„Ja, aber, äh ...", begann Wolf. „Ich bin doch nicht im Dienst und werde auch längere Zeit ausfallen, wenn ich überhaupt wiederkommen kann."

„Und wen interessiert das jetzt?", fragte Peter. „Hier liegt jetzt eine Tote. Glaubst du, wir wollen auf deine langjährige Erfahrung verzichten?" Er sah Detlef an.

Der schüttelte den Kopf. „Wollen wir keineswegs!"

„Zumindest inoffiziell möchten wir dich an unserer Seite wissen", bohrte Peter weiter. „Können wir mit deiner Unterstützung rechnen?"

„Klar könnt ihr mich jederzeit fragen", antwortete Wolf gerührt.

„Ich spreche nicht nur vom Fragen, sondern davon, dass wir die Teambesprechungen gelegentlich in dem Seniorenknast abhalten können, wenn du nicht runter in die Ulmenallee rollen kannst oder möchtest", erklärte Peter.

„Vergesst nicht, dass ich krankgeschrieben bin", erinnerte Wolf die beiden.

Peter verdrehte die Augen. „Schon klar, du kommst uns dann nur besuchen, Mann. Wie ein einsamer, alter Krüppel, der sich nach der Gesellschaft seiner ehemaligen Kollegen sehnt."

„Arschloch", zischte Wolf. „Du machst aus mir einen bedauernswerten Tattergreis."

„Wenn du dich so benimmst", sagte Peter und zuckte mit den Schultern. „Wo ist dein Biss, Alter? Der Ehrgeiz, der dich immer angetrieben hat? Klar, du hast in der letzten Zeit viel Scheiße erlebt. Ja, und? Kopf in den Sand stecken, oder was? Das passt doch gar nicht zu dir. Reiß dich gefälligst zusammen."

Wolf schwieg.

Auch Peter begann langsam zu frösteln. „Mann, brauchen die lange!" Er stapfte auf der Stelle herum. „Meine Füße sind langsam Eiszapfen."

„Musst du Lammfellstiefel anziehen", schlug Detlef vor und grinste.

„Gleich haue ich dir was hinter die Löffel, du Klugscheißer", lachte Peter.

„Hast du zu Hause nicht diese überdimensionalen Puschen?"

Peter brummte nur und freute sich, als er Nadja durch den Torbogen am seitlichen Eingang des Parks kommen sah. Ihr folgte, einen Koffer an jeder Seite, Joseph von der Lancken, auch Seppi genannt.

„Hi. Schön, dich zu sehen, Wolf. Endlich wieder unter den Lebenden." Sie zwinkerte Hetzer zu. „Seppi und ich haben uns bei den Parkbuchten getroffen", sagte Nadja. „Na, dann zeigt uns mal euer Engelchen!" Sie trat näher. „Oh", sagte sie und reckte den Hals. „Jetzt hätte ich gerne eine Drohne oder zumindest eine Leiter."

„Wozu das denn?", wollte Peter wissen.

„Na ja, weil ich glaube, dass da jemand was mit Blut in den Schnee geschrieben hat. Und ich bin zwar groß, aber fliegen kann ich nicht", erklärte Nadja.

„Ich könnte dich auf die Schultern nehmen“, schlug Peter vor.

„Damit ich hinterher deinen Bandscheibenvorfall pflege?“, konterte sie. „Kommt nicht infrage.“

„Räuberleiter?“, versuchte Peter weiter.

„Wie wär's denn, wenn ihr einfach im Heim nachfragt, ob uns der Hausmeister eine Leiter borgen kann?“, kam es aus dem Rollstuhl.

„Praktisch wie immer, unser Wolf“, freute sich Nadja und inspizierte den Leichnam.

„Ich geh dann mal los und organisiere eine, entweder aus dem Herminenhof oder dem Palais“, beschloss Detlef. „Irgendwo werde ich schon fündig.“

Alle anderen warteten gespannt auf die erste Beurteilung der Rechtsmedizinerin.

Spätfolgen

Wolf Hetzers Sohn, Oberkommissar Niklas Müller, und seine Kollegin Nadine Michels waren auf der Dienststelle geblieben. Auch wenn Niklas kaum noch etwas von der Organtransplantation spürte, war er doch empfindlich, was die momentane Kälte anging. Niemand hatte nach den letzten milden Wintern schon Ende November mit Schnee und Minusgraden gerechnet. Und er hatte nur noch diese eine Niere, die, wenn man es genau nahm, bis vor Kurzem nicht einmal ihm gehört hatte. Sie war ein Geschenk, das es zu bewahren galt, wenn er noch ein paar Jahre leben wollte.

Wahrscheinlich wäre Niklas aus reiner Neugier trotzdem mit zum Fundort der Leiche gefahren, aber Nadine hatte ihn nur einmal schräg von der Seite angesehen, um ihn von solchen Gedanken abzubringen. Sie war seine gute Fee. Nachdem er erkannt hatte, dass die Rechtsmedizinerin Anke Seiler keine Frau war, mit der er seine restliche Lebenszeit verbringen wollte, war ihm endlich aufgefallen, dass jemand anders um ihn herum ständig dafür sorgte, dass es ihm gut ging. Tagelang hatte Nadine an seinem Bett gesessen, nachdem man ihn aus der kalten Grube gefischt und mühsam am Leben erhalten hatte. Wenn sie als Spenderin von Niere und Leberteil infrage gekommen wäre, hätte sie sich sofort dazu bereit erklärt, aber sie passte nicht. Zum Glück war Wolf aufgrund seiner engen genetischen Verwandtschaft geeignet gewesen, auch wenn die unvorhersehbaren Folgen ihn schwer gezeichnet hatten. Nadine wusste genau, er hätte es auch in dem Wissen getan, was er würde erleiden müssen. Nichtsdestotrotz: So ein Schlaganfall während der Operation und das anschließende Koma waren nicht leicht zu verkraften.

Beide freuten sich wie alle hier, dass Wolf überhaupt wieder aufgewacht war. Und das meinten sie nicht nur körperlich. Sein Lebenswille schien ebenso mit neuer Kraft ans Licht zu dringen wie Schneeglöckchen aus dem winterfahlen Boden. Sie hatten direkt schmunzeln müssen, dass ausgerechnet Wolf im Herminenpark auf eine Tote gestoßen war. Es hätte jeden treffen können. Jetzt jedoch würde er sich verantwortlich fühlen, an der Aufklärung mitzuwirken. Und das konnte ihm nur guttun – in jeder Hinsicht!

Alles sehr merkwürdig!

Wieder schüttelte die Rechtsmedizinerin Doktor Nadja Serafin den Kopf. So etwas hatte sie in der Tat noch nicht gesehen.

Die Leiche sah irgendwie komisch aus, und damit meinte sie nicht nur die blutleere Blässe, die dem „Engel“ eine überirdische Ausstrahlung verlieh. Sie wirkte zu wächsern, was den Eindruck des Rauschgoldengels unterstrich, den sie wohl darstellen sollte. Zumindest vermutete Nadja das.

Es war eine fast schon perfekte Inszenierung dort im Schnee. Jede Falte des Hemdchens, jede Extremität, die Haare – alles war von einem morbiden „Regisseur“ gestaltet worden. Und genau diese Perfektion gruselte Nadja, die sonst hartgesotten war. Hier hatte der Tod etwas Schönes und stand damit in grausamem Widerspruch zu seiner eigentlichen Eigenschaft. Kein Verfallen und Vergehen, keine Autolyse konnte man von der Toten erwarten.

Die Abwesenheit ihres Geistes und ihrer Seele paarte sich mit der Unvergänglichkeit ihres Körpers. Sie war gleichzeitig da und auch nicht – wie ein dreidimensionales Abbild der Vergangenheit anstatt eines Fotos. Wie lange die zurückliegen mochte, konnte sie nicht sagen. Zu einer möglichen Totenstarre war aufgrund des Frostes rein gar nichts zu sagen. Nadja vermutete aber, dass diese sich nicht erst kürzlich aufgelöst hatte und dass die junge Frau schon viel länger tot, wenn nicht gar tiefgekühlt gewesen war.

„Sind die Haare echt?“, riss Peter seine Frau aus den Gedanken. „Die wirken irgendwie künstlich.“

Nadja zuckte mit den Schultern. „Das kann ich erst nach einer Analyse genau sagen. Beneidenswert auf jeden Fall, wenn das Naturhaar ist“, sagte sie und dachte an ihr wirres Gestrüpp auf dem Kopf, von dem Peter immer behauptete, sie müsse eher im Frühling eine Mütze tragen als im Winter, sonst würden die Vögel darin nisten wollen. Sie überlegte. „Komisch auch die Haut, möchte ich sagen. Theoretisch sieht die Frau aus, als sei sie eingefroren gewesen, aber dann wäre die Haut nicht so glatt. Ich kann auch nirgendwo Gefrierbrand entdecken.“

Jetzt war Hauptkommissar Wolf Hetzer hellhörig geworden. „Zu schön?“, fragte er. „Zu perfekt und so?“

„Ja, so könnte man es nennen“, gab Nadja zu. „Eigentlich eher wie mumifiziert, aber da ist das äußere Erscheinungsbild trotzdem ein ganz anders. Ehrlich gesagt bin ich etwas ratlos, aber ich finde das richtig klasse, denn so ist es total spannend.“

„Mir wäre wohler, wenn einfach mal einer dem anderen was über die Omme haut und gut is“, stöhnte Peter. „So eine schöne, klassische Schädelfraktur, wo man gleich weiß, woran man ist.“

„Und ich fände es besser, wenn überhaupt keiner umgebracht würde", wandte Wolf aus dem Rollstuhl heraus ein.

„Du wirst alt", konterte Peter, „aber wer weiß es besser als du, dass wir nicht auf einem Ponyhof leben. Hättest eben nicht hier so herumrollen sollen."

„Du Depp", schimpfte Wolf, „dann wäre sie doch trotzdem tot."

„Schon", erwiderte Peter, „aber du würdest davon nichts mitgekriegt haben, und deine Welt wäre noch in Ordnung." Er biss sich auf die Lippen, nachdem er das gesagt hatte. Nichts in Wolfs Welt war derzeit in Ordnung – bis auf seine Beziehung zu Moni und Niklas.

Glücklicherweise kam Detlef wieder und rettete die Situation. Über seiner Schulter trug er eine große Trittleiter aus Aluminium.

„Ja los, schwing dich hoch", schlug Peter seinem Kollegen vor.

Detlef schüttelte den Kopf. Er war schwer höhenkrank und konnte nicht mal auf einen Stuhl steigen.

„Der kleine Zwockel?", lachte Nadja und handelte sich von Detlef einen strengen Blick ein. „Wohl kaum! Das wirst du schön selbst machen. Du siehst mit deinen zwei Metern viel mehr oder soll ich etwa?" Sie war nur rund fünf Zentimeter kleiner als er.

„Untersteh dich", drohte Peter und nahm die erste Stufe.

„Kindsköppe", sagte Detlef kopfschüttelnd zu Wolf, doch der reagierte nicht. Sein Fokus war ganz auf den

Fundort ausgerichtet. Er war gespannt, ob jemand wirklich etwas mit Blut in den Schnee geschrieben hatte.

Seppi konnte bestätigen, dass es sich tatsächlich um Blut handelte. Er hatte bereits von einer Stelle am Rand eine Probe genommen.

Diffuses Knistern lag in der Luft, und das hatte nichts mit Weihnachtsstimmung oder -vorfreude zu tun. Selbst Wolf, der das nie zugegeben hätte, spürte es: Der Jagdinstinkt des Teams war erwacht.

Mittlerweile war Peter oben angekommen, lehnte sich auf der Leiter nach vorne wie über eine Balkonbrüstung und kniff die Augen zusammen.

„Ja, da steht tatsächlich was", sagte er. „Ist irgendwie Schrift, aber man kann nix damit anfangen."

„Also, was denn nun?", wollte Detlef wissen. „Steht da was geschrieben oder nicht?"

„Buchstaben schon, nur ohne Sinn. Ich glaube, der Kerl ist nicht fertig geworden", überlegte Peter laut.

„Könntest du uns denn jetzt bitte vorlesen, was du siehst?", fragte Wolf mit mühsam beherrschter Stimme. Er musste sich zusammenreißen. Normalerweise dürfte er gar nicht mehr hier sein. Im Grunde hätten sie ihn wegschicken müssen.

Peter drehte sich um 180 Grad und grinste Wolf an. „Das willste wohl wissen, was? Freut mich! So, hier steht: ALDRIG MOR. Und jetzt könnt ihr euch auch vorstellen, dass da noch ein winzig kleiner Buchstabe fehlen muss, wenn ihr das vor eurem inneren, geistigen Auge ausschreibt."

„Du denkst, das letzte Wort hätte MORD heißen sollen?“, hakte Seppi nach.

„Gut möglich, er könnte gestört worden sein“, überlegte Detlef.

„Klingt sinnvoll, aber was soll das erste Wort heißen?“, fragte Nadja. „Hat da jemand von euch eine Idee?“

„Vielleicht ein Name?“, kam es aus dem Rollstuhl. „Möglicherweise heißt die Tote so. Der Mörder wird mit Sicherheit kaum so dumm gewesen sein und seine Visitenkarte dagelassen haben.“

„Unwahrscheinlich“, erwiderte Detlef. „Wer eine Tote so virtuos inszeniert, kann nicht ganz blöd sein. Dazu gehört schon eine gewisse Raffinesse und Planung.“

Nadja reichte Peter die Kamera nach oben.

„Machst du bitte ein paar aussagekräftige Bilder? Mal mit Blitz, mal ohne“, bat sie. „Dann kann die Frau eingepackt werden. Alles Weitere mache ich im Institut, wenn ich meine Finger wieder bewegen kann.“ Sie rieb sich die Hände, die in den Latexhandschuhen ganz kalt geworden waren.

„Okay“, sagte Peter und nickte den Bestattern zu, die sich dezent zurückgehalten hatten und ein paar Meter weiter weg warteten. „Macht auch keinen Sinn, sie hier weiter zu untersuchen, wenn sie länger tot ist, aber vielleicht solltest du Enno anrufen, damit er den Sektionstisch runterkühlt oder willst du, dass sie sofort auftaut?“

„Keinesfalls“, erwiderte Nadja, „aber zuerst muss ich sie so haben, wie sie jetzt ist, sonst kann ich einige spezifische Dinge nicht mehr richtig beurteilen.“

„Dachte ich mir“, sagte Peter und zwinkerte ihr zu. „Wir rücken dann ab, Detlef. Bis später!“

„Wann denn später?“, fragte Wolf. „Kommst du mich mal besuchen?“

„Nee“, antwortete Peter frech, „du wirst dich schön in der Ulmenallee einfinden und mit an unseren Ermittlungen teilnehmen – natürlich inoffiziell und eher als Berater, aber wir wollen nicht auf dich verzichten.“ Er blickte in die Runde. Alle nickten. „Gibt wegen der neuen Rampe auch keine Ausrede hinsichtlich deines neuen Fortbewegungsmittels.“

„Okay“, sagte Wolf gerührt. Sie hatten ihn noch nicht abgeschrieben. Wahrscheinlich glaubten sie mehr an ihn als er an sich selbst.

„Treffen wir uns doch mit den ersten Ergebnissen am frühen Nachmittag“, schlug Peter vor. „Sagen wir halb vier? Schaffst du das, Nadja?“

„Ich denke schon. Schaltet mich dann einfach per Skype zu, einverstanden?“, bat sie.

„Perfekt“, sagte Peter und winkte zum Abschied.

Wolf beschloss, noch einen Moment zu bleiben, denn Seppi würde jetzt den Bereich unter der Leiche untersuchen. Dabei wollte er ihm Gesellschaft leisten, bevor er wieder in sein Zimmer zurückrollen würde.

Im Herminenhof

Eines hatten all diese Einrichtungen gemein, seien es Krankenhäuser, Reha- oder Kurkliniken sowie Seniorenheime: Alle Mahlzeiten gab es wahnsinnig früh. Das Morgengedeck kam zwischen sechs und halb sieben, zu Mittag gegessen wurde spätestens um halb zwölf und das Abendbrot stand schon kurz nach fünf auf dem Tisch. Da tranken manche Leute noch Kaffee, überlegte Wolf, als er sich um 11:27 Uhr im Speisesaal einfand. Heute, wo er vom aufregenden Morgen im Park ganz durchgefroren war, kam ihm die lauwarme Hühnersuppe zu dieser Uhrzeit allerdings wie eine Erlösung vor. Selbst den halb garen Blumenkohl neben einem Kartoffelpüree aus der Tüte verschmähte er nicht, denn er hatte Hunger. Kälte und Anspannung hatten seinen Kreislauf in Schwung gebracht. Seit Langem hatte er sich nicht mehr so lebendig gefühlt.

Das Essen hier war in der Tat keine Offenbarung, aber gelegentlich brachte ihm seine Moni etwas richtig Leckeres mit. Doch er hatte den Aufenthalt hier gewollt, um ihr in der ersten Zeit nicht zu sehr zur Last zu fallen und natürlich, um körperlich durch die Turbo-Physiotherapie einen enormen Schritt nach vorn zu machen. Wenigstens hoffte er das. Sie würde morgen endlich beginnen. Das war für ihn eine große Erleichterung. Trotzdem freute er sich mehr als alles andere wieder auf sein Zuhause.

Nach dem Essen legte er sich hin. Richtig schlafen konnte er nicht, dafür war der Vormittag zu aufregend gewesen, aber er döste so vor sich hin. Im Halbdämmerzustand kamen die Erinnerungen der nahen Vergangenheit zurück. Gespräche, die er vor der Organtransplantation geführt hatte, Blicke und Gesten von Ärzten und Schwestern, die sorgenvollen Gesichter seiner Angehörigen und Freunde.

All das hatte er dem Mörder seines letzten Falles zu „verdanken". Er war es gewesen, der seinen Sohn in einen tiefen Regenschacht im Höppenfeld angekettet und sie alle nur mit einem Rätsel zurückgelassen hatte. Wäre Moni Kahlert, seine Nachbarin und Verlobte, nicht gewesen, hätte er die Todesangst um Niklas verwinden können? Ihrer beider Liebe, die vielen Gespräche hatten ihn durch diese schwere Zeit getragen. Obwohl er seinen Sohn erst als Erwachsenen kennengelernt hatte, war er ihm mehr als er ahnte ans Herz gewachsen. In den schlimmsten Stunden war er sich dessen erst wirklich bewusst geworden.

Als er nach Niklas' Bergung aus dem Schacht mit Seppi von der Spurensicherung dort hinuntergestiegen war, hatte ihn das Grauen gepackt. Man konnte sagen, dass er hinterher nicht mehr derselbe gewesen war. Die Kratzer, das Blut, die Hautreste an den Betonwänden hatte selbst der hartgesottene Techniker schwer ertragen. Es war etwas anderes, wenn man den Menschen kannte, der dort gelitten hatte. Man fühlte die Verzweiflung fast greifbar, mit der der junge Mann versucht hatte, sein Leben zu retten. Wäre das Gitter im Schacht nicht gewesen, hätte er sich in die Beeke spülen lassen können. Die Röhre wäre vom Durchmesser wohl groß genug. Doch er hatte die Stäbe nicht lösen können – nicht mit Steinen, nicht mit bloßen Fingern. Wolf seufzte. Vielleicht auch ein Glück, denn wenn er in dem Betonrohr stecken geblieben wäre, hätte man ihn niemals gefunden. Auch so war es allerhöchste Eisenbahn gewesen. Kurz vor dem Multiorganversagen hatte man ihn geborgen und sofort intensivmedizinisch versorgt. Was folgte, waren quälende Wochen des Hoffens. Jetzt konnte man sagen, dass Niklas dem Tod durch die Leberteillappenspende von Wolf, die beide gut überstehen sollten, von der Schippe gesprungen war. Zumindest hatte es so ausgesehen. Aber Niklas war immer noch sehr schwach. Eine Niereninsuffizienz war das zweite Übel. Da es zu gefährlich gewesen war, mit dem Leberfragment gleichzeitig eine Niere zu transplantieren, verschob man diese zweite, schwere Operation auf unbestimmte Zeit, was regelmäßige Blutwäschen mittels Dialyse zur Folge hatte. So konnte man sich ein paar Monate behelfen, aber im Herbst wurde man sich bewusst, dass eine zügige Lösung gefunden werden musste. Zwar stand Niklas schon seit seiner Einlieferung ins Krankenhaus auf der Liste von

Eurotransplant, aber bisher hatte sich kein Spenderorgan finden lassen. Vater und Sohn wussten, dass eine erneute Lebendspende für Niklas unvermeidbar, ja seine einzige Chance war. Wer hätte ahnen können, dass der Eingriff Wolfs Leben erneut und auf andere Weise verändern würde? Selbst wenn man über die möglichen Risiken aufgeklärt wird, glaubt man doch kaum, dass sie eintreten werden. Man hält die Beschreibungen des Arztes, was eventuell passieren könnte, für eine Absicherung der Krankenhausleitung und vergisst das Ganze schnell, nachdem man unterzeichnet hat. Wer zieht schon gerne „Worst Case" in Betracht, wenn er sich dazu entschlossen hat, einem anderen Menschen das Leben zu retten, vor allem, wenn es sich dabei um den eigenen Sohn handelt?

Im Dämmerschlaf sah er Doktor Till Niederegger vor sich. Er sah blöd aus mit seiner Eulenspiegelkappe anstatt der OP-Haube. Wolf schüttelte sich. Als Mundschutz hatte er eine grinsende Zahnreihe getragen. Aus dem Fernsehen wusste er, dass es die Dinger tatsächlich gab. Was ihm das Unterbewusstsein aufgrund eines Vornamens vorgaukelte … Beinahe schämte er sich. Der Spezialist für Transplantationsmedizin, den Nadja extra aus dem Klinikum Neuperlach bei München organisiert hatte, hatte etwas Besseres verdient, als so in seinen Träumen zu erscheinen. Er war ein früherer Studienkollege der Rechtsmedizinerin und hatte hervorragende Arbeit geleistet. In Kooperation mit der Medizinischen Hochschule Hannover war der Eingriff durchgeführt worden. Dass Wolf dabei einen Schlaganfall erlitten hatte, war ihm nicht zuzuschreiben. In der MHH hatte er so einen guten Eindruck hinterlassen, dass ihn der Chef der Abteilung für Transplantationschirurgie, Professor Doktor Severin Pichlmayr, vom Fleck weg abgeworben hatte. Gegen eine nicht unerhebliche Summe, wie es in Fachkreisen geheißen hatte. Und da das Transplantationszentrum in Hannover deutschlandweit den besten Ruf genoss, war Niederegger nicht abgeneigt gewesen, dem Locken des Professors Folge zu leisten. Es war quasi eine Art Ritterschlag. Viele Ärzte bewarben sich dort tagtäglich ohne Erfolg.

Niederegger hatte die Nierentransplantation auf Bitten und Drängen von Rechtsmedizinerin Nadja und dem Leiter der Operativen Fallanalyse des LKA Niedersachsen, Thorsten Büthe, in der MHH durchführen dürfen. Allerdings nur unter den strengen Augen des Oberarztes. Pichlmayr und Büthe kannten sich seit Jahren, nachdem der ebenfalls als Hochzeitsfotograf tätige Hauptkommissar den Professor und dessen zweite Braut an ihrem schönsten Tag abgelichtet hatte.

Wolf seufzte im Halbschlaf. Operation gelungen, Spender ein Wrack – eigentlich nur noch zum weiteren Ausschlachten gut, überlegte er und rief sich sofort zur Räson, denn solche Gedanken wollte er überhaupt nicht mehr zulassen. Was immer nun aus ihm werden mochte, auf etwas in seinem Dasein konnte er stolz zurückblicken: Er hatte seinem Sohn das Leben gerettet. Niklas konnte ohne Einschränkungen alt und glücklich werden. Ein warmes Gefühl durchströmte ihn. Ja, auch glücklich, denn Nadine war die Richtige für ihn – warmherzig, klug und ein echter Kumpel. Darüber hinaus war sie hübsch anzusehen, was Wolf in waghalsigen Momenten auf niedliche Enkel hoffen ließ. So weit war es also schon. Er dachte daran, Opa zu werden.

Als Wolf wieder auf die Uhr sah, war es kurz vor drei. Potzblitz! Da musste er doch tatsächlich bei seinen wirren Gedanken noch eingeschlafen sein. Zum Kaffeetrinken brauchte er nun nicht mehr zu gehen. Die räumten bestimmt ohnehin längst ab. Aber er sollte sich fertig machen. Bis er sich restauriert hatte und auf die Dienststelle gerollt war, würde es seine Zeit dauern. Und just in dem Moment, als er am schlechtesten abheben konnte, klingelte sein Smartphone.

Unglaubliches

Während Wolf seinen Gedanken und dem Schlaf nachgejagt hatte, war Nadja in der Rechtsmedizin des Schaumburger Großklinikums mit der Sektion der Frauenleiche beschäftigt gewesen.

Zeitgleich beriet sich die SoKo „Engel“ zu den bisher bekannten Einzelheiten. Man trug zusammen, was man hatte und rätselte über die Schrift oder die Buchstaben. Nadine war davon überzeugt, dass sie es mit den Anfangsbuchstaben eines Satzes oder einer Phrase zu tun hatten. Dass es ein Name sein könnte, diese Idee war schnell verworfen worden. Dann schon eher die Theorie, dass das letzte Wort hätte „MOR…D“ heißen sollen, aber der Täter gestört worden war, weswegen das D fehlte. Machte denn dann das erste Wort „ALDRIG“ überhaupt Sinn?

„Ein Eigenname?“, schlug Detlef vor. „Das könnte doch möglich sein.“

Niklas schüttelte den Kopf. „Hab ich gerade mal deutschlandweit bei ‚Das Örtliche‘ eingegeben. Es gibt niemanden, der so heißt.“

„Was? In ganz Deutschland nicht?“, wunderte sich Peter. „Dann gib das doch mal so ein, das bescheuerte Wort.“

„Hab ich schon. Kommt nur was Dänisches oder Schwedisches, und das macht ja wohl keinen Sinn", fand Niklas.

„Na, und was heißt es nun?", hakte Detlef nach. „Jetzt wollen wir es wenigstens wissen."

„Ganz einfach, es heißt ‚Nie' und da gibt es herrliche Schnulzen auf YouTube. Liebeslieder wahrscheinlich. Habt ihr Bock, dass ich euch das vorspiele? Schmonzetten auf Dänisch oder Schwedisch?"

„Untersteh dich", drohte Nadine. „Sonst schläfst du heute draußen."

Peter grübelte. „NIE MORD?" Er rieb sich das Kinn. „Vielleicht eine Erklärung, dass der Tod der Dame nicht gewollt war. Und darum auch die engelsgleiche Inszenierung. Das ergäbe doch einen Sinn."

Detlef schlug sich die Hände vor den Kopf. „Man kann sich eine Erklärung auch zurechtbasteln, wenn einem nichts Gescheites einfällt."

„Was fällt euch nicht ein?", fragte Wolf und bog mit seinem Rolli um die Ecke.

Nadja, die vorhin versucht hatte ihn anzurufen, war hinterher nicht mehr zu erreichen gewesen. Vielleicht hatten die Kollegen schon etwas gehört. Er stutzte. Durfte er das eigentlich noch sagen? Nach dem langen Krankenstand?

„Komm erst mal richtig rein, Alter", sagte Peter und klopfte Wolf auf die Schulter. „Tut gut, dass du mit von der Partie bist."

Die anderen nickten.

„Ohne dich ist das Team unvollständig", bekräftigte Detlef.

Wolf war gerührt. Sie meinten das wirklich ernst und hatten ihn nicht nur aus Mitleid dazugebeten.

„Wir kommen nicht weiter, weil wir komische Buchstaben oder Worte haben, mit denen wir nichts anfangen können", erklärte Nadine. „Vielleicht hast du eine Idee?"

Nach und nach ließ sich Wolf berichten, worüber sie eben schon gesprochen hatten.

„Ihr müsst alle Gedanken zulassen", erinnerte Wolf seine Kollegen, „und zusammentragen. Macht nicht den Fehler, eure Eingebungen gegenseitig zu verwerfen. Das blockiert euch sonst. Alles ist immer möglich. Vergesst das nicht."

„Okay, machen wir eine Liste", schlug Nadine vor.

Plötzlich klingelte Peters Smartphone. Er hielt den Zeigefinger vor seine Lippen. „Es ist Nadja. Gleich wissen wir mehr!" Dann ging er ran. „Grüß dich, wir sitzen hier alle zusammen. Wolf ist auch dabei. Ich stelle mal auf laut."

„Ja, Hallo an alle! Schön, Wolf, dass du mit von der Partie bist. Seid ihr schon neugierig, was es mit eurem Engel auf sich hat? Ich habe ein paar spektakuläre Erkenntnisse. Welche Schlüsse ihr daraus ziehen werdet, da bin ich gespannt. Für mich reimt sich da erst mal nichts zusammen."

„Schieß los, und spann uns nicht auf die Folter", bat Peter eindringlich. „Wir kommen hier nämlich nicht so recht weiter. Vielleicht kannst du unsere grauen Zellen erleuchten."

„Gut, dann also kein höfliches Geschwafel, sondern gleich zu den Fakten", begann Nadja. „Folgende Dinge waren besonders auffällig. In der Frau befand sich überhaupt kein Blut. Man muss es entfernt haben. Vermutlich war es das Blut, mit dem die ominöse Botschaft geschrieben worden ist. Stattdessen habe ich eine chemische Substanz gefunden. Die Analyse läuft noch. Was mich am Fundort schon gewundert hat, war, dass die Haut so unversehrt schien. Deshalb habe ich ein paar Zellproben unter das Mikroskop gelegt."

„Ja, und?", hakte Wolf nach. Er war vollkommen in seinem Element, als sei er nie weg gewesen. In diesem Moment hatte er total vergessen, dass er eigentlich nur Gast war.

„Sie hätten durch den Frost oder das Gefrieren, so ganz genau wissen wir das noch nicht, in größerem Ausmaß geplatzt sein müssen."

„Aha, ja stimmt", fiel Nadine wieder ein. „Wasser dehnt sich ja beim Gefrieren aus, und der Körper besteht zum Großteil aus Wasser."

„Und wenn man ihrem Körper vor dem Einfrieren das Wasser entzogen hat?", überlegte Detlef.

„Glaubst du, sie war in Salz eingelegt?", lachte Peter. „Ich denke nicht. Beim Pökeln wäre sie doch weggeschrumpelt."

„So ganz unrecht hat Detlef nicht", wandte Nadja ein. „Wobei ich der Ansicht bin, dass man den Zellen nur insoweit das Wasser entzogen hat, damit sie nicht platzen. Wie das gehen kann, ist mir schleierhaft."

„Ja, so was hatten wir noch nicht, wenn wir auch schon mit vielem konfrontiert worden sind", stimmte Wolf zu. „Aber es muss ja seinen Grund haben, warum das so gemacht worden ist. Der Mörder wollte sich die Frau erhalten und zwar so, wie sie war."

„Und warum hat er sie dann doch irgendwo abgelegt und der Verwesung preisgegeben?", bohrte Peter nach. „Das passt wohl kaum zusammen."

„Nun", antwortete Nadja, „Vorlieben oder Bedürfnisse können sich ändern. Vielleicht brauchte er die Frau nicht mehr, weil er sich neu orientiert hatte."

„Hoffentlich diesmal eine lebendige Partnerin", orakelte Nadine, „sonst werden wir bald wieder fündig."

„Wie kommst du darauf, dass er sich neu orientiert haben könnte?", wollte Wolf wissen. „Gibt es dafür einen Anhaltspunkt?"

„Wie man's nimmt", gab Nadja Auskunft, „ihr fehlt noch was Entscheidendes. Jemand hat ihr die Gebärmutter entfernt …"

Nadine musste schlucken.

„Okay", sagte Wolf, „das ist nicht uninteressant. Vermutest du sexuelle Motive?"

„Moment. Ich war noch nicht fertig", erklärte Nadja. „Also der Uterus wurde herausgetrennt, aber an Ort und Stelle im Unterbauch belassen."

„Puh", seufzte Nadine, und Niklas verdrehte die Augen.

„Was soll das denn für einen Sinn machen?", fragte er. „Wenn schon rausschneiden, warum dann nicht entfernen? Und wenn man das Organ eben nicht herausnimmt, warum dann die Schnippelei?"

„Da wollte wohl mal einer gucken, wie es dahinter aussieht oder probieren, wie es funktioniert, wenn man so was macht", fiel Peter ein. „Könnte das sein?"

„Du weißt doch, es kann immer alles sein, denk an Wolfs Worte", erinnerte ihn Detlef. „Er könnte auch dabei gestört worden sein."

„Ein Detail solltet ihr noch wissen", berichtete Nadja. „Ist was Kurioses, was ich mir auch nicht erklären kann. Ich mache bei Frauen im gebärfähigen Alter immer einen Schwangerschaftstest. Ist so eine Marotte von mir. Ich hätte es in diesem Fall sicher weggelassen, wenn ich das mit dem Uterus vorher festgestellt hätte."

„Ja, und?", erkundigte sich Wolf aufgeregt. „Jetzt sag nicht, dass sie schwanger war?"

„Doch, der HCG-Wert war extrem erhöht. Das spricht eindeutig für eine Gravidität", erklärte Nadja. „Ich hab aber dann sicherheitshalber im Uterus nachgesehen, und da war kein Braten in der Röhre."

Hier und dort hörte man erleichtertes Aufatmen.

„Jetzt fragt ihr euch sicher, wie es zu dem falsch positiven Ergebnis kommen kann. Stimmt's?"

Nadja machte eine Pause, der allgemeines Gemurmel folgte.

„Ehrlich gesagt, weiß ich es selbst nicht", gab sie zu. „Ich muss erst weitere Untersuchungen vornehmen und kann nur sagen, dass die Gebärmutterschleimhaut nicht verdickt war oder Ähnliches oder gar eine Vergrößerung des Organs vorlag. Das spricht eindeutig gegen eine Schwangerschaft."

„Trotzdem mysteriös", fand Peter.

„Sehr", pflichtete Niklas ihm bei. „Ich bin gespannt, was da dahintersteckt. Keine Ahnung, was wir mit diesen merkwürdigen Informationen anfangen sollen. Sorry, Nadja, damit meine ich nicht dich, nur die Sachlage."

„Schon klar", erwiderte die Angesprochene. „Mir kommt das ja selbst ziemlich verrückt vor. Alles in allem, meine ich: Ihr Aussehen, ihr Zustand, die Befunde, ihre Auffindesituation. Nichts davon ist normal oder gewöhnlich. Vieles erscheint direkt paradox. Wäre da im Unterleib nicht dieser riesige Schnitt gewesen, hätte ich überhaupt nicht weiter im Unterbauch nachgesehen. Wisst ihr, er sah aus wie von einem der historischen Kaiserschnitte, als man noch senkrecht zur Schambeingrenze bis zum Bauchnabel eröffnete."

Peter stöhnte. Ihm schwante Übles. „Kommst du dann heute Nacht überhaupt nach Hause?"

„Keine Bange, einige Untersuchungen laufen noch. Da kann ich gar nichts beschleunigen. Über manche Details muss ich mir erst mal Gedanken machen", erklärte die Rechtsmedizinerin. „Zum Beispiel, warum der Uterus einfach so im Bauchraum lag und keinen Fötus aufwies, man aber die oberen Hautschichten wieder fachmännisch vernäht hatte. Könnte also sein, dass ich sogar früher daheim bin." Sie zögerte. „Genau, und so mache ich das jetzt auch", beschloss sie. „Meine Arbeit hier vor Ort ist erledigt oder angeschoben. Ich muss nachdenken. Ihr sicher auch. Also, bis dann! Wo ihr mich notfalls erreichen könnt, wisst ihr ja." Sie schwieg einen kurzen Moment. „Notfalls, sagte ich! Nicht, dass ihr mir prompt ein weiteres Opfer präsentiert."

„Haben wir nicht vor", versprach Niklas.

„Bis später", sagte Peter und wollte gerade auflegen, als Nadja noch „Tschüss, Wolf, bis bald!" rief.

„Ja, vielen Dank, wir sehen uns", antwortete Wolf und lehnte sich mit seinen Händen auf Peters Schreibtisch, um ihn zu fixieren.

„Was?", fragte Peter leicht genervt, als er Wolfs undefinierbare Miene sah.

„Da kommt verdammt noch mal was auf euch zu", seufzte Wolf.

„Wie soll ich das verstehen?", brummte Peter. „Willst du dich jetzt wieder in dein Heim verziehen und uns alleine machen lassen?"

„So in etwa", grummelte Wolf zurück. „Ich habe Anwendungen, Therapie. Du verstehst? Es geht um meine Gesundheit. Ich will nicht ewig ein Krüppel bleiben, der im Rollstuhl sitzt."

„Danke, das war deutlich", sagte Niklas und verließ den Raum. Nadine folgte ihm kopfschüttelnd mit bösem Blick auf Wolf.

Der biss sich auf die Zunge. So ein Mist, das hätte er nicht sagen dürfen.

„Niemand sagt, dass du diese Stunden nicht wahrnehmen sollst", versuchte Detlef zu beschwichtigen, „aber vielleicht können wir uns darauf einigen, dass du definitiv mit im Team bist und uns deine Unterstützung zusicherst, soweit es dir möglich ist. Wir brauchen deine Erfahrung und Besonnenheit."

Peter lachte. „Besonnen war das jetzt nicht gerade, sondern beschissen. Aber wir haben auch leicht reden. Niemand steckt in deiner Haut. Uns allen geht es mehr oder weniger gut. Wir können normal leben. Trotzdem solltest du Detlefs Vorschlag, der uns allen aus dem Herzen spricht, überdenken. Dafür rede ich mit Niklas. Wenn sein Blutdruck wieder gesunken ist, wird er Verständnis für dich haben. Vielleicht trinkt ihr gelegentlich ein Bier zusammen, so von Mann zu Mann, nicht von Vater zu Sohn."

„Wenn ich ihn aus Nadines Armen loseisen kann", sagte Wolf und zwinkerte den beiden Kollegen zu. „Die hätte mich am liebsten eben gefressen. Sprich lieber mit ihr. Und ja: Natürlich unterstütze ich euch. Das habe ich eben nicht so gemeint. Falsche Wortwahl sozusagen. Klar bin ich mit dabei. Was denkt ihr? Ich stecke schon viel zu tief drin. Es würde mich sowieso beschäftigen."

„Offiziell geht es natürlich nicht", erinnerte Peter ihn und zwinkerte ihm zu. „Müssen wir vor der ollen Kukla geheim halten."

„Unsere Staatsanwältin wird doch hoffentlich nach ihrer Weltreise immer noch gute Laune haben und über solche nichtigen Kleinigkeiten hinwegsehen", witzelte Detlef.

Wie abgesprochen schüttelten Peter und Wolf gleichzeitig den Kopf. Da waren sie sich einig.

„Die?"

„Nie im Leben!"

„Na, dann will ich mal zum Abendbrot rollen", beschloss Wolf.

Peter sah auf die Uhr. Gerade mal halb fünf.

„Sag nichts", bat Wolf.

„Wieso, Buletten oder Hähnchenschenkel kann ich zu jeder Tageszeit essen oder auch ein schönes paniertes Schnitzel." Peter kam ins Schwärmen.

„Darf ich euch noch einen guten Rat geben?", erkundigte sich Wolf vorsichtig. Es sollte sich nicht nach Chef anhören, denn das war er im Moment definitiv nicht.

„Klar", antwortete Detlef. „Immer gerne!"

„Passt auf, dass nichts an die Presse dringt. Wir haben Advent. Wenn die erst spitzkriegen, dass die Tote wie ein Rauschgoldengel drapiert war, gibt es wilde Spekulationen. Glaub mir, das solltet ihr in eurem eigenen Interesse lieber verhindern. Sonst rennen sie euch hier die Bude ein."

„Wir wissen aber noch nicht, wer sie ist", wandte Peter ein.

„Schöpft erst mal alle anderen Quellen aus, bevor ihr die Medien um Hilfe bittet", schlug Wolf vor. „Das könnt ihr notfalls immer noch machen."

„Okay“, sagte Peter leichthin und ahnte nicht, dass es anders kommen sollte.

Die Kräuterhexe

Am noch früheren Morgen war nämlich schon Sissy Schulte mit ihrer Katze Miss Marple durch den Herminenpark gegangen. Das nach der bekannten Detektivin benannte Tier war in Richtung Gebüsch gesprungen und hatte dort mit den Locken des Rauschgoldengels gespielt.

Schnell hatte Sissy ihre Katze dort weggenommen und war noch einen Moment stehen geblieben, um das Werk eines unbekannten Performance-Künstlers inbrünstig zu betrachten. Er hatte wohl schon mit seiner Adventsdekoration begonnen. Davon war gar nichts in der Zeitung zu lesen gewesen, wie schade, dachte sie. Vielleicht hatte der Himmel einen Engel geschickt. Die Welt brauchte mehr als einen, fand sie.

Nie im Leben wäre sie darauf gekommen, dass hier eine Tote vor ihr lag. Die gute Sissy hatte einen an der Waffel, wie ihre Nachbarn am Südharrl zu wissen glaubten, und das lag nicht nur daran, dass sie mit ihrer Katze Gassi ging. Nein, sie pflegte in ihrem Garten einen umfangreichen Kräutergarten, dessen Erzeugnisse sie behutsam pflückte und in Gefriertüten an ihre Nachbarn verteilte. Wer genauer hinsah, fand Löwenzahn, Giersch und Gänseblümchen neben Borschtsch oder Petersilie. Wer die unfreiwillige Gabe nicht sofort wegwarf, fischte sich ein paar Stängel Schnittlauch für sein Abendbrot heraus.

Gelegentlich konnte man Sissy auch beim Trampolinspringen beobachten. Sie ruhte dann ganz in sich, als wäre sie in weiten Sphären unterwegs und hörte ätherische Musik über einen Lautsprecher, die den Leuten auf den Wecker ging, aber sie sagten nichts, weil die Frau ihnen leidtat.

Es war nämlich so, dass der Mann von Sissy kürzlich gestorben war. Manche munkelten, dass sie nachgeholfen hatte, doch das war sicher nur ein böses Gerücht. Fakt war, dass sie nicht alle Steine auf der Schleuder hatte. Jeder merkte es sofort, der mit ihr sprach. Alles an ihr war langsam und bedächtig. Beinahe schien es so, als bewege sie sich grundsätzlich nur im Zeitlupentempo, einschließlich ihrer Lippen. Dadurch kam man sich selbst bescheuert vor, denn sie sprach mit einem, wie mit einem minderbemittelten Kind. Wahrscheinlich tat man ihr unrecht, und sie war nur ein armes, einsames, altes Weib. Aber so sind die Menschen nun mal. Alles Andersartige wird misstrauisch beäugt. Und so wurde Sissy Schulte wegen ihres seltsamen Verhaltens und ihrem Hang zu speziellen Pflanzen hinter vorgehaltener Hand nur die „Kräuterhexe“ genannt.

Doch so harmlos sie auch wirkte, eins konnte sie dennoch: Sich umfangreich beschweren! In diesem Fall war es ihr Nachbar Momo, der die Salve abbekam – in langatmigem, leierndem Tempo.

Das könne doch nicht sein, dass da Kunstwerke im Herminenpark ausgestellt würden und die Öffentlichkeit nichts davon mitbekäme, lamentierte sie an seiner Haustür in der Schillerstraße. Momo Dietsch wusste überhaupt nicht, wie ihm geschah, versprach aber, die Angelegenheit umgehend in Augenschein zu nehmen. Er selbst hatte nicht das Geringste davon gehört.

„Um wie viel Uhr haben Sie das Kunstwerk denn entdeckt?", fragte er mit einem Blick auf die Uhr und unterdrückte ein Gähnen. Es war eben erst halb neun, und er hatte bis tief in die Nacht an diversen Reportagen geschrieben.

„Muss so halb sechs gewesen sein", informierte ihn die Kräuterhexe.

„Haben Sie vielleicht ein Foto gemacht?", hakte Dietsch nach.

Ein irres Lachen folgte. „Glauben Sie vielleicht, ich trage immer einen Apparat bei mir?"

„Nee, ich dachte mehr an ein Smartphone, mit dem man mal just ein Bild machen kann", erwiderte Dietsch.

„Meinen Sie im Ernst, ich würde mich gefährlicher Handystrahlung aussetzen? So ein Ding habe ich nicht."

„Können Sie mir den Engel dann vielleicht beschreiben? Vor allem, wo er liegt?", bat der Journalist.

„Na, wie ein Rauschgoldengel so aussieht. Blond, lockig mit einem weißen Hemdchen …" Sie stutzte plötzlich. „Ich kann mich nicht erinnern, ob er Flügel hatte. Auf jeden Fall lag er im Bereich unterhalb des Sees."

„Gut, ich werde mich der Sache annehmen und auch bei der Redaktion nachhaken", versprach Dietsch. „Dann melde ich mich wieder bei Ihnen."

„Vielen Dank", sagte Sissy Schulte. „Bitte erkundigen Sie sich auch, ob zu den nächsten Adventssonntagen weitere Installationen geplant sind. So etwas muss die Bevölkerung doch wissen, wenn sie die Werke bewundern soll."

„Ja, ja", sagte Dietsch und dachte sich seinen Teil. Nie im Leben glaubte er an das, was sich die Alte zusammenfantasierte. Die hatte nicht alle Tassen im Schrank. Trotzdem war er in seiner Journalistenseele angefixt, denn die Entdeckung, die die Kräuterhexe gemacht hatte, konnte eigentlich nur eines bedeuten: Sie hatte unwissentlich eine Tote entdeckt.

Um aber ganz sicher zu gehen, dass er es nicht doch mit einem weiteren Spinner zu tun hatte, der sich als Künstler verstand und Frauen im Schnee drapierte, rief er schnell in der Redaktion an. Natürlich erst, nachdem sich das knochige Gestell entfernt hatte. Puh, an der war wirklich nichts dran. Ein Wunder, dass sie überhaupt lebte. Wobei, wenn er's recht bedachte, ihr Geist auch nicht viel schlimmer aussehen könnte.

Nachforschungen

In der Redaktion spitzte man die Ohren, als Momo dort anrief. Von einer Adventsausstellung in der Natur des Herminenparks wusste man ebenso wenig wie von der Installation eines Performance-Künstlers. Das klang mehr als spannend. Von Behördenseite war allerdings auch keine Information hinsichtlich eines Leichenfundes eingegangen. Entweder wollte man die Presse bewusst im Dunklen lassen oder war noch nicht dazu gekommen, diesen Fall zu melden. Normalerweise war der Draht zwischen Kripo und Landeszeitung gut, was nicht hieß, dass man die Füße stillhielt, wenn man offiziell noch nichts wissen sollte.

Momo nahm sich vor, mal so ganz zufällig im Herminenpark spazieren zu gehen. Mit einem Hund und ohne Kamera wäre das noch glaubwürdiger gewesen, aber vielleicht machte er hier viel Wirbel um nichts, und die Alte hatte einfach nur eine Halluzination gehabt.

Das glaubte er allerdings nicht mehr, als er unterhalb des Sees um die Ecke kam und weiße Michelinmännchen eifrig in einem abgeriegelten Bereich unter einem Zeltdach herumwuseln sah. Den mit dem üppigen roten Bart und der Glatze kannte er nämlich. SpuSi-Seppi hielt seine Platte derzeit unter einer quietschgrünen Mütze und der Kapuze des Schutzanzugs verborgen. Man erkannte ihn trotzdem auf den ersten Blick. Momo jubilierte innerlich. Er war an was Fettem dran und winkte Seppi lässig zu.

„Wer hat dich denn verständigt?“, wunderte sich der Chef der Spurensicherung. „Ich dachte, es sollte erst mal alles zurückgehalten werden.“

Momo zuckte mit den Achseln. „Wie denn? Mitten im Park in der Innenstadt … Wundert mich eh, dass nicht noch mehr Gaffer hier rumlungern.“

„Zu kalt“, sagte Seppi und grinste. „Sonst wär natürlich mehr los.“

„Man sieht ja auch nicht wirklich was“, erwiderte Momo nach einem Blick durch sein Riesenrohr von Objektiv.

„Wir machen nur langweilige Spurenrecherche. Kleinste Dinge suchen wir, die man nicht mal mit bloßem Auge sieht. Fragmente, von denen wir nicht ahnen, dass sie vorhanden sein könnten“, philosophierte Seppi.

„Toll“, freute sich Momo ehrlich. „Eine Kunst für sich ist das. Aber sag mal, warum puzzelt ihr da rum? Ich möchte das schon gerne wissen. Ist eine Leiche gefunden worden?“

Seppi sah Momo über den Mundschutz hinweg an. Er verbarg seinen roten Bart nur mühsam.

„Ich glaube, du setzt dich lieber mit den Kollegen in der Ulmenallee auseinander“, schlug der Beamte vor.

„Die Sache ist sensibel, so kurz vor Weihnachten. Da will man nur an das Besinnliche und Schöne glauben."

„Komm, Seppi, wenigstens ein kleiner Tipp unter Freunden", bat Momo, doch der schüttelte den Kopf.

„Wie lange bist du denn schon hier draußen?", wollte Momo noch wissen. So schnell gab er nicht auf. „Du hast schon Eis an den Augenbrauen. Steht dir!"

„Zu lange", kam es nun wortkarg zurück. „Wir packen schon ein. Kannst dich gleich selber umschauen, wenn du Licht dabei hast."

Seppi hatte recht. Es fing schon an zu dämmern.

„Nee, vielen Dank, wenn ich aus dir nichts rauskriege, versuche ich es auf der Dienststelle. Irgendwer wird mir was sagen, bevor ich wilde Mutmaßungen anstelle und einen spektakulären, spekulativen Bericht für die Zeitung schreibe", überlegte Momo laut. „Scheint auf jeden Fall eine heiße Kiste zu sein, wenn du dich so zierst."

„Vielleicht, vielleicht aber auch nicht", erwiderte Seppi und winkte beim Gehen. Seine Füße waren Eiszapfen. Es wurde Zeit, dass er aus der Kälte kam.

KEINE INFORMATIONEN

Momo Dietsch wusste so viel wie vorher. Nun gut, dass da irgendwas im Busche war, ließ sich natürlich nicht verbergen, weil die Beamten vor Ort ermittelten, aber wenn er mehr wissen wollte, musste er es bei den Kommissaren in der Ulmenallee versuchen. Sie waren meist sehr kooperativ, und wenn er sich recht erinnerte, stand der eine von denen auf Fast-Food. Ein echter Gourmand, denn er aß vor allem viel. Momo hatte ihn einmal bei „Bückeburg kocht über" beobachtet. Unglaublich, was für große Mengen an Spanferkel ein Mensch essen konnte. Okay, der Mirko vom „Jetenburger Hof" war für diese Spezialität vom Grill bekannt, aber normalerweise hatte auch ein Rossmagen Grenzen. Der von diesem Oberkommissar Kruse schien sich aber in den gesamten Bauchraum ausdehnen zu können.

Mit klammen Fingern steckte er seine Kamera samt Objektiv in die Winterjacke und verließ den Herminenpark unterhalb des Palais'. Es war nur ein Stück die Straße herunter bis zur Bückeburger Dienststelle. Zu Fuß war er schneller, als wenn er erst noch seinen Wagen oder sein Fahrrad geholt hätte.

Kurze Zeit später klingelte er an der Tür und wurde per Summer eingelassen. Der diensthabende Beamte verwies ihn auf seine Nachfrage an die Kollegen von der Kripo, aber Momo war sowieso nicht davon ausgegangen, dass sie ihm hier unten etwas stecken würden. Äußerlich ruhig, aber innerlich angespannt, setzte er sich auf die Bank im Flur. Wenn seine Journalistenspürnase erst Witterung aufgenommen hatte, ließ er nicht locker. Hinter dem Tresen hörte er den Beamten telefonieren, aber der sprach so leise, dass Momo nichts verstehen konnte. Schade auch!

„Ey, da ist so ein Fuzzi von der Presse, der euch ausfragen will", sagte Roland Krieger zu Detlef. „Ich glaube, ihr kennt den auch. Der war schon öfter hier. Wollt ihr mit ihm sprechen? Sonst schicke ich ihn wieder weg."

„Nee, nee", erwiderte Detlef, „ich komme ihn holen. Wenn die Presse bereits Wind davon bekommen hat, ist es besser, sie mit ein paar vagen Informationen zu füttern. Andernfalls denken die sich selbst was aus, und das kann schlimmer sein als die Realität."

„Schon klar", stimmte Krieger zu und legte auf. „Kommt gleich jemand", rief er dem Wartenden zu.

Momo nickte. Damit hatte er gerechnet.

Oben ging ein leises Stöhnen durch den Raum.

„Wie haben die das denn schon wieder mitgekriegt?", wunderte sich Peter. „Die müssen besondere Antennen haben. Wollen wir knobeln?"

„Wieso knobeln?", erkundigte sich Nadine.

„Na, wer den Dietsch übernimmt", sagte Peter und grinste frech. „Ich wette, er ist es. Niemand hat so einen guten Riecher für Sensationsmeldungen wie er. Außerdem ist er ganz in Ordnung."

„Ich glaube, du hast dir deine Frage eben selbst beantwortet", mischte Niklas sich ein. „Wie ich dich kenne, bist du mit dem längst per Du."

Peter brummte unwillig. Er hatte Hunger und wollte nach Hause, aber er musste zugeben, dass er mit diesem Momo Dietsch schon mal ein, zwei Bierchen getrunken hatte. Wenn er sich auch nicht mehr daran erinnern konnte, ob das im „Lilly's" oder im „Bistro" gewesen war. Möglicherweise auch in der „Falle".

„Ist doch prima", freute sich Detlef und klopfte ihm auf die Schulter. „So ein Vertrauensverhältnis muss man ausnutzen."

„Ich will aber doch gar nichts von ihm", wandte Peter ein.

„Vielleicht doch", überlegte Detlef, „man weiß ja nie. Möglicherweise hat er was gehört oder gesehen. Frag ihn einfach. Ich mache jetzt Feierabend. War ein langer Tag."

Nadine seufzte. „Stimmt, wir schließen uns an. Du kommst den Moment doch alleine klar, oder?"

„Ja, ja, haut ruhig alle ab", brummelte Peter, meinte es aber nicht so. Lange würde er sich mit dem Pressefritzen sowieso nicht aufhalten, weil sie beschlossen hatten, kaum etwas preiszugeben. Schwerfällig stapfte er die Treppen hinab. Vom langen Sitzen war er etwas steif geworden. Es war tatsächlich Dietsch, der da unten im Flur saß und auf ihn wartete.

„Na, dann mal rein in die gute Stube“, sagte er und wies ihm den Weg.

Falls Momo gehofft hatte, irgendwelche Fotos oder Spekulationen an den Wänden zu entdecken, musste er enttäuscht sein. Peter brachte ihn in einen Raum, in dem nichts vom aktuellen Fall zu sehen war.

„Was kann ich für dich tun?“, fragte Peter.

„Komm, jetzt tu nicht so scheinheilig“, antwortete Momo. „Wen habt ihr heute im Herminenpark gefunden?“

Peter stellte sich doof und zuckte mit den Schultern. „Wie meinst du das?“

„Erzähl mir nicht, dass ihr da das große Programm fahrt, wenn es nur um Körperverletzung oder Raub geht. Ich habe den Seppi von der SpuSi gesehen. Das ist ja wohl eindeutig. Es geht um Mord.“

„Dann weißt du mehr als wir“, hielt Peter ihn hin. „Selbst wenn da einer tot lag, gibt es immer mehrere Möglichkeiten. Zum Beispiel Unfall, Totschlag, um nur zwei zu nennen.“

„Du bist nicht sehr kooperativ“, beschwerte sich Momo. „Könnte sein, dass ich euch weiterhelfen kann. Ich weiß nämlich längst, dass es sich um eine tote Frau handeln muss, jung und schön wahrscheinlich.“

Jetzt war Peter verdutzt. „Schießt du hier einen Versuchsballon ab, oder was?“

„Nee, was denkst du, warum ich hier bin. Ich hatte eine Informantin, wenn auch eher durch die Blume.“

„Ich verstehe nur Bahnhof“, gab Peter zu.

„Gibst du zu, dass ihr eine Tote gefunden habt?", hakte Momo nach.

„Na gut, das ist ja nicht länger zu verheimlichen", lenkte Peter ein. „Woher weißt du das?"

Momo schmunzelte. „Ich hab da so eine verhuschte Alte als Nachbarin. Die hat sie wahrscheinlich als Erste gesehen, aber falsch interpretiert."

„Wie kann man eine Leiche fehlinterpretieren? Tot ist tot", bemerkte Peter.

„Ich nehme mal an, die Frau war verkleidet?", wollte Momo wissen.

Peter fehlten die Worte. „Äh, ähm, also …"

„Also ja", nahm Momo ihm den Satz ab. „Und wie sah sie genau aus?"

„Tut mir leid, aber von den Details soll noch nichts nach außen dringen", berichtete Peter.

„Ist es aber längst", erklärte Momo. „Euren Engel könnt ihr nicht mehr geheim halten."

„Scheiße", entfuhr es Peter, und Momo war mehr als zufrieden mit diesem Zugeständnis.

„Ist halt Schicksal, wenn betagte Frauen mit seniler Bettflucht frühmorgens durch Parks geistern", sagte der Journalist.

Peter atmete einmal tief durch.

„Weißt du, ich bin fair und sage dir jetzt, dass die Alte meint, einen Rauschgoldengel gesehen zu haben. Sie hat es für eine Art Installation gehalten. Moderne Kunst zum Advent in Lebensgröße. Ich ahne natürlich, dass es sich um eine lockige Blonde gehandelt haben muss, die jemand um die Ecke gebracht hat. Wozu sonst dieser Aufwand mit der künstlerischen Darstellung? So was macht doch niemand."

Momo sah Peter eindringlich an. „Also? Arbeiten wir Hand in Hand? Ich verspreche auch, nichts preiszugeben, was nicht bekannt werden soll."

Peter dachte kurz über die Möglichkeit nach, dass Momo selbst der Täter sein könnte, verwarf diese aber im selben Atemzug. Die Fantasie brächte er vielleicht auf, aber nicht die kriminelle Energie.

„Okay, Deal", sagte er. „Komm mit!" Dann führte er Momo in den Besprechungsraum. Als dieser die Fotos vom Fundort sah, wurde ihm ganz anders.

„Wenn die nicht so blau wäre, würde ich sagen, sie lebt noch", staunte Momo Dietsch. „Wisst ihr, wer sie ist?"

„Leider nein", gab Peter zu, „aber wir wollen erst mal noch nicht mit einem Foto an die Öffentlichkeit."

„Sag mal, steht da oben über ihrem Kopf was geschrieben?", erkundigte sich Momo.

Peter nickte. „Ja, aber was, womit keiner was anfangen kann."

„Willst du's mir verraten?", fragte der Journalist. „Vielleicht fällt mir was ein."

„Von mir aus", sagte Peter. „Da steht ‚ALDRIG MOR'. Bist du jetzt schlauer?"

„Nicht die Bohne", musste Momo zugeben und stellte all die Überlegungen an, die sie im Team auch erörtert hatten.

„So schlau waren wir auch schon“, informierte Peter ihn. „Hast du nix Besseres auf Lager?“

„Noch nicht, aber was nicht ist, kann ja noch werden. Ich schlage vor, wir bleiben in Verbindung.“ Er zückte seine Visitenkarte und Peter gab ihm seine.

„Stillschweigen über alles, klar?“, machte Peter noch einmal deutlich.

Aber obwohl Momo nickte und winkte, war er längst mit seinen Gedanken ganz weit fort, als er die Treppe hinabstieg. Vielleicht hatte jeder der Anfangsbuchstaben etwas zu bedeuten und verbarg einen Satz, der die Ermittler weiterbrachte. Das schien ihm die wahrscheinlichste Möglichkeit zu sein – ein Rätsel – und er wollte es entschlüsseln.

Nächtliche Grübeleien

Manchmal nervte es Nadja extrem, dass bestimmte Untersuchungen in ihrem Institut so ewig dauerten. Wie lahmgelegt fühlte sie sich dann, zum Warten verdammt. In dieser Zeit konnte sie zwar andere Dinge tun oder Mutmaßungen anstellen, aber es waren doch oft nur Spekulationen, die nicht in die richtige Richtung führten, von einigen Ausnahmen einmal abgesehen.

Auch jetzt lag sie nachts wach, obwohl sie eigentlich hundemüde war, weil der Fall sie nicht losließ. Das mochte damit zu tun haben, dass sie selbst nach einer Eileiterschwangerschaft nie mehr Kinder haben konnte. Dieser Fall erinnerte sie wieder an die Vergangenheit. Mist, dachte sie, in den Ovarien habe ich überhaupt nicht nachgesehen. Der erhöhte HCG-Wert könnte natürlich auch bei dieser Frau auf so eine Komplikation hindeuten, wenn sich in der Gebärmutter nichts eingenistet hatte. Aber warum war sie dann entfernt und hineingelegt, aber nicht aufgeschnitten worden?, wenn einer Gewissheit haben wollte. So wusste er gar nichts. Sicher, ein Ultraschall hätte den leeren Raum gezeigt, doch bestimmt hatte der Mörder kein solch kostspieliges Gerät zur Verfügung. Und warum hatte er sich nicht sicher sein wollen? Wenn ein Schwangerschaftstest nun auf die Gravidität hingewiesen hätte, überlegte sie, hätte man doch normalerweise darauf vertraut, dass das so stimmt. Doch hier war es nicht so. Abnorme Verläufe waren im Vergleich selten. Darum fragte sie sich: Wie ließen sich die Aktionen des Täters deuten? Sie spielte folgende Gedankenmodelle durch:

Variante A: Eine Schwangerschaft war nicht gewollt. Der Täter entfernt das Organ und trennt es damit von seinen lebenserhaltenden Versorgungsadern. Wäre ein Fötus darin, würde er absterben. Läge er in den Eileitern, würden die sowieso platzen, wenn man es nicht rechtzeitig erkennen würde. War die Frau verblutet, weil man sie einfach nach der Durchtrennung der Arterien und Venen nicht weiter beachtet hatte? Nadja hatte zwar auf den äußeren Gefäßwänden Zeichen gefunden, die den Einsatz von Klemmen erklären würden, aber keine mehr im Bauchraum entdeckt. War der Tod des Embryos, nicht der der Mutter gewollt gewesen? War etwas schiefgegangen?

Variante B: Von der Schwangerschaft war noch nichts bekannt gewesen. Sie war einem Irren zum Opfer gefallen.

Variante C: Sie war eine Prostituierte, die man zu einem unseriösen Schwangerschaftsabbruch im osteuropäischen Ausland genötigt hatte, aber warum lag sie dann im Herminenpark?

Doch so sehr sei auch grübelte, Nadja fand keine sinnvolle Lösung für das Heraustrennen einer Gebärmutter, die man dann doch an ihrem Platz gelassen hatte, ohne zu wissen, was sich darin befand. Es war auch aberwitzig, dass man die Bauchdecke danach wieder mit einer Naht geschlossen hatte. Warum war das geschehen?

Noch konnte Nadja nicht sagen, ob sie post mortem erfolgt war. Ihrer Meinung nach hätte die Frau aber mit dem Entfernen des Uterus ausbluten müssen. War das nicht geschehen, wusste sie im Moment auch nicht weiter. Es war ein wenig schwierig mit der Geduld, wenn man unbedingt eine schnelle Lösung finden wollte.

Ihre Gedanken schweiften ab zu den schwach entwässerten Zellen, zu der Blutleere und der Substanz. Sie tappten noch völlig im Dunklen. Auch draußen war es schwärzeste Nacht. Dichte Schneewolken verbargen jegliches Licht, und irgendwo gab es jemanden, der nicht verstand. Nicht, wo er war, nicht, was geschah, während ein anderer bangte.

Auch Wolf Hetzer lag wach. Er versuchte, das große Ganze zu sehen und hatte vor seinem geistigen Auge eine schöne Schwangere, die ihm plötzlich das Bild einer Mutter Gottes auf einem Altarbild suggerierte. Vielleicht war das der Schlüssel? Möglicherweise sollten sie diese Verbindung erkennen. Die Frau, die vor ihnen gelegen hatte, war eventuell nicht als Engel drapiert worden, sondern als Mutter Maria mit dem Jesuskind. Wo aber war dieses Kind, das für den Verursacher des Stilllebens so eine große Bedeutung haben musste, wenn er richtig lag?

Ein neuer Tag

Der nächste Morgen begann nicht für jeden aus dem Team gleich.

Während Nadja und Wolf übernächtigt aus den Federn gestiegen waren, hatte Peter wie ein Baby geschlafen. Auch Niklas und Nadine konnten auf eine gute Nacht zurückblicken. Sie hatten zwar noch lange über den Fall gerätselt, waren dann aber Arm in Arm in Löffelchenstellung eingeschlafen, aus der sie in den Morgenstunden genauso wieder aufwachten.

Moni schlief in Todenmann derzeit sowieso schlecht. Ohne Wolf an ihrer Seite fühlte sie sich nicht wohl. Die Geborgenheit fehlte. Am meisten jedoch störte sie die Stille. Wenn ihr Verlobter nicht an ihrer Seite schnarchte, schreckte sie oft aus dem Tiefschlaf hoch. Glücklicherweise hatte sie die Hunde Leo und Ole überreden können, rechts und links neben ihrem Bett in komfortablen, viskoelastischen Körbchen zu schlafen. Das sorgte für die notwendige Geräuschkulisse und milderte die Einsamkeit. Wie sehr freute sie sich auf Weihnachten, wenn Wolf endlich wieder nach Hause kommen würde.

In Kleinenbremen stand Peter Kruse unter der Dusche, während sich seine Nadja einen Kaffee eingoss und ein paar Brote schmierte. Sie wusste nicht, wie lang der Tag im Institut werden würde. Aber sie wollte vorbereitet sein, wenn er mehr Zeit in Anspruch nahm.

„Schatz, was gibt's denn heute Abend zu essen?", rief Peter von oben, während er sich die Haare abrubbelte.

„Was auch immer du Gesundes kochst", erwiderte Nadja und konnte sich ein Schmunzeln nicht verkneifen. „Ich erinnere dich, dass heute unser vegetarischer Tag ist. Bestimmt bin ich länger im Institut als du auf der Dienststelle. Lass dir was Schönes einfallen."

„Scheiß Körner- und Salatfresserei", schimpfte Peter oben vor sich hin, aber er musste durchhalten. Er hatte zähneknirschend zugestimmt, als sie sich auf einen fleischfreien Tag geeinigt hatten. Zwei waren überhaupt nicht infrage gekommen.

„Mach doch einen Auflauf", schlug Nadja vor, der das Fluchen nicht entgangen war.

„Wie soll ich denn Moussaka ohne Fleisch machen?", stöhnte Peter und kam in die Küche. „Das schmeckt doch nach nix."

„Doch, lass einfach das Hack weg", sagte Nadja. „Es hat genug Pfiff durch die Zutaten und dann noch die Käsekruste. Alles perfekt."

„Das ist wie Sahneheringstopf ohne Heringe", meckerte Peter weiter. „Isst du da auch nur die Soße und das Gestrüpp aus Zwiebeln und Gurken?"

„Hmm, darauf hätte ich auch mal wieder Appetit, aber bitte mit Kartoffeln", bat Nadja.

„Ohne Fisch?", fragte Peter erschrocken.

„Nein, natürlich nicht. Fisch ist immer erlaubt", erwiderte Nadja. „Ist ja in dem Sinne kein Fleisch."

Peter tickte sich an die Stirn. „Du legst dir das auch so zurecht, wie es dir passt. Nur weil die Viecher keine Beine haben, ist ihr Fleisch kein Fleisch."

„Bitte schneid noch zwei frische Äpfel rein", sagte sie und überhörte sein Geleier, obwohl sie es nur mühsam unterdrücken konnte, ihn darauf hinzuweisen, dass sie auch keine Lungen, sondern Kiemen hatten, dass sie unter Wasser lebten und sich anders als Landtiere ernährten.

„Manchmal kannst du ganz schön penetrant sein", behauptete Peter. „Ich weiß auch nicht, ob Moussaka mit Äpfeln anstatt Hack schmeckt." Er grinste frech.

Aber Nadja schüttelte nur den Kopf, gab ihm einen Kuss und verschwand mit ihrer Brotdose in Richtung Agaplesion.

Im Vehlener Großklinikum war Rechtsmediziner Enno schon bei der Arbeit und runzelte die Stirn, als Nadja durch die Tür kam.

„Ich kapiere immer noch nicht, was es mit dieser Gebärmutter auf sich hat", sagte er.

„Meinst du, weil der Blutwert eine Schwangerschaft anzeigt, wir aber keinen Embryo gefunden haben?", hakte Nadja nach.

„Ja", erwiderte er, „ich habe sogar schon in den Eileitern nachgesehen und im Bauchraum, falls sich was verirrt hat, aber: Fehlanzeige!"

„Ah, da hast du mir echt was abgenommen. Genau diese Idee hatte ich heute Nacht auch. Das war das Erste, womit ich heute Morgen beginnen wollte, mit der Suche nach dem Fötus."

„Wir haben keinen", bestätigte Enno noch mal, „umso verwunderlicher, weil es weitere Schwangerschaftsanzeichen gibt."

„Welche?", erkundigte sich Nadja verwundert.

„Laktation", erklärte Enno. „Ich konnte Milch aus den vergrößerten Brustdrüsen drücken. Außerdem erkenne ich eine Dunklerfärbung der Warzen und Höfe. Normalerweise sind die bei diesem Hauttyp heller. Aber Letzteres ist eher eine Theorie. Ich habe es trotzdem schon oft bei Schwangeren gesehen. Ebenso verändert sich der Gesichtsausdruck, aber das ist wissenschaftlich nicht untermauert."

„Okay, nehmen wir mal an, sie war schwanger. Der Fötus könnte kürzlich abgegangen sein."

Enno schüttelte den Kopf. „Das müsste ja kurz vor dem Tod geschehen sein. Dann hätten wir das im Inneren des Uterus gesehen. Plazentareste, dickere Schleimhaut, Vergrößerung, zumindest marginal, wenn sie noch am Beginn der Gravidität war."

Nadja seufzte. „Gut, dann schauen wir erst mal nach, was das Labor herausgefunden hat."

„Mache ich", versprach Enno. „Nimm du dir ruhig erst einen Kaffee, ich habe schon welchen gekocht."

Kurze Zeit später kam er wieder. Nadja fragte sich, was aus seinem Gesicht zu lesen war. Er wirkte betroffen.

„Was ist?“, erkundigte sie sich.

„Ich glaube, ich habe da was höchst Interessantes für dich.“

„Das will ich hoffen.“

„Wir hatten uns doch beide gewundert, warum die Gebärmutter unserer aktuellen Toten herausgetrennt, aber im Bauchraum belassen worden ist. Schöne Naht drüber und fertig. Stimmt's?“, fragte er rhetorisch.

Nadja nickte.

„Aber auf eine Sache sind wir überhaupt nicht gekommen, nämlich, dass das Organ nicht ihr gehören könnte“, fuhr Enno weiter fort.

„Was? Das gibt's ja nicht“, staunte Nadja. „Sagt das der Genabgleich? Nee, damit hätte ich wirklich nicht gerechnet. Warum macht denn jemand so was?“

„Keine Ahnung“, kam es von Enno. „Auf diese Weise ist es jedenfalls nicht verwunderlich, wenn sich trotz erhöhter HCG-Werte kein Embryo in der Gebärmutter befand.“

„Okay, lass uns mal fantasieren“, überlegte Nadja laut. „Wir haben eine Frau, die ein Fortpflanzungsorgan in sich trägt, das nicht ihr eigenes ist. Warum? Und wo ist ihr eigenes oder hatte sie nur einfach kein funktionierendes? So etwas gibt es ja auch, aber dann wäre sie nicht schwanger gewesen. Also: Man hat ihren eigenen graviden Uterus entfernt, aber warum lag der einer anderen Frau in ihr?“

„Ein inoffizieller Abort? Vielleicht gegen Geld? Niemand sollte von der Schwangerschaft erfahren? Du denkst, es könnte bei einem heimlichen Eingriff etwas schiefgelaufen sein?"

„Das würde zumindest erklären, warum man sie so liebevoll in den Park gebettet hat", sagte Nadja.

„Ist romantisch, aber unlogisch", meinte Enno.

„Inwiefern?"

„Warum sollte man ihr die Gebärmutter mit Fötus entfernen und eine andere ohne Kind einsetzen?", wollte Enno wissen. „Ein einfacher Schwangerschaftsabbruch hätte es da auch getan."

„Vielleicht war sie doch schon zu weit", überlegte Nadja laut, „aber ich muss dir recht geben. Dann wäre immer noch eine illegitime Beendigung der Gravidität möglich gewesen."

„Denkst du an eine Art Engelmacher oder an einen Trank aus Sadebeeren?", erkundigte sich Doktor Enno Liebermann.

„So in etwa", bestätigte Nadja. „Oder sie hat gerade ein Kind verloren, was die Gebärmutter geschädigt hat, weswegen sie eine neue brauchte."

Enno schüttelte den Kopf. „Dann hätte man das Organ doch wenigstens festgenäht, aber dafür ist trotzdem der Hormonwert zu hoch. Wäre der Fötus abgegangen, hätte es vorab schon einen Abfall der HCG-Konzentration gegeben."

„Stimmt", gab Nadja zu, „es ist noch zu früh am Tag. Ich hatte einen Denkfehler. Es würde auf die Art nur einen Sinn machen, wenn wir eine andere Gebärmutter – chirurgisch einwandfrei transplantiert – mit einem

Kind in ihr gefunden hätten, aber so etwas ist wiederum völlig unmöglich."

„So oder so wird kein Schuh daraus", stöhnte Enno. „Die Intention des Täters liegt vollkommen im Dunklen."

„Leider", bedauerte Nadja. „Es ist einfach nur pervers. Wer stiehlt einer Frau das ungeborene Kind und gleichzeitig die Möglichkeit, jemals wieder schwanger zu werden?"

„Einer, dem ihr Weiterleben augenscheinlich so oder so egal war", vermutete Enno. „Darum liegt sie bei uns auf dem Tisch."

„Ich war bisher immer von einem unglücklichen Versehen, einem Kunstfehler oder Ähnlichem ausgegangen", erklärte Nadja. „Verstehe ich dich richtig, dass du pure Absicht vermutest? Jemand wollte TEILE von ihr?"

„Genau!"

„Das glaube ich nicht", wandte Nadja ein. „Erstens spricht die Auffindesituation dagegen. Als Ersatzteillager hätte man sie irgendwo in einen Container oder auf die Müllkippe schmeißen können. Und, was noch viel entscheidender ist: Derjenige hätte sich garantiert keine Schwangere ausgesucht, wäre es nur darum gegangen, jemandem eine intakte Gebärmutter einzusetzen. Das ist ja überhaupt erst seit Kurzem möglich."

„Möglicherweise hat der Täter das weder geahnt noch bemerkt, und die Frau konnte es ihm auch nicht mehr sagen, dass sie guter Hoffnung ist", schlug Enno vor.

„Das wiederum spräche gegen ein Projekt, das aus finanziellen Gründen zustande gekommen ist. Wir haben hier dann keine gut bezahlte Prostituierte oder Lebendspenderin vor uns. Das hätte übrigens auch genetisch passen müssen. Woher sollte der Täter so etwas wissen? Eine Abstoßungsreaktion wäre vorprogrammiert."

„Also Entführung? Würde dann auch keinen Sinn machen."

„Trotzdem. Wir spielen es mal durch", sagte Nadja. „Das Opfer wird gekidnappt. Nehmen wir mal an, es wird sofort betäubt oder gleich narkotisiert und dann geknebelt und gefesselt. Frage: Hat man sie bewusst nach genetischen Gesichtspunkten ausgesucht oder nach Optik?"

„Das ist erst mal nicht relevant", meinte Enno. „Sprich einfach weiter, wie dir der Schnabel gewachsen ist. Nur so funktioniert Brainstorming."

„Also gut", fuhr Doktor Nadja Serafin fort. „Man hat sie für die OP vorbereitet und den Bauchraum eröffnet. Dabei müsste man die Vergrößerung des Organs gesehen haben, den auch eine noch nicht allzu weit fortgeschrittene Schwangerschaft verursacht. Man hätte den Uterus also niemals entfernt. Das würde sonst lebensbedrohliche Blutungen verursacht haben. Wir hätten sie im Park also entweder gar nicht gefunden, weil man sie einfach wieder zugenäht hätte, oder man hätte sie zwar verblutet, aber ohne Gebärmutter dort gefunden."

„Wie wir es drehen und wenden, für das fremde Organ gibt es keine Erklärung", stimmte Enno zu.

Nadja seufzte. „Warten wir also die anderen Untersuchungen ab. Vielleicht bringen die uns weiter."

Weitere Erkenntnisse

Kurz vor 13 Uhr fuhr Wolf Hetzer mit seinem Elektrorolli bergab in Richtung Ulmenallee. Die diensthabenden Kommissare hatten sich zur Lagebesprechung verabredet und ihn dazugebeten. Wenn er ehrlich war, hätte er sich nach den anstrengenden Morgenübungen mit seinem Therapeuten am liebsten hingelegt, aber so etwas wollte er gar nicht erst anfangen. Damit begann die Verweichlichung. Außerdem wollte er sich keine Blöße geben. Der alte, versehrte Knacker würde pünktlich vor Ort sein, um nichts zu verpassen. Er konnte halt nicht aus seiner Haut. Der Fall interessierte ihn, weil er so ungewöhnlich war. Hätte einfach einer den anderen erschlagen, könnten sie gerne ohne ihn ermitteln. Vorsichtig passierte er den Fußgängerüberweg an der Herminenstraße und rollte kurze Zeit später an der Grundschule am Harrl vorbei. In den Klassen war noch Betrieb.

Zwei Minuten vor eins stand er oben im Flur vor dem Besprechungsraum und klopfte. Sie hatten schon auf ihn gewartet und freundlicherweise nicht ohne ihn begonnen. Gegen 14 Uhr wollte die Rechtsmedizin hinzustoßen, um weitere Ergebnisse zu präsentieren, die dann auch gleich erörtert werden sollten.

Wolf Hetzer staunte nicht schlecht über die Geschichte mit der fremden Gebärmutter, konnte sich aber auch keinen Reim darauf machen. Die Sache war bizarr. Entweder hatten sie es mit einem Verrückten zu tun oder sie verstanden einfach noch nicht, worum es ging.

„Wisst ihr denn inzwischen, wer die Tote ist?", fragte er ins schweigsame Grübeln hinein. Jeder hing irgendwie seinen Gedanken nach.

„Nein, wir haben leider noch keine Ahnung", gab Nadine zu. „In unserer Vermisstendatei gibt es niemanden, der so aussieht, aber ich werde später noch via Interpol suchen, auch wenn ich mir davon nicht viel verspreche."

„Kann man nie wissen", wandte Wolf ein. „Was Neues wegen der Schrift?"

Niklas stöhnte. „Wir haben uns an ein paar Sätzen versucht, die man aus den Anfangsbuchstaben konstruieren könnte, kommen aber zu der Erkenntnis, dass das nicht der Weisheit letzter Schluss ist."

„Da gehört wirklich schon was dazu, so ein großes Bauchorgan herauszutrennen", bemerkte Wolf. „Hat sich Nadja schon dazu geäußert, ob die Entnahme pro fessionell oder stümperhaft erfolgt ist?"

„Das müssen wir sie gleich unbedingt fragen", sagte Peter und nickte. „Danke, Wolf! Siehst du, wie gut, dass wir dich dabeihaben. Daran haben wir noch nicht gedacht, weil uns die Tatsache als solche zu schaffen macht. Wer tut so etwas?"

Wolf fühlte sich wider Willen geschmeichelt. „Jemand, der einen guten Grund dafür hat. Ich kann mir nicht vorstellen, dass das Vorgehen für den Verursacher keinen Sinn hat. Es muss etwas dahinterstecken, was sich uns jetzt momentan noch nicht erschließt. Wie ein Bild, das wir nicht verstehen. Ihr seht doch, dass er sich unglaubliche Mühe mit dieser Frau gegeben hat, fast als bereute er die Tat im Nachhinein oder hat sie nicht freiwillig begangen."

„Also, ich würde mir von keinem sagen lassen, dass ich jemandem ein Organ herausnehmen soll", konterte Peter. „Wie meinst du das von wegen freiwillig?"

„Nicht wörtlich, Peter", erklärte Wolf, „eher so, als ob einer dazu getrieben wird und gar nicht anders kann. Nach Erreichen seines Ziels gibt er alles, um das, was passiert ist, wieder ungeschehen zu machen. Fast so, dass alles oder noch schöner ist als vorher."

„Puh", kam es von Detlef. „Haben wir dann noch mehr solche versehrten Flügelwesen zu erwarten, weil derjenige immer wieder dazu getrieben wird? Das ist doch die Frage."

„Wenn die Unternehmung einem bestimmten Zweck gedient hat, der jetzt erfüllt ist, könnte es die einzige Tat bleiben. Möglich ist alles", konstatierte Wolf. „Wer will das wissen?"

„Wer will was wissen?", kam es von der Tür. Nadja lehnte im Rahmen und grinste. „Ich sehe, ihr braucht mich für weitere Erkenntnisse, weil ihr auf der Stelle tretet."

„Du sagst es“, antwortete Peter und seufzte. „Setz dich, ich hole dir einen Kaffee. Ich hoffe, du kannst Licht ins Dunkel bringen.“

„Das kann ich natürlich nicht garantieren, aber ich habe ein paar beachtenswerte Neuigkeiten, würde ich sagen“, antwortete Nadja. „Ob ihr damit was anfangen könnt, müsst ihr selbst entscheiden. Das Organ, das wir im Unterleib der Frau gefunden haben, war, wie ihr bereits seit meinem Anruf wisst, nicht ihr eigenes.“

„Kurze Frage“, bat Wolf, „ich will dich nicht lange unterbrechen. Wurde es denn eigentlich fachmännisch entfernt?“

„Das muss man unumwunden zugeben“, berichtete Nadja. „Sauber gemacht. Anschließend hat er sie ausbluten lassen und das Blut parallel mit einem unbekannten Mittel ersetzt, das dann allerdings auch wieder entfernt worden ist. Fakt ist, dass es die Leiche konserviert hat und zwar jenseits uns bekannter Methoden, die die Zellen entweder schrumpfen oder platzen lassen. Ihre waren nahezu unversehrt. Das ist ganz unglaublich.“

„Was kann ich mir darunter vorstellen?“, erkundigte sich Peter. „Selbst wenn man sie irgendwo liegen lässt, bleibt sie so und verwest nicht?“

„So in etwa“, sagte Nadja und nickte. „Zusätzlich ist ihr ganzer Körper mit dem Mittel getränkt worden. Sie muss also einige Zeit darin gelegen haben.“

„Hört sich nach einer Art Formalin an“, überlegte Detlef.

„Ist es aber nicht“, erklärte Nadja. „Diese chemische Verbindung ist mir unbekannt. Da muss ein Fachmann ran.“

„Vielleicht weiß ich da wen“, informierte Wolf die Kollegen.

„Schön, aber lass mich erst fortfahren“, bat Nadja. „Uns ist nämlich noch ein vielleicht nicht ganz unwichtiges Detail aufgefallen. Es stach uns ins Auge, als wir untersuchten, ob die Gebärmutter in der Unbekannten auch ihre eigene war.“

„Sag nicht, dass sie verwandt sind“, stöhnte Peter laut.

„Das nicht, zumindest nicht, was du darunter verstehst, so mit Blutsverwandtschaft und so, aber es gibt gewisse Sequenzen in der DNA, die übereinstimmen“, berichtete Nadja.

„Und was soll uns das sagen?“, fragte Nadine.

„Es könnte Zufall sein oder tatsächlich eine sehr entfernte Verwandtschaft“, klärte Nadja auf. „Im vorliegenden Fall müsste man auch über einen genetischen Zwilling nachdenken. Jemand hat dieser Frau eine Gebärmutter eingesetzt, die wahrscheinlich nicht abgestoßen worden wäre.“

„Sprichst du von bewusster Organtransplantation?“, hakte Wolf nach.

„Darüber muss man zumindest einmal nachdenken“, erwiderte Nadja.

„Aber wozu“, wunderte sich Peter. „Die war doch schon schwanger. Was sollte die mit einer anderen Gebärmutter?“

„Das Kind könnte krank gewesen sein. Möglicherweise hatte es schon öfter Probleme in der Gravidität gegeben“, wandte Nadja ein. „Aber das liegt wahrscheinlich eher an der Genetik als am Organ selbst. Um das jedoch genauer zu wissen, müsste ich den Uterus der Frau untersuchen. Auch eine Anomalie käme infrage, sodass jede Schwangerschaft ab einem gewissen Zeitpunkt während der 40 Wochen nicht mehr möglich war. Hier sind mir aber die Hände gebunden. Das kann ich wirklich nicht herausfinden. Vielleicht taucht die Gebärmutter ja noch auf. Dann wissen wir unter Umständen mehr.“

„Wäre es möglich, dass bei der OP etwas schiefgegangen ist, weil man die neue Gebärmutter nicht mehr mit dem Körper verbunden hat? Sie hätte doch mit sämtlichen Gefäßen etc. angenäht werden müssen. Und wenn du sagst, sie hat noch gelebt, als die andere herausgenommen worden ist, dann ist sie vielleicht verblutet, quasi jemandem unter den Händen weggestorben, der sie gerne behalten hätte und darum dieses Konservieren“, kam es von Wolf.

„Und das Zurschaustellen in diesem engelartigen Outfit“, fügte Peter hinzu.

Nadja zuckte mit den Achseln. „Ich bin hier überfragt“, gab sie zu. „Einfach weil mir nicht alle Details vorliegen.“

„Wir, äh, ich meine, ihr müsst wegen des Organaustausches mit Fachleuten sprechen“, schlug Wolf vor. „Was ist mit dem Doktor Niederegger, der mich und

Niklas operiert hat? Das ist doch ein guter Bekannter von dir, Nadja."

„Klar", stimmte sie zu, „ich kann Till gerne anrufen. Das ist kein Problem. Wenn einer uns raten kann, dann er."

„Oder sein Chef, der Professor", fiel Wolf noch ein. „Professor Doktor Severin Pichlmayr ist auch eine Koryphäe in der Transplantationsmedizin. Und er ist mit meinem Freund Büthe sehr gut bekannt. Ich schlage vor, wir holen uns bei ihm parallel eine zweite Meinung ein."

„Einen Chemiker oder besser noch einen Biochemiker bräuchten wir auch", sagte Nadja. „Da muss ich mich aber erst mal schlaumachen. Wenn ich mich recht erinnere, hat eine meiner früheren Freundinnen aus dem Gymnasium Biochemie studiert. Die müsste ich ich versuchen ausfindig zu machen."

„Ja, erkundige dich mal", erwiderte Peter, „aber vielleicht fragt Wolf auch da seinen Kumpel Büthe. Ich könnte mir vorstellen, dass der Chef der Operativen Fallanalyse bestimmt so jemanden an der Hand hat. Verteilen wir also die Aufgaben: Wolf, wenn er so lieb ist, telefoniert mit Thorsten Büthe aus Hannover, Nadine, du checkst, ob wir wegen der Unbekannten bei Interpol weiterkommen. Nadja spricht mit Niederegger, dem Transplantationsspezi, Detlef soll was für die Presse vorbereiten und sich mit dem Momo Dietsch von der Landeszeitung abstimmen. Ich hab ihm versprochen, dass er das exklusiv kriegt. Bearbeite ihm ein

Foto, auf dem man nur das Gesicht der Toten sieht und nicht das Drumherum mit Löckchen und so. Niklas, du kümmerst dich weiter um die Schrift im Schnee. Wissen wir, wessen Blut das war?“ Er sah Nadja an.

„Es war das der Toten, aber mit Heparin versetzt, damit es nicht gerinnen konnte. Sonst wäre die Botschaft auf diese Weise unmöglich gewesen.“

„Eins können wir auf jeden Fall sagen“, kam es aus dem Rollstuhl. „Der Mörder hat sowohl medizinisches als auch biochemisches Fachwissen.“

„Wohl so eine Art Universalgenie mit ein bisschen zu hoher Drehzahl im Gehirn“, meinte Peter.

„Gar keine so schlechte Idee“, fand Nadja. „Vielleicht haben wir es mit jemandem zu tun, der eine Inselbegabung hat. So eine Form von Autismus oder so.“

„Ihr sprecht also von einem Menschen, der auf der einen Seite genial ist, aber andererseits auch heftige Defizite aufweist?“, hakte Detlef nach.

„Genau das war meine Überlegung“, antwortete Peter und kratzte sich das Kinn. „Aber mir wäre es verdammt noch mal lieber, wenn wir es nicht mit einem durchgeknallten Typen zu tun hätten.“

Nadja schüttelte den Kopf. „Da bist du vollkommen auf dem Holzweg. Von verrückt kann überhaupt keine Rede sein. Diese Menschen sind klar im Kopf, zum Teil sogar hochbegabt, strukturiert, fixiert und pedantisch. Oft fehlt ihnen die Empathie.“

„Sag ich doch, durchgeknallt“, beharrte Peter auf seiner Meinung.

„Das ist Definitionssache“, erwiderte Nadja. „Ich glaube aber, bei so einem Tätertyp könnte es sich viel schwieriger gestalten, ihm auf die Spur zu kommen, als bei einem von dir als Verrückten bezeichneten. Ein Mensch mit einer schweren psychosozialen Persönlichkeitsstörung handelt nämlich eher impulsiv und weniger überlegt. Seine Aktionen sind spontaner, also nicht geplant. Jemand mit Grips könnte schwer zu überführen sein.“

„Möglich, für mich sind beide Arten von Typen durchgeknallt“, behauptete Peter, „und fertig.“

„Wollen wir uns dann unseren Aufgaben widmen?“, schaltete sich Wolf ein und beendete die Diskussion. Er war müde, auch wenn er das ungern zugeben wollte.

„Also gut“, lenkte Peter ein. „Dann verabreden wir uns wieder für den nächsten Nachmittag. Passt das mit deinen Übungsstunden, Wolf? Ich hätte dich wieder gerne mit dabei.“

„Das kriegen wir hin“, versprach Wolf. „Die Stunden sind vormittags und noch etwas Massage am Abend. Es ist sicher auch möglich, kurzfristig etwas umzustellen, denn der Mann ist ja nur meinetwegen hier.“

„Okay, dann ran an die Arbeit“, ordnete Peter an.

Detlef, Nadine und Niklas gingen in ihre Büros. Wolf winkte zum Abschied an der Tür.

Als alle weg waren, nahm Peter seine Frau in den Arm. „Wie kommst du mit dem Fall klar, Nadeschda?“, fragte er besorgt. Seit ihrer Eileiterschwangerschaft konnte sie keine Kinder mehr bekommen.

„Ganz gut, mein Schatz“, sagte Nadja und lächelte ihn an. Es war rührend, dass er so mitfühlte. „Ich wüsste nur zu gerne, was einen Menschen dazu bringen kann, einer Frau den Uterus samt Embryo zu entfernen und eine andere Gebärmutter in den Unterleib zu legen. Das beschäftigt mich. Mit der anderen Sache habe ich abgeschlossen. Außerdem habe ich ja dich. Zwei von der Sorte, um die ich mich kümmern muss, wären mir zu viel.“

Peter brummte. Er war doch kein Kind.

„Wir werden es herausfinden“, versprach er ihr, „und das Schwein einkassieren, das das gemacht hat.“

Überlegungen

Momo Dietsch hatte viele Quellen, die er anzapfen konnte. Zuerst war er etwas missmutig gewesen, dass er nicht gleich mit der Nachricht und einem Foto an die Öffentlichkeit hatte gehen können, aber er sah es im Grunde ein. Und es lief ihm ja auch nicht weg. Er würde exklusiv berichten dürfen. Das Versprechen hatte er vom Kommissariat.

Was ihm keiner verwehren durfte, war, dass er eigene Recherchen anstellte. Etwas an der jungen Frau war ihm komisch vorgekommen. Okay, sie war tot und deswegen sowieso blass-bläulich bleich, aber trotzdem war sie ihm unglaublich hellhäutig und hellhaarig vorgekommen. Er hatte schon so einige Tote gesehen. Sie war anders. Sie wirkte tatsächlich wie eine Lichtgestalt, beinahe durchscheinend.

Wieder und wieder studierte er die Bilder, die er am Fundort gemacht hatte. Besonders genau betrachtete er den Haaransatz, denn dort konnte man eine unechte Blondine am besten entlarven.

Doch hier war wirklich alles hell. Kein dunkel nachwachsendes Haar zeigte sich auf den Fotos, die Augenbrauen waren fast weiß. Leider konnte er die Achsel- oder Schambehaarung nicht erkennen, aber er hätte seinen Arsch darauf verwettet, dass auch die nahezu unpigmentiert war.

Und eben da lag der Hase für ihn im Pfeffer. So helle Menschen hatte er bisher gehäuft nur auf Island gesehen. Natürlich mochte es auch in Deutschland und Umgebung welche geben und sicherlich etliche in den nordischen Ländern wie Schweden, Dänemark, Norwegen oder Finnland. Aber vielleicht hatte genau das etwas zu bedeuten. Sie sah nicht aus, als ob sie von hier stammte.

Das Klingeln des Telefons riss ihn aus seinen Gedanken.

„Dietsch."

„Hei, Momo, hier ist Peter Kruse vom Bückeburger Kommissariat ."

„Ah, toll von dir zu hören. Gibt's was Neues?"

„Leider nichts, wovon ich dir berichten könnte."

„Schade, aber du wirst doch einen Grund haben, weswegen du mich anrufst", vermutete Momo.

„Klar, du kannst jetzt einen Aufruf in der Zeitung starten", informierte Peter ihn, „aber nur das Gesicht, hörst du? Schneid von den Goldlöckchen so viel ab, wie du kannst."

„Ah, dann wisst ihr immer noch nicht, wer die Frau ist."

„Würde ich dich sonst anrufen?", fragte Peter und verdrehte im Geist die Augen.

„Vielleicht brauchst du auch so meine Hilfe", überlegte Momo laut.

„Ganz bestimmt brauche ich die, weil du uns ja kriminalistisch haushoch überlegen bist“, gab Peter als Antwort. „Sag uns also alles, was du weißt und wir noch nicht.“

Arroganter Fatzke, dachte Momo. „Vielleicht mache ich das“, sagte er frech, „vielleicht auch nicht.“

„Wenn du sachdienliche Informationen zurückhältst, machst du dich strafbar“, drohte Peter scherzhaft.

„Schon klar, Herr Kommissar!“

„Oberkommissar, bitte.“

„Von mir aus auch das.“

„Spaß beiseite. Kann ich mich darauf verlassen, dass du sensibel mit dem Aufruf umgehst? Also keine Details, die dir bekannt sind. Nur Foto und kurze Beschreibung, wo die Frau gefunden worden ist?“

„Klar, hab ich ja versprochen. Und du wolltest mich auf dem Laufenden halten, wenn es was Neues gibt.“

„Mache ich dann auch, wenn es was Relevantes ist, was ich weitergeben kann“, sicherte Peter ihm zu.

„Na gut, ich verlasse mich auf dein Wort“, sagte Momo und verabschiedete sich.

Jetzt hatte er es eilig. Er konnte endlich tätig werden. Und öffentlich war schließlich öffentlich. Auch wenn Peter Kruse nur was von Zeitung gesagt hatte … Er hatte ihm auch nicht verboten, einen Aufruf via Facebook zu machen, und da war er mit Journalisten aus ganz Europa vernetzt. Mal sehen, ob er dem Kommissar nicht noch zeigen würde, dass er ihn brauchte. Ruckzuck beschnitt er zwei Fotos auf den Bereich des

Gesichts. Eines ließ er so, wie es war, dem anderen fügte er zwei blau-graue Augen ein, als ob die Frau noch lebte. Es war höchstwahrscheinlich, dass sie bläuliche oder zumindest helle Augen hatte, bei dem nordischen Typ Mensch.

Diese Bilder postete er auf seinem Facebook-Account und bat darum, dass dieser Beitrag bitte möglichst oft geteilt werden sollte.

Erst dann machte er sich an den Artikel mit dem Aufruf für die Landeszeitung, wovon er sich nicht viel versprach, denn wenn die Tote von hier wäre, hätte sie doch längst jemand vermisst. Die Kripo wäre informiert und man hätte Fotos von ihr in der Bückeburger Facebook-Gruppe und auf anderen Seiten der Umgebung online gestellt.

Dann kam ihm noch eine Idee. Ihm war die mysteriöse Schrift wieder eingefallen. Er hatte zwar versprochen, nichts zu schreiben, was mit der Toten in Zusammenhang zu bringen war, aber niemand hatte ihm untersagt, nach zwei komischen Worten zu fragen.

Also verfasste er einen neuen Post mit der scheinbar belanglosen Frage, ob ihm jemand sagen könne, was „ALDRIG MOR“ heißen könnte.

Ganz kurz kam ihm in den Sinn, dass auch der Mörder oder einer von der Kripo in Bückeburg dies lesen könnte, aber dann verwarf er den Gedanken und wartete gespannt auf Reaktionen aus dem Netz.

An einem stillen Ort

Sie lag einfach so da, als ob sie schlief, und irgendwie tat sie das auch. Vom Wachsein keine Spur, auch keine Anteilnahme am Leben um sie herum, wenn sich dort welches abspielte, aber meist war sie sowieso allein. Vanessa existierte nur noch, aber in seiner Vorstellung lebte sie weiter, auch, wenn sie nie wieder aufwachen würde. So lange sie nicht tot und unter der Erde war, konnte er sie berühren, sie riechen, mit ihr sprechen, auch wenn sie nichts hörte. Es war ein Kampf gegen die Einsamkeit, sein ganz eigener, den er zu gewinnen hoffte.

Die Maschinen, die ihren Organismus in Gang hielten, machten gleichmäßige, eintönige Geräusche. Es fiel ihm immer schwerer, sie zu ignorieren und sich auf ihre Zweisamkeit zu besinnen. Wenn es gelungen war, was sie beide für sich ersehnt hatten, würde er sie in einen anderen Zustand übertreten lassen, der den Tod besiegte. Aus Liebe! Sie war etwas, dass sie beide verband. Jenseits aller Vernunft, beinahe jenseits von allem, was möglich oder machbar war.

Jetzt würde sich ihrer beider Liebe zu guter Letzt manifestieren. Ja, er konnte wirklich Berge versetzen. Nur schade, dass es niemand erfahren würde.

Wenn Vanessa ahnen könnte, was er geschafft hatte, wäre sie mehr als stolz auf ihn. Freuen würde sie sich mit ihm. Grenzenlos über alle Endlichkeit hinweg. Jetzt hieß es durchhalten.

Besuch im Herminenhof

Leider war es nicht gestattet, zwei große Hunde mit in die Einrichtung an der Birkenallee zu bringen, aber Wolf hatte Sehnsucht nach seiner kleinen Familie. Also hatten sich Moni und er am frühen Abend oberhalb des Teiches verabredet. Seitlich standen ein paar Bänke. Mittlerweile fehlte ihm sein bisheriges Leben so sehr, dass es fast weh tat, aber er war hier, damit er überhaupt wieder ein annähernd normales würde führen können. Das musste er sich immer wieder ins Gedächtnis rufen. Es handelte sich nicht um Urlaub oder Wellness, nein, er wollte Moni nicht als kompletter Krüppel zur Last fallen.

Das Wort durfte er in ihrer Gegenwart überhaupt nicht benutzen. Sie hätte mit ihm geschimpft. Wahrscheinlich sah er das Ganze sowieso viel kritischer als jeder andere um ihn herum. Es gab schließlich genug Menschen, die im Rollstuhl zurechtkommen mussten und etliche, die sogar Leistungssport betrieben. Ihnen zollte er in Gedanken seine Hochachtung. Gleichzeitig musste er sich eingestehen, dass er selbst schwach war. Eine Memme sozusagen. Für ihn war dieses Schicksal auf Dauer nicht zu ertragen. Der lahme Arm hatte ihn in den vergangenen Jahren schon genug Nerven gekostet. Aber seit heute hegte er tatsächlich so etwas wie Hoffnung, denn sein Therapeut Otto Winkler, eine Mischung aus Physio- und Ergotherapeut mit einer Zusatzausbildung zum Osteopathen, war wohl echt sein Geld wert. Auf jeden Fall ging er ganz anders mit ihm um, beherrschte Handgriffe und Übungen, die sich von allem unterschieden, was Wolf bisher kennengelernt hatte. Jetzt war er müde, und jedes Körperteil tat ihm weh, aber um nichts in der Welt hätte er das Treffen mit Moni und den Jungs abgesagt. Es würde sowieso nicht ewig dauern können, denn draußen gab es anhaltende Minusgrade mit leichter Tendenz nach unten. Das hielt man sitzend auch warm eingepackt nicht lange aus. Und die Hunde konnten sich ebenfalls nicht genug bewegen, wenn er nur langsam neben ihnen durch den Park fuhr.

Fröstelnd saß er in seinem Rolli und konnte es kaum erwarten, Moni zu sehen. Es war gut, dass es Skype und WhatsApp gab, aber den persönlichen Kontakt konnte das nicht ersetzen. Ihm fehlten die Wärme und Nähe seiner Verlobten. Sie war ein ganz besonderer Mensch. Aber noch bevor er sie sah, kamen Leo und Ole um die Ecke in den Park gestürmt. Während der Große wedelnd vor ihm stand, sprang der Kleine an seinen Knien hoch und quiekte vor Freude.

„Könnt ihr nicht auf mich warten?", rief eine wohlbekannte Stimme, und ihm wurde warm ums Herz.

„Ach, lass sie doch, sie haben mich so lange nicht gesehen", wandte Wolf ein und erwiderte Monis Kuss.

„Na, wie waren deine ersten Stunden mit Heimtrainer?“, fragte sie schelmisch.

„Heimtrainer ist gut. Ich habe noch irgendwo so ein olles Rad im Schuppen stehen, womit man auf der Stelle fahren kann.“

„Schmeiß es weg! So was braucht kein Mensch mehr. Dann schon lieber ein Laufband oder einen Crosstrainer, aber ehrlich gesagt fällt das bei uns wegen der beiden Hunde sowieso flach. Glaub mir, ich bewege mich genug.“

„Kann ich mir vorstellen. Ja, die Übungsstunden sind richtig klasse.“ Er verzog das Gesicht und reckte sich. „Mir tut alles weh.“

„Ich werte das mal als gutes Zeichen“, sagte sie. „Und in der übrigen Zeit? Langweilst du dich da nicht?“

„Äh, ähm, ja, ehrlich gesagt nicht so“, druckste Wolf herum. Er hatte Moni bewusst noch nichts von der Frauenleiche erzählt, denn er ahnte, was sie davon halten würde, dass er sich einmischte, obwohl er im Krankenstand war. Und eigentlich war das ja auch gar nicht seine Absicht gewesen. Diese Tote hatte sich ihm quasi aufgedrängt, zumindest optisch.

Moni sah ihn schräg von der Seite an. „Schieß los! Was ist passiert?“

„Man hat mich zu einem Fall hinzugezogen“, erklärte er und versuchte die Sache zu verharmlosen, „aber nur als Berater, weißt du. In Prinzip keine große Sache, ich höre nur zu und gebe gelegentlich meinen Senf dazu.“

„Und das soll ich dir glauben?“, fragte Moni mit skeptischem Blick.

„Ja klar, schließlich konnte ich nichts dafür, dass ich die Frau gefunden habe“, versicherte er ihr.

„Ach so, durch dich ist das Ganze erst ins Rollen gekommen“, erwiderte Moni. „Schon klar, dass du dir das nicht wegnehmen lassen wolltest.“

„Nein, du verstehst das falsch“, versuchte Wolf die Situation zu retten, „jeder andere hätte die Tote auch finden können, logisch. Ich habe nur auf diese Weise als Erster davon gewusst, und ich schätze, die Kollegen wollten mich dann nicht ausklammern, damit ich nicht den Eindruck bekomme, man hätte mich aufs Abstellgleis geschoben.“

„Wie rührend“, sagte Moni sarkastisch. „Ich hoffe aber, dass du dich vor allem um deine Gesundheit kümmerst. Das hat ja wohl Priorität. Wenn ich schon so lange auf dich verzichten muss, weil du dich in diese freiwillige Klausur begeben hast, sollte alles andere hintan stehen. Glaubst du, es fällt mir leicht, jede Nacht alleine zu schlafen? Ich vermisse deine Nähe. Aber ich bewundere deinen Biss, wieder auf die Beine kommen zu wollen. Lass dir das nicht kaputtmachen, indem du dir deine Energie von den Kollegen rauben lässt. Du brauchst sie für dich selbst.“

Wolf drückte Monis Hand ganz fest, während er neben ihr und den Hunden bergab rollte. „Keine Bange, ich will doch auch wieder so schnell es geht nach Hause. Ich verspreche dir hiermit hoch und heilig, dass es keine Verlängerung meines Aufenthaltes und meiner Anwendungen geben wird. Glaub mir, ich hänge mich voll rein. Weihnachten bin ich bei dir!"

„Das ist schön", freute sich Moni und küsste ihn auf die Stirn. „Dann habe ich nichts dagegen, wenn du dich ein bisschen nützlich machst. Kommst du in deiner freien Zeit wenigstens nicht auf dumme Gedanken." Sie lachte.

„Mit der 85-jährigen Hilde oder was?", konterte Wolf.

„Immerhin stehst du auf ältere Frauen, wie man an mir sieht", entgegnete sie scherzhaft und kramte dann in ihrer Tasche. „Guck mal, was ich dir mitgebracht habe."

Wolf schnupperte und sah in die Tüte. „Adventskekse!", freute er sich. „Das ist aber lieb, dass du mir welche gebacken hast. Hier gibt es nur die aus der Pappschachtel, und die schmecken echt gruselig."

„Na, dann hatte ich ja den richtigen Riecher", erwiderte Moni, „apropos Riecher: Was ist denn das für eine tote Frau?"

Wolf grinste innerlich, winkte aber beschwichtigend ab. „Ziemlich jung und ziemlich blond. Viel wissen wir noch nicht."

„Auch nicht, woran sie gestorben ist?"

Wolf schüttelte den Kopf.

„Ach, dann war es vielleicht gar kein Mord?", erkundigte sich Moni.

„Doch, das schon", gab Wolf zu, „aber bitte frag nicht weiter. Ich erzähle dir später einmal davon. Momentan muss ich meine Gedanken ordnen."

„Dabei könnte ich dir helfen“, versuchte Moni ihr Glück weiter.

„Gerne, vielleicht beim nächsten Mal“, wehrte Wolf ab und rief die Hunde. Er hatte noch Leckerchen in seiner Jackentasche.

„Ich sehe schon, du bleibst wieder eisern“, sagte sie und zwinkerte ihm zu, während er Leo und Ole fütterte.

„Nicht böse sein, mein Schatz, ich möchte darüber momentan noch nicht sprechen“, erklärte er ihr. „Vieles ist zu verworren und undurchsichtig. Du könntest mit den Informationen so wenig anfangen wie wir alle. Zum Beispiel mit der geheimnisvollen Inschrift ‚ALDRIG MOR‘, um nur ein Detail zu nennen.“

Moni sah ihn nachdenklich an. „Schon mal drüber nachgedacht, dass es sich um eine andere Sprache handeln könnte?“

„Du meinst, so eine Art Geheimsprache?“, hakte Wolf nach.

„Nein, ich spreche von einer anderen Landessprache. Du weißt doch, dass ich Norwegisch gelernt habe.“

„Ja, und?“

„Also, da gibt es das sehr ähnliche Wort ‚ALDRI‘, was ‚NIEMALS‘ heißt“, informierte sie ihn. „Na ja, und ‚MOR‘ heißt ganz einfach ‚MUTTER‘. Auf Norwegisch hieße es: Niemals Mutter. Ich weiß nicht, ob du damit etwas anfangen kannst. Vielleicht schreibt man das erste Wort in einer anderen skandinavischen Sprache am Ende mit G.“

Wolf hatte bei Monis Ausführungen große Augen bekommen. Die Bezeichnung „NIEMALS MUTTER“ passte zu der Toten wie die Faust aufs Auge. Er holte tief Luft. „Ich muss dringend Peter anrufen. Tut mir leid. Du hast wahrscheinlich den Nagel auf den Kopf getroffen. Danke für deine unerwartete Hilfe.“

„Gerne“, erwiderte sie erstaunt und sah auf die Uhr. „Dann sehen wir uns vielleicht morgen Abend wieder? Ich könnte dich abholen und für uns kochen.“

„Ja, vielleicht, das wäre schön“, antwortete Wolf und kraulte seine Hunde, „wir telefonieren, ja? Mal sehen, wie es mir morgen nach dem zweiten Tag von Ottos Tortur geht.“

„Einverstanden“, antwortete Moni und drückte ihn ganz fest an sich. „Falls du übrigens wieder meine Hilfe brauchst, zögere nicht, mich anzurufen.“ Sie lächelte. „Wer hätte gedacht, dass dir meine Norwegisch-Kurse mal in einem Mordfall weiterhelfen würden?“

„Eine Erweiterung des Horizonts schadet nie“, gab Wolf zurück und verabschiedete sich mit einem Kuss. Jetzt brannte er darauf, Peter zu informieren.

Niemals Mutter

Als Wolf wieder in seinem Zimmer war, legte er Mütze, Schal, Handschuhe und Jacke schnell auf sein Bett. Er hatte es eilig, und er war gespannt, was sein Freund und Kollege zu dieser sensationellen Information sagen würde.

Noch ganz außer Atem vom Auskleiden, wählte er Peters Nummer.

Er war auch wirklich gar nichts mehr gewohnt nach dieser langen Krankenzeit. Das musste dringend anders werden, nahm er sich vor.

Peter Kruse nagte in diesem Moment auf einem fiesen Stück Staudensellerie, das Nadja in den Nudelsalat gemischt hatte. Grüne Zungen- und Gaumenfolter sozusagen.

Anstatt mehr Hühnerfilet anzubraten und hineinzuschneiden, musste es wieder dieses rohe Gemüse sein, auf das er wirklich verzichten konnte. Die Äpfel waren ihm ja egal. Sie schmeckten wenigstens süß, aber alles, was grün war und gesund roch, musste man doch wirklich nicht haben. Natürlich hatte er schon beim Auffüllen seines Tellers darauf geachtet, möglichst wenig von dem Zeug zu erwischen, aber wegen der Salatsoße aus Trüffelöl und Zitronenessig blieb einiges davon auf dem Hähnchenfleisch haften. Er fürchtete, dass er unter ihren wachsamen Augen nicht darum herum kam, das Gesunde mitzuessen. Insofern war er froh, dass sie durch das Klingeln seines Smartphones abgelenkt war, das direkt neben ihr lag.

„Geh doch mal kurz ran", bat er und versuchte den Sellerie unbemerkt abzustreifen. „Wer ist es?"

„Wolf", antwortete Nadja und drückte auf den Hörer im Display. „Hallo, mein Lieber, hier ist Nadja. Peter kaut noch um das Gemüse drum rum und denkt, ich merke das nicht. Ich wette, er sammelt es wie ein Hamster in seinen Backentaschen, um es später auszuspucken, wenn ich nicht mit dabei bin."

Weder mit Nadja noch solch einer belanglosen Information hatte Wolf in diesem Moment am anderen Ende der Leitung gerechnet. Er wollte etwas wirklich Brisantes loswerden. „Schön, schön", sagte er, ohne ihr wirklich genau zugehört zu haben. „Aber ich hab was Wichtigeres. Stell mal auf laut, dann könnt ihr es gleich beide hören."

Nadja wunderte sich kurz über Wolfs Art, schaltete dann aber den Lautsprecher an.

„Hallo. Hört ihr mich?"

„Ja", sagten beide wie aus einem Mund.

„Ich weiß jetzt, was die Inschrift über der Toten bedeutet. Moni konnte es mir sagen", erklärte Wolf.

„Was?", fragte Peter ungläubig. „Da rätseln wir herum und sie weiß es einfach. Na, da bin ich jetzt aber gespannt."

„Ich auch“, gab Nadja zu. „Ist es ein Begriff aus dem Yoga?“ Sie erinnerte sich, dass Moni täglich Übungen absolvierte.

„Das nicht, aber ihr habt vielleicht mitbekommen, dass sie seit einiger Zeit Norwegisch lernt.“

„Nee, das ist mir echt komplett neu“, kam es von Peter.

„Hab ich auch nicht mitgekriegt“, gab Nadja zu.

„Egal, na ja, jedenfalls heißen diese beiden Worte auf Norwegisch wohl ‚Niemals Mutter'“, erklärte Wolf. „Es wird nur ohne G geschrieben. Mit G ist es laut Moni eher dänisch oder schwedisch.“

„Wow, das passt ja“, freute sich Nadja. „Mit einer entfernten und wieder lose in den Bauchraum gelegten Gebärmutter kann man wirklich nicht Mama werden.“

„Könnte also tatsächlich einen Sinn ergeben“, stimmte Peter zu. „Nur: Ich verstehe das Ganze nicht. Was soll so was? Und wer macht so was?“

„Ich frage mich, ob es eventuell tatsächlich einen sakralen Hintergrund geben könnte“, überlegte Wolf laut. „Wir haben zwar mit unseren Augen einen Engel gesehen, aber vielleicht sollte die Darstellung eher die Jungfrau Maria symbolisieren.“

„So einen Gedankenansatz hatten wir schon“, erinnerte Peter.

„Weiß ich“, gab Wolf zu, „ich bin schließlich nicht senil, aber da haben wir überhaupt nicht weitergedacht.“

„War die Dame denn noch jungfräulich?“, erkundigte sich Peter bei Nadja, „falls es um die unbefleckte Empfängnis geht.“

Nadja schwieg. Man konnte direkt sehen, dass ihre grauen Zellen arbeiteten. „Äh, ehrlich gesagt, haben wir das nicht überprüft, denn wenn jemand schwanger ist, geht man doch eigentlich davon aus, dass der Braten auf herkömmliche Weise in die Röhre gelangt ist. Natürlich gibt es Inseminationen oder das Einsetzen von befruchteten Eizellen, aber bei dem Alter der jungen Frau, das ich auf Anfang bis Mitte 20 schätze, wäre es doch mehr als ungewöhnlich, wenn sie Virgo intacta wäre“, erklärte Nadja.

„Virgo was?“, wollte Peter wissen.

„Jungfräulich, du Knaller, wohl nie gehört, was?“, fragte Wolf.

„Mit diesem medizinischen Krimskrams kenne ich mich nicht aus. Muss ich auch nicht“, fand er und zwinkerte Nadja zu.

„Schon klar, du sitzt an der Quelle“, kam es aus der Leitung.

„Also, ich werd das für euch nachgucken, ob sie noch ihr Hymen hat, wenn ich wieder im Institut bin“, versprach Nadja. „Erhofft euch aber nicht zu viel davon. Es gibt so unterschiedliche Formen von Jungfernhäutchen, und im Normalfall sind sie auch ziemlich dehnbar. Heißt also nicht, dass jedes sofort reißt, wenn …“

Peter lachte. „Na ja, mit Mitte 20 sollte es aber wohl doch schon durchgevögelt sein.“

„Sollte man meinen“ stimmte Wolf vom anderen Ende der Leitung aus zu.

„Ihr seid mir schon so ein paar Spaßvögel, um bei der Terminologie zu bleiben“, sagte Nadja, „und ich bin der Meinung, ihr liegt hier völlig falsch. Wenn sie eine Madonna hätte darstellen sollen, dann doch nur mit Kind. Und eben das fehlt ja. Ich frage mich nur, wo die andere Frau ist und ob sie noch lebt.“

„Darüber habe ich letzte Nacht schon gegrübelt“, kam es von Wolf.

„Könnt ihr zwei Zuckermäuse mich mal aufklären, welche andere Tussi ihr meint?“, fragte Peter.

„Schalt dein Hirn ein“, stöhnte Wolf.

„Ach so, die von der falschen Gebärmutter“, fiel ihm ein. „Denkt ihr, die hat man einer lebendigen Frau entfernt?“, hakte Peter nach. „Ich war immer davon ausgegangen, dass das Organ von einer Toten stammt, weswegen man auch nicht versucht hat, es in der Engelfrau festzunähen.“

„Kläre ich“, versprach Nadja, der Leichenschändung wesentlich lieber war als eine weitere Unglückliche, die einem Spinner zum Opfer gefallen war.

„Also, ich finde die ganze Sache irgendwie gruselig“, gab Peter zu. „Man muss doch davon ausgehen, dass wir es so oder so mit einem total durchgeknallten Kerl zu tun haben.“

„Ist das nicht meistens so?“, fragte Wolf, der schon wieder ganz in seinem Element war. „Immerhin scheint er aber chirurgisch bewandert zu sein, oder, Nadja? Du hattest doch erwähnt, dass die operativen Eingriffe mit Sachkenntnis ausgeführt worden waren."

„Das ist korrekt", bestätigte Nadja. „Irgendeinen medizinischen Hintergrund hat derjenige, aber es sah mir nicht nach alltäglicher Routine aus. Ich schlage vor, dass ihr noch meine weiteren Ergebnisse abwartet."

„Gut, dann vertagen wir uns doch auf morgen", schlug Peter vor. Er musste unbedingt endlich den Staudensellerie ausspucken.

„Einverstanden", erwiderte Wolf, „dann schlaft mal schön, ihr zwei. Gute Nacht!"

„Die wünschen wir dir auch", verabschiedete sich Nadja und Peter brummte noch etwas Undefinierbares dazu.

Ein Meilenstein

Auch Momo Dietsch war der Bedeutung via Facebook auf die Spur gekommen. Sie führte nach Dänemark. Er war immer noch dankbar, dass Peter Kruse ihn die wichtigsten Bilder von der Wand hatte abfotografieren lassen, die sie zu jeder Mordermittlung nutzten.

Diverse sogenannte Facebook-Freunde hatten ihn über die Bedeutung der Inschrift aufgeklärt. Es hieß eindeutig „Niemals Mutter", und das war schon ein absoluter Knaller. Mittlerweile war er sogar noch weiter gekommen und hatte eine Informantin an der Angel, die glaubte, die junge Frau zu kennen, die man dort im Herminenpark gefunden hatte. Wenn das stimmte, würde man ihm auf die Schulter klopfen. Er glaubte nicht, dass die Kommissare schon so weit gekommen waren wie er. Momo hoffte, dass sie ihm weitere Informationen zum Fall geben würden, wenn er sie tatsächlich in ihren Ermittlungen unterstützen konnte.

Er sah auf die Uhr und checkte seine Mails. Diese Dänin Mette von Facebook hatte ihm wirklich geschrieben und ihre Telefonnummer mitgeteilt. Sie erwähnte auch noch mal, dass sie glaubte, die Frau auf dem Foto zu kennen. Angeblich hieß sie Alma Michelsen. Im Anhang der Nachricht fand er ein Bild, das er wieder und wieder ansah. Wenn er ehrlich zu sich selbst war, dann hätte er diese junge Frau gerne persönlich kennengelernt. Mit ihren üppigen blonden Locken war sie ein echter Hingucker. Aber war sie in der Tat das Opfer aus dem Herminenpark? Er verglich beide Ablichtungen. Das war nicht so einfach zu beurteilen. Dadurch, dass der Mörder sie als Engel aufbereitet und derart pompös dem Betrachter preisgegeben hatte, wirkte sie ganz anders als seinerzeit im richtigen Leben.

Egal, fand er, denn gleich würde er mit Mette telefonieren, um weitere Details zu erfragen. Er sah auf die Uhr. Noch zehn Minuten. Genug Zeit, um sich noch schnell einen Kaffee zu machen und ein paar Fragen zu notieren.

Mit seiner dampfenden Tasse machte er es sich vor dem Schreibtisch gemütlich und legte die Füße hoch. Dann wählte er Mettes Nummer, drückte auf sein Aufnahmegerät und anschließend Freisprechen.

„Hej, Momo", meldete sich die junge Dänin, „schön, mal deine Stimme zu hören."

„Finde ich auch", erwiderte Momo. „Und du glaubst tatsächlich, dass es sich bei der Toten um deine Bekannte handelt?"

„Ja, wir haben zusammen bei Esmark in Søndervig gearbeitet. Die vermieten Ferienhäuser", erklärte Mette. „Alma war sozusagen meine Kollegin."

Momo wunderte sich, wie gut Mette deutsch sprach und das mit einem niedlichen dänischen Akzent, aber es war vielleicht kein Wunder, wenn man ständig deutsche Touristen betreute.

„Aber dann muss sie doch jemand vermisst haben, wenn sie plötzlich nicht mehr da war", hakte Momo nach.

„Wieso denn plötzlich?", erkundigte sich Mette. „Sie ist doch bestimmt schon ein halbes Jahr weg aus Dänemark."

„Ach so", wunderte sich Momo. „Ja klar, das ist natürlich auch möglich. Ich war irgendwie davon ausgegangen, dass sie erst jetzt verschwunden ist."

„Nee, nee", antwortete Mette, „und verschwunden ist sie auch nicht. Sie hat sich bloß verliebt."

„Interessant", sagte Momo. „Weißt du, in wen?"

„Nej", kam es nachdenklich von Mette, „sie hat leider ein Geheimnis daraus gemacht. Da konnten wir nichts aus ihr rauskitzeln. Und wie haben wir gebohrt, wir Kollegen, als es hieß, sie würde der Liebe wegen wegziehen von Søndervig."

„Hat sie denn wenigstens gesagt, wohin sie gehen wollte?", erkundigte sich Momo, „oder woher sie den Mann kannte?"

„Hmm", machte Mette. „Weiß nicht, es sind nur Vermutungen. Erst habe ich gedacht, er wäre vielleicht einer von unseren Kunden oder sie hätte ihn aus einem Onlineportal für Bekanntschaften, aber da hat sie nur gekichert, als ich ihr das sagte. Ich sehe sie noch so ganz fröhlich vor mir. Sie schien glücklich mit dem Mann zu sein."

„Was ich nicht verstehe, ist, dass niemand von euch hinterher mit ihr Kontakt gehalten hat“, wandte Momo ein. „War denn niemand richtig mit ihr befreundet?“

„Doch, ich, aber sie hat zu mir gesagt, dass sie ganz weit weg gehen und dass es wenig Sinn machen würde, weil man sich sowieso nie wiedersähe“, erklärte Mette. „Sie wollte wohl so etwas wie einen sauberen Schnitt machen. Hier bei uns hatte sie wenig Glück mit Männern. Vielleicht wollte sie diese Zeit hinter sich lassen.“

„Dann hat sie also irgendwann ihre Wohnung aufgelöst und ihre Möbel mitgenommen?“, wollte Momo wissen.

„Sie hatte nur ein kleines, möbliertes Zimmer, wie wir meisten hier während der Saison“, informierte ihn Mette. „Da braucht man nur ein paar Sachen in einen Koffer zu schmeißen und kann weg. Ich glaube, sie hatte sonst noch gar keine eigene Wohnung, und wenn ich mich recht erinnere vermutlich nur ein Studienzimmer in einer WG.“

„Weißt du zufällig, wo sie studierte?“

„Esbjerg, glaube ich, aber das weiß ich nicht mehr so ganz genau“, gab Mette zu. „Ich erinnere mich nur, dass ihre Eltern einen Bauernhof auf Langeland haben, in Illebølle, glaube ich. Dort vermieten sie Ferienwohnungen, soweit ich weiß.“

„Langeland ist doch eine Insel, oder?“

„Ja, das stimmt.“

„Kommt man wahrscheinlich nur mit der Fähre hin?“, erkundigte sich Momo.

„Nein, man kann auch über Land fahren, wenn man nicht das Schiff in Kiel nehmen möchte“, wusste Mette. „Ist aber ein ganz schöner Umweg. Denkst du, dass dir die Eltern noch mehr Informationen geben können?“

„Keine Ahnung“, sagte Momo.

Mette lachte. „Meist haben doch die Mamas und Papas am wenigsten Einblick in das Liebesleben ihrer Kinder. Oder hast du deinen alles erzählt?“

„Ganz bestimmt nicht, aber wenn ich ins Ausland gehen würde, dann hätte ich sie schon informiert“, behauptete Momo.

„Ach herrjeh, die armen Michelsens wissen doch überhaupt noch nichts von Almas Tod“, fiel Mette plötzlich ein.

„Moment mal, das muss auch noch warten“, sagte Momo erschrocken. „Du weißt, da gibt es bisher keine Bestätigung, dass sie es wirklich ist, medizinisch meine ich. Bis dahin sollten wir gar nichts nach außen dringen lassen. Das kann dann später auch nur die Polizei machen. Die werde ich jetzt mal über unser Gespräch unterrichten. Weißt du sonst noch irgendetwas, das uns helfen könnte? Und wie kamst du überhaupt darauf, dass sie nach Deutschland gegangen sein könnte?“

„Das war nur eine Vermutung“, gab Mette zu. „Ich habe Almas Freund einmal ganz von Weitem gesehen. Er war mit einem BMW gekommen, aber ob er aus Deutschland stammte, kann ich nicht sagen. Ein dänisches Kennzeichen war es definitiv nicht. Sie sind dann aber so schnell weg gewesen, dass ich die Buchstaben und Zahlen nicht erkennen konnte."

„Hast du ihn auch direkt gesehen?"

„Schon, aber wie gesagt so weit entfernt, dass ich weder das Alter schätzen noch die genaue Haarfarbe nennen kann."

„Ist das Zimmer, in dem Alma lebte, inzwischen wieder vermietet?", wollte Momo wissen.

„Ach ja, längst", antwortete Mette. „Es gibt immer viele Interessenten für die Stellen bei uns. Unsere Arbeitsbedingungen sind gut und die Bezahlung auch. Warum willst du das wissen?"

„Es hätte doch sein können, dass sich in ihrem Zimmer noch etwas von ihr befindet, für einen DNA-Abgleich, meine ich. Dann müsste die Polizei nicht extra ihre Eltern aufsuchen. Wäre doch blöd, wenn die sich umsonst Sorgen machen oder trauern, wenn sie es nachher gar nicht ist."

„Warte", sagte Mette, „ich glaube, da kann ich helfen. So ein paar Sachen hat sie damals nicht mitgenommen, sondern einfach im Zimmer zurückgelassen. Der Vermieter war sauer und hat uns die Tasche einfach bei Esmark in den Verkaufsraum geschmissen. Ich habe sie dann mitgenommen."

„Warum?"

„Ganz einfach. Weil ich gedacht habe, sie meldet sich später doch noch mal und gibt mir ihre neue Adresse. Dann hätte ich ihr die Sachen zuschicken können. Verstehst du?"

„Hast du auch in die Tasche reingeguckt?“, wollte Momo wissen.

„Nur einmal ganz kurz, dann habe ich sie weggestellt“, versicherte Mette.

„Würdest du mir und der Polizei hier einen Riesengefallen tun?“, hakte Momo nach.

„Du willst, dass ich sie dir zusende?“, fragte Mette.

„Ich zahle selbstverständlich das Porto und würde sie dann der Polizei aushändigen“, versprach Momo ihr. „Es wäre der schnellste Weg, um die Identität zu bestätigen.“

„Und wenn sie es nun doch nicht ist? Dann habe ich einem Wildfremden Almas Eigentum geschickt. Im Ernst, wir kennen uns nicht mal.“ Mette hatte Zweifel. Informationen waren das eine, aber persönliche Habseligkeiten etwas ganz anderes.

„Ich habe einen Vorschlag“, versuchte Momo die Situation zu retten. „Du sendest die Tasche direkt an die Dienststelle unserer Polizei hier in Bückeburg. Ich gebe dir die Adresse, aber du kannst sie auch im Internet nachprüfen, damit du sicher bist, es mit keinem Perversen zu tun zu haben. Mir selbst liegt an den Sachen nämlich gar nichts. Ich will lediglich der Polizei bei ihren Ermittlungen helfen.“

„Ja, gut“, lenkte Mette ein, „das kann ich machen. Und du zahlst trotzdem das Porto?“

„Selbstverständlich“, sagte Momo zähneknirschend. Was blieb ihm anderes übrig? Er konnte höchstens später versuchen, das Geld wiederzukriegen. „Ich übermittle dir den Betrag per PayPal. Ist das möglich?“

„Sicher“, bestätigte Mette, „du kannst die Mailadresse nehmen, von der ich dir geschrieben habe. Informierst du die Polizei, dass da ein Paket aus Dänemark kommt?“

„Da rufe ich gleich an. Ich kenne den Kommissar persönlich“, erwiderte Momo.

„Warte, ich gucke nach, was das Versenden kostet“, bat Mette. „Ist ja nicht so ein ganz kleines Paket.“

Momo hatte seinerseits schon parallel recherchiert und war auf einen Betrag von knapp unter 50 Euro gekommen. Er schluckte. Wenn er das nicht wiederbekam, hatte er aber echt einen gut bei Peter Kruse.

„Ach, du Schreck“, sagte Mette am anderen Ende der Leitung. „Das ist viel teurer, als ich gedacht habe.“

„Wie viel?“

„43 Euro ohne Karton.“

„Ich übermittle dir 50 Euro, einverstanden? Der Rest ist für Verpackung und die Umstände, die dir das macht.“

„Okay, das ist fair“, bedankte sich Mette. „Könntest du mir denn Bescheid sagen, ob die Tote tatsächlich Alma ist? Und selbstverständlich auch, was ich viel lieber erfahren würde, falls sie es nicht ist.“

„Das ist doch Ehrensache und versteht sich von selbst“, antwortete Momo. „Immerhin hast du uns sehr geholfen.“

„Tut mir leid, dass ich nicht mehr zu dem Freund von Alma sagen konnte. So eine schlimme Geschichte, wo man doch in der Weihnachtszeit nur Schönes erleben sollte. Auf jeden Fall wünsche ich mir, dass die Polizei den Kerl kriegt, der die Frau umgebracht, egal, wer sie ist. Du, ich muss jetzt los. Wenn noch etwas ist, kannst du mir ja schreiben", schlug Mette vor.

„So machen wir das", stimmte Momo zu und verabschiedete sich. Dann stoppte er die Aufnahme.

Er war gespannt, was der Kruse zu dem fetten Fisch sagen würde, den er der Kripo ins Netz gelegt hatte.

Unglaubliches

Der nächste Arbeitstag brachte für Nadja Serafin einige interessante Neuigkeiten. Ein Teil der Ergebnisse war mittlerweile ausgewertet worden. Fasziniert starrte die Rechtsmedizinerin auf die Resultate der Untersuchungen.

„Interessant, gell?“, sagte ihr Kollege Enno, der ihr über die Schulter guckte. „War aber zu erwarten, dass der Uterus einer anderen gehört hat, denn dieser zeigte keinerlei Anzeichen einer Gravidität, weder aktuell noch in dem Zeitrahmen, dass sich der Gedanke an einen Abort rechtfertigen ließe.“

„Da gebe ich dir vollkommen recht“, stimmte Nadja zu, „wir haben es hier vielleicht mit einem Gebärmuttertausch zu tun. Mir kommt da eine gruselige Idee. Zeig mal das DNA-Profil beider Frauen. Wir sollten es vergleichen.“

„Hab ich schon“, informierte Enno sie.

„Und?“

„Deine Vermutung ist absolut richtig. Wir haben es hier mit genetischen Zwillingen zu tun. Sowohl Blutgruppen als auch HLA-System stimmen überein, und das ist wirklich eine Seltenheit“, freute sich Enno über die Entdeckung.

„Wow, ja, das ist nur mit einer Wahrscheinlichkeit von 1:50 Millionen möglich", staunte Nadja. „Möglicherweise haben wir es mit eineiigen Zwillingen zu tun."

„Da wir nicht wissen, wer die andere Frau ist, wäre das die naheliegendste Lösung", erwiderte Enno.

„Aber wo mag sie sein? Und lebt sie noch?", überlegte Nadja laut.

„Wenn ich es nicht besser wüsste, dann stünde auch der Gedanke im Raum, dass wir es hier mit einem missglückten Transplantationsgeschehen zu tun haben", fügte Enno an, „aber ehrlich gesagt ist niemand so verrückt, eine Gebärmutter zu verpflanzen, in der bereits ein neues Leben heranwächst."

„Vollkommen ausgeschlossen", bestätigte Nadja, „man hat es ja gerade erst geschafft, überhaupt einen Uterus zu verpflanzen. Interfamiliär versteht sich. Die Mütter haben ihren unfruchtbaren Töchtern ihre intakte Gebärmutter überlassen. Dazu dann ein bisschen Hormoncocktail …"

„Ja", antwortete Enno begeistert, „ein Meilenstein in der Transplantationsmedizin. Soweit ich weiß, sind auf diese Weise zwei gesunde Kinder geboren worden. Aber wäre eine Leihmutterschaft der Oma nicht einfacher gewesen? Man hätte auch sie mit Hormonen behandeln und ihr eine befruchtete Eizelle von Tochter und Schwiegersohn einsetzen können. So hätte man die Operation nicht gebraucht. Kein einfacher und ungefährlicher Eingriff für beide."

„Schon", gab Nadja zu, „ist aber hier verboten. Das weißt du doch. Außerdem kann der genetischen Mutter so das Gefühl der Schwangerschaft und der Geburt überlassen werden. Es ist etwas anderes, wenn du diese Zeit selbst erfährst. Auch die Bindung zum Kind wird intensiver, denke ich."

„Schade, dass deine Mutter nicht mehr lebte, als du …", bedauerte Enno. „Hättest du über so eine Möglichkeit nachgedacht, wenn es machbar gewesen wäre?"

„Nein, ich bin gegen das Kinderkriegen um jeden Preis, aber manch eine Frau wird dadurch psychisch krank, wenn sie nicht Mutter werden kann. Mein früherer Chef hat mal gesagt, Frauen, die nicht so leicht schwanger werden können, tun alles, damit sie ihr Ziel erreichen, und genauso ist es anders herum. Wer ungewollt ein Kind empfängt, tut mitunter alles, um es loszuwerden."

„Ist was Wahres dran", wusste Enno aus zahlreichen Studien, die er gelesen hatte, weil ihn das Thema interessierte. „Kannst du nicht mal deinen Bekannten aus Hannover wegen dieser Geschichte fragen?"

„Sprichst du von Till, meinem Studienkollegen, der Wolf operiert hat?", erkundigte sich Nadja.

„Genau von dem", sagte Enno und nickte. „Er wird uns doch vielleicht anhand der Fotos zu sagen vermögen, ob unsere Leiche das Opfer einer missglückten Transplantation sein könnte."

Nadja schüttelte den Kopf. „Dann müsste sie ja aus der Leichenhalle einer Klinik entwendet worden sein.

Die hätten längst Alarm geschlagen. Davon wüsste Peter bestimmt etwas."

„Nicht unbedingt, wenn das Krankenhaus weit entfernt ist", gab Enno zu bedenken.

„Ich werde Peter danach fragen und später auch bei Till anrufen", versprach Nadja. „Was haben wir noch?"

„Eine unbekannte Substanz, die mit durch ihre Adern geflossen und auch in die Zellen der Toten eingedrungen ist", erklärte Enno. „Wir haben sie auch in dem Blut gefunden, das der Täter als Inschrift verwendet hat."

„Interessant", sagte Nadja.

„Ich habe dir Fotos der Elektromikroskopaufnahmen auf den Rechner geschickt. Guck sie dir bitte mal an", bat Enno.

Nadja rief die Bilder auf und schüttelte den Kopf. „Kaum geplatzte Zellen. Dabei müssten sie doch durch den Frost beeinträchtigt sein, wenigstens in der Peripherie."

„Sie sehen überall gleich aus", berichtete Enno. „Wäre möglich, dass die Leiche schon länger eingefroren war."

„Du denkst an ein Mittel, das die Flüssigkeit in den Zellen so weit reduziert, dass man einen Toten einfrieren und auftauen kann, ohne dass der Körper einen Kälteschaden erleidet?"

„Exakt", freute sich Enno über Nadjas schnelle Auffassungsgabe. „Ich spreche von einer neuartigen Kryokonservierung."

„Daran kann ich aber kaum glauben", wandte Nadja ein. „Es ist derart schwierig, schon allein komplexe

Zellen einzufrieren, ohne dass deren Membran zerstört wird. Bei Organen ist es derzeit überhaupt noch nicht möglich, aber ein ganzer Körper? Völlig utopisch!“

„Es sei denn, jemand hätte ein neues Verfahren entwickelt, das unter Verwendung einer bisher unbekannten biochemischen Flüssigkeit zum Einsatz kommt“, gab Enno zu bedenken.

Jetzt musste Nadja doch grinsen. „Du hast zu viele Science-Fiction-Filme gesehen. Und du glaubst parallel auch noch an den Uomo universale, denn du sprichst von einem Transplantationsgenie mit weitreichenden Erfindungen im Bereich der Kryonik. Völlig utopisch.“

„Wenn du meinst“, schmollte Enno, „aber ich schlage vor, du lässt dir das Ganze erst noch mal durch den Kopf gehen.“

„Das mache ich sowieso“, versicherte ihm Nadja, „aber von Verschwörungstheorien halte ich gar nichts, falls du auch noch in die Richtung denkst.“

„Hatte ich nicht vor“, erwiderte er leicht beleidigt. „Das alles waren reine Tatsachen, wovon ich berichtet habe. Vielleicht siehst du dir die Blut-Hirn-Schranke unserer Verstorbenen einmal an. Ich gehe jetzt an meinen Schreibtisch. Du weißt, wo du mich findest.“

„Tolle Arbeit, Enno, und nichts für ungut. Ich muss das erst mal sacken lassen und mir selbst eine Übersicht verschaffen“, erklärte Nadja.

Enno nickte ihr zu, sagte aber nichts mehr und ging.

Auweia, dachte Nadja, den habe ich ja auf ganz falschem Fuß erwischt. Sie beschloss, sich aufgrund der medizinischen Fakten ganz unvoreingenommen ein eigenes Bild vom derzeitigen Kenntnisstand zu machen und dann Peter anzurufen.

ALDRIG MOR

Verzweifelt saß er vor dem Bildschirm und vermaß den Fötus. Er hatte aufgehört zu wachsen. Eindeutig. Es gab keine Möglichkeit, sich die Realität schön zu lügen. Gestern noch hatte er an eine vorübergehende Verzögerung aufgrund der Umstände geglaubt, heute jedoch hatte er Gewissheit. Auch die Herzschläge waren eindeutig verlangsamt. Er musste mit ansehen, wie sein Kind gegen den Tod kämpfte, noch bevor es geboren werden konnte. Alle Register hatte er gezogen, keinen Versuch unterlassen, ihr die so sehr ersehnte Mutterschaft zu schenken, auch wenn sie sie selbst nicht mehr wahrnehmen konnte.

Dies kleine Wesen hier war der letzte Spross aus ihrer beider Verbindung. Es war aus dem letzten befruchteten, konservierten Ei gewachsen, das sie hatten einfrieren lassen. Aus der Traum.

Till weinte. Zu viel hatte er in der nahen Vergangenheit ertragen müssen. Da war die überstandene Leukämie seiner Frau (er nannte sie so), aufgrund derer sie ihr Erbgut hatten konservieren lassen. Später kam die Infektion mit dem antibiotikaresistenten Krankenhauskeim, der auf Vanessa übergegangen war, bevor er ihn selbst bemerken konnte. Er wusste genau, wem er den zu verdanken hatte. Gutes war mit Schlechtem vergolten worden. Er erinnerte sich an Vanessas Leid, als sie erkennen musste, niemals Mutter werden zu können, obwohl er ihr versicherte, dass man jetzt Uteri verpflanzen konnte. Er hatte sogar schon eine geeignete Spenderin ausfindig gemacht, auch wenn die nichts von der Rolle ahnte, die er ihr zugedacht hatte.

Vanessa war außer sich gewesen. Ihre Auseinandersetzung hallte noch jetzt in seinem Kopf wider.

„Bist du verrückt? Warum sollte sich eine gesunde, junge Frau bereit erklären, mir ihre Gebärmutter zu spenden?"

„Für genug Geld tun die Menschen alles, das weißt du doch", war sein Kommentar gewesen.

„Wir wollen unser Glück auf dem Leid einer anderen aufbauen?"

„Vielleicht ist sie selbst überhaupt nicht an einer eigenen Mutterschaft interessiert? Viele Frauen wollen heutzutage Single bleiben und sich auf keinen Fall vermehren", hatte er zu bedenken gegeben.

„Selbst wenn sie das jetzt so empfindet, könnte es in zehn Jahren ganz anders aussehen. Hast du etwa schon mit ihr gesprochen?"

„Nein, natürlich nicht, ohne das vorher mit dir abgeklärt zu haben."

„Du wirst es sein lassen, ich bitte dich."

„Aber es war dein größter Wunsch, unser gemeinsames Kind auszutragen", war sein Einwand gewesen.

„Anschließend besorgen wir uns neue Pässe und gehen ins Ausland, ganz heimlich, als kleine Familie. Hier habe ich die medizinischen Möglichkeiten. Versuchen können wir es doch. Wenn die potenzielle Spenderin ‚Nein' sagt, akzeptiere ich das. Versprochen!"

„Auf keinen Fall!"

„Warum nicht?", hatte er wissen wollen.

Aber sie war ihm in diesem Moment eine Antwort schuldig geblieben, hatte nur den Kopf geschüttelt und war in den Garten der Villa gegangen, sichtlich erschüttert. Dabei hatte er es doch nur gut gemeint.

Ihre Antwort fand er am nächsten Morgen in Schriftform auf dem Esstisch, nachdem er Vanessa kurz vor dem Exitus von der Türklinke geschnitten und reanimiert hatte.

Sie atmete damals nur noch schwach. Für ihn war es unfassbar, dass sie versucht hatte, sich das Leben zu nehmen. Auch wenn es ihm möglich gewesen war, seine Frau zurückzuholen, befürchtete er, dass sie nicht lange ohne künstliche Beatmung überleben würde. In der MHH war kürzlich ein Gerät ausgemustert und in den Keller gebracht worden, eine Evita V300 von Dräger. Das „lieh" er sich. Es würde sowieso niemand vermissen. Auf Intensiv hatten sie mittlerweile die moderneren V600 und V800 angeschafft.

Wehmütig erinnerte er sich beim Blick auf den Monitor an ihre Zeilen und strich über ihren gewölbten Leib:

Mein Liebster,

es ist Zeit Abschied zu nehmen und dich freizugeben. Ich weiß, dass du dir so sehr wie ich ein gemeinsames Kind mit mir gewünscht hast, aber ich bin müde. Müde, mich zu verstecken, müde vom Krebs, der meinen Körper geschwächt hat und erschöpft vom Kampf gegen den Keim, der mir meine Fruchtbarkeit raubte. Es hat nicht sollen sein. Es scheint, als ob sich alles gegen uns und unseren Wunsch verschworen hat. Wir hatten ein schönes, geheimes Leben nur für uns, seitdem du mich von Moskau nach Deutschland geschmuggelt hast. Meine kleine Spionin, hast du immer gesagt. Wie gerne habe ich diese Worte gehört. Inzwischen hat man mich bei KrioRus sicher längst für tot erklärt, damit mein Verschwinden nicht auffällt.

Wir hätten niemals wie eine normale Familie leben können, auch nicht mit falschen Papieren. Sei sicher, dass sie mich immer gesucht hätten, denn ich habe ihnen das Wichtigste gestohlen: Reichtum und Macht! Eine einzigartige biochemische Formel, die ich mit deiner Hilfe entwickeln konnte. Sie wollten das große Geld damit machen, aber ich überlasse sie dir. Nur du weißt, wo sie ist.

Die Angst begleitet mich an jedem Tag. Sie werden nie aufhören, nach mir zu suchen. Glaube mir, irgendwann wäre ich gefunden worden. Man hätte mich eliminiert, denn offiziell war ich schon tot. Ich bin ihnen nur zuvorgekommen, aber auf meine Art.

Sei nicht traurig! Jetzt bin ich an einem besseren Ort. Ohne Schmerzen, ohne Leiden, ohne die Furcht, ihnen ausgeliefert zu sein. Sie hätten alles getan, um an die Formel zu kommen. Die Angst um dich kann ich nicht länger aushalten.

Zu oft schon habe ich dich in Bedrängnis gebracht. Wie viele Medikamente hast du für mich gestohlen, was hättest du noch auf dich genommen? Vielleicht sogar diese Frau entführt? Auch das musste ich verhindern. Ich liebe dich, Lyubmyy. Du sollst frei sein. Bewahre meinen Körper nicht, auch wenn du das Mittel herstellen kannst. Vergrabe mich in unserem Garten und behalte mich in deinem Herzen. Dann bin ich bei dir. Nur dort möchte ich sein.

Für immer, deine Vanessa

Er konnte sie verstehen, aber er hatte sie vor dem Lesen ihres Briefes gerettet. Hätte er sonst zugelassen, dass sie sich so klammheimlich davonschlich? Wahrscheinlich nicht. Er wusste, sie hatte es aus tiefster Liebe zu ihm getan, um keine Geißel für ihn zu sein. Dafür würde er sie auf ewig lieben.

Seine polnische Haushälterin war bereit gewesen, sich auch um Vanessas Pflege zu kümmern. Er zahlte ihr ohnehin ein fürstliches Gehalt, damit sie schwieg. Jetzt legte er noch einen Batzen oben drauf. Offiziell blieb alles beim Alten. Marina sorgte für Tills Bedürfnisse in Haus und Garten, aber in Wirklichkeit war sie viel mehr. Das gab ihm die Freiheit, in der MHH weiterzuarbeiten, weiter zu forschen und Kontakt zu Vanessas genetischem Zwilling aufzunehmen – einer Alma aus Dänemark. Das war ein Zeichen, denn der Name bedeutete: die Nährende, Gütige. Er hatte sofort an den Begriff „Alma Mater" denken müssen, die nährende Mutter, und war sich sicher, die richtige Frau für seinen Plan gefunden zu haben.

Er würde Vanessas Wunsch erfüllen, koste es, was es wolle. Und er hatte Wort gehalten, doch nun saß er vor diesem Monitor und hörte ihre klagende Stimme in seinem Geist: Es hat nicht sollen sein.

Ein paar Mal bewegte sich der Fötus noch, dann gab das Herz auf. Till fürchtete, dass das nur der Beginn einer weiteren Katastrophe war. Er sollte recht behalten.

Die Formel

Till hatte keine Zeit abzuwarten. Sie spürte sowieso nichts. Jetzt war es entscheidend, den Säugling für ein späteres Leben zu retten und ebenso ihr phänomenales Wissen. Vanessa hatte nur darum gebeten, dass ihr Körper nicht konserviert werden sollte, aber das galt weder für ihr gemeinsames Kind noch für ihren Geist. Den wollte er ebenfalls um jeden Preis bewahren. Als er das Skalpell ansetzte, fühlte er einen tiefen Stich in seinem Inneren. Der Abschied war endgültig, wenigstens für ihn, denn in seiner Zeitrechnung würde er ihr nicht wieder begegnen können, aber es machte keinen Sinn mehr, ihn hinauszuzögern. In Windeseile durchschnitt er die Bauchdecke und eröffnete die fremde Gebärmutter. Dabei sah er, dass die Abstoßungsreaktion bereits begonnen hatte, wie vermutet. Er hatte die richtige Entscheidung getroffen. Durch die Nabelschnurvene injizierte er Heparin und die geheime Substanz, an der er selbst geforscht hatte, damit sie sich in dem kleinen Körper verteilte. Anschließend saugte Till das Blut durch die Arterien der Funiculus umbilicalis ab, um es durch das von Vanessa speziell für menschliche Zellen entwickelte Frostschutzmittel zu ersetzen. Erst dann entnahm er den Embryo, der noch wie ein kleines

Vögelchen wirkte, nach dem Abnabeln ganz vorsichtig, küsste seinen Sohn auf die durchscheinende Stirn und ließ ihn in den flüssigen Stickstoff gleiten. Einen Namen würde er ihm später geben.

Vanessas Herz schlug noch unter der Beatmung, als er ihr gemeinsames Kind in den Händen hielt. Für einen kurzen Flügelschlag von Sekundenbruchteilen dachte er darüber nach, das Baby auf ihren Bauch zu legen. Aber es war nicht der Moment für Sentimentalitäten. Er hatte keine Zeit, denn sie hatte trotz der Gefäßklemmen viel Blut verloren. Ihr Herz-Kreislauf-System konnte jeden Augenblick zusammenbrechen. Er zog eine Spritze auf und injizierte das Mittel in die Ringer-Lactat-Lösung, die in dem Infusionsbeutel über ihr hing. Es war jetzt ganz wichtig, dass sich das Gemisch so schnell wie möglich in ihrem Körper verteilte. Vanessas Blutdruck sank ebenso wie die Sauerstoffkonzentration ihres Lebenssaftes. Till beschleunigte das Intervall des Tropfens und sah auf die Uhr. Bis er alle Vorbereitungen getroffen hatte, würde die Infusion durch sein. Sorgfältig bereitete er den OP-Tisch vor. Er war jetzt ganz fokussiert, denn er wollte keinen Fehler machen. Seine Konzentration auf das Wesentliche half ihm dabei, das ganze Drumherum auszublenden. Nie wäre es ihm sonst gelungen, die Knochensäge an ihrem Schädel anzusetzen und dessen Deckel abzunehmen. Dabei musste er an die alten Ägypter denken, die im Grunde etwas Ähnliches für ihre Verstorbenen gewollt hatten – ein Leben nach dem Tod. Nur war bei der Einbalsamierung das Gehirn mit einem Haken aus der Nase gezogen worden, weil man nicht ahnte, was es für eine Funktion hatte. Heute wusste man es besser. Der Körper war in Wahrheit unwichtig, ihn zu erhalten unsinnig. Man konnte einen anderen nehmen oder vielleicht später sogar einen neuen erschaffen, aber das Gehirn war einmalig. Sein Wissen, sein Genie und die Seele waren dort beheimatet. Bewahrte man das Cerebrum eines Menschen, konnte man ihn in ferner Zukunft wieder als den erwecken, der er einmal gewesen war. Genau das wollte er für sie.

Bevor Till Vanessas Gehirn in den flüssigen Stickstoff gab, badete er es in der Lösung, deren Formel sie geheim gehalten hatten. Sie war genial und würde Begehrlichkeiten wecken, falls jemand davon erfuhr, der damit etwas anfangen konnte. Doch ohne seine Vorbehandlung in Verbindung mit dem Heparin war auch sie nutzlos. Das hatte er bei Alma gesehen. Nur durch sein Verfahren konnte die Blut-Hirn-Schranke beim Einfrieren erhalten bleiben. Er war der einzige Mensch, der davon wusste.

Der Sklaventreiber

Für Wolf Hetzer begann der Tag wie immer. Nach einem zeitigen Frühstück rollte er in den Behandlungsraum und traf auf einen verschmitzt dreinblickenden Otto Winkler, der ihn schräg von der Seite ansah.

„Moin, Herr Hetzer“, sagte er, „den Rolli wollen wir jetzt mal ad acta legen.“

„Heißt was?“, fragte Wolf misstrauisch. Er kam mit dem Ding gut zurecht und hatte sich an den Komfort der neu erworbenen Mobilität gewöhnt.

„Das heißt, dass ich Sie gestern intensiv untersucht habe und zu dem Schluss gekommen bin, Sie von Anfang an gleich etwas mehr zu fordern“, erklärte Winkler. „Ich hoffe, Sie hatten einen guten Start in den Tag.“

Wolf fiel ein, dass er Winkler überhaupt nicht begrüßt hatte, weil er so geschockt über dessen Aussage gewesen war. Wie sollte er ohne Rolli zurechtkommen?

„Ja, hatte ich, guten Morgen übrigens“, erwiderte er, „aber ich weiß nicht, ob das so bleibt.“

„Sehen Sie es mal so“, begann Otto Winkler, „wir haben einen engen Zeitplan und Sie zahlen mich privat. Ich bin kein Raffzahn, also will ich, dass Sie auf zwei Beinen laufen, wenn wir auseinandergehen. Deswegen müssen wir so schnell wie möglich damit beginnen, Sie wieder mobil zu machen. Wenn Sie sich auf bequeme Hilfsmittel verlassen, wird das nie was, weil man sich zu gerne daran gewöhnt."

Wolf war skeptisch. „Wie wollen Sie das anstellen, wenn ich körperlich überhaupt noch nicht dazu in der Lage bin?"

„Das ist ja das Kuriose", erwiderte Winkler. „Ich habe den Eindruck, dass hier eher Ihr Kopf blockiert als ihr Körper. Warum auch immer. Meine Untersuchungen zeigen, dass schon viel mehr möglich wäre, und das wollen wir hinkriegen. Also, weg mit dem Rolli."

„Vielleicht könnte ich mit einem ohne Elektro …", versuchte Wolf sein Glück.

„Und nur ein Rad mit der rechten Hand bewegen?", fragte Otto Winkler sarkastisch. „Da fährt man schön im Kreis."

Wolf lachte bitter. „Da muss ich Ihnen leider recht geben. Einen Rollator können Sie dann aber auch gleich vergessen."

„Ebenso wie zwei Krücken", führte Winkler fort, „und deshalb beginnen wir auch gleich mit einer."

Wolf tickte sich an die Stirn. „Nicht Ihr Ernst!"

„Doch!"

„Da mache ich nicht mit", widersprach Wolf. „Ich bin doch nicht lebensmüde. Auf den Boden kann ich mich auch ohne Ihre Hilfe schmeißen. Das Resultat ist dasselbe: Ich lande im Krankenhaus wegen diverser Knochenbrüche und bin noch lädierter als vorher."

„Nun mal langsam mit den jungen Pferden", unterbrach Otto Wolfs Litanei. „Wer wird denn so schwarzsehen? Auf der linken Seite gehe und stütze ich Sie. Das ist doch wohl selbstverständlich. Es geht jetzt darum, Muskeln aufzubauen, und glauben Sie mir, das wird noch ein harter Kampf, aber vom Rumsitzen und Rumrollern kommen Sie zu gar nix. Neben den Gehübungen trainieren wir mit Gewichten. Zur Entspannung gibt's ein paar Massagen und durchblutungsfördernde Maßnahmen. Das bringt auch den Lymphfluss in Gang und stimuliert die Synapsen. In Ihrer freien Zeit trainieren Sie dann noch nach einem von mir ausgearbeiteten Programm, das zwei Stunden nicht übersteigen wird."

Wolf war platt.

Er musste sich eingestehen, dass er einem Menschenschinder zum Opfer gefallen war.

„Herr Hetzer?"

„Ähm, ja, gut. Übermorgen ist erster Advent. Fangen wir danach an."

„Wir fangen jetzt sofort an", beschloss Otto Winkler. „Ich bin doch nicht zum Spaß hier oder weil mir Bückeburg so gut gefällt. Und wir trainieren auch sonntags. Advent hin oder her. Weihnachten will ich zu Hause verbringen."

„Ich auch", sagte Wolf mit Nachdruck.

„Dann quatschen Sie nicht länger und geben mir Ihre Hand", ordnete Otto an. „Hier ist eine Unterarmgehstütze für die rechte Seite."

„Und der Rolli? Außerhalb des Trainings kann ich ihn aber schon noch benutzen, oder?“, hakte Wolf nach. „Ich muss da nämlich gelegentlich in die Ulmenallee.“

„Nein, den geben wir ab. Sofort! Muss die Ulmenallee eben zu Ihnen kommen oder Sie laufen bald selber hin“, schlug Otto vor. „Ich habe übrigens noch eine Frage zu Ihrem linken Arm. Er passt nicht so recht ins Gesamtbild. Haben Sie da eine alte Verletzung?“

„Ja, die Nerven unter dem Arm wurden zu lange abgeklemmt“, berichtete Wolf. Die Erinnerung verursachte ein bedrückendes Unwohlsein.

„Schade, dass wir uns da noch nicht gekannt haben“, sagte Otto Winkler. „Na gut, ich will sehen, was ich tun kann.“

„Für den Arm?“

„Auch.“

„Vergessen Sie's. Der ist nahezu tot.“

„Solange er warm ist, lebt er.“

„Wie Sie meinen“, antwortete Wolf und reichte ihm seine rechte Hand.

Der Therapeut nahm sie, zog ihn hoch und beobachtete seine wackligen Beine. Dabei schüttelte er den Kopf.

„Ganz schön runtergewirtschaftet. Wir hätten viel eher beginnen sollen!“

Wolf lachte sarkastisch. „Am besten, als ich noch nichts gemerkt habe, weil das Licht in der Birne aus war.“

„Ganz genau dann", bestätigte Otto und umfasste Wolfs linke Seite, nachdem er ihm rechts eine Stütze gegeben hatte.

Nach dem Training musste Wolf diesem Otto in einer Sache recht geben. Es war tatsächlich viel mehr möglich gewesen, als er sich selbst zugetraut hatte. Jetzt taten ihm allerdings sämtliche Knochen weh. Der Gipfel war noch gewesen, dass er zum Schluss das schwere Ding von E-Rolli mit Winklers Hilfe auf sein Zimmer geschoben hatte. Da stand er nun und sollte nicht mehr benutzt werden. Mal sehen, dachte er.

NIEMALS VERTRAUEN

Seitdem er an dem Projekt bei KrioRus in Moskau mitgearbeitet hatte, war er beobachtet worden, wie alle anderen. Führende Biochemiker aus aller Welt forschten an einer Möglichkeit, Körper einzufrieren, ohne dass sie dabei Schaden nahmen. Momentan war es noch so, dass die Eiskristalle wichtige Zellen zerstörten und ebenfalls die Blut-Hirn-Schranke. Das machte ein Wiederauftauen unmöglich. Auch das giftige Frostschutzmittel, das als Zellschutz verwendet werden musste, verblieb in den Körpern. Man musste eine Möglichkeit finden, es wieder rückstandslos entfernen zu können. Eine Lösung dieser Probleme würde bahnbrechend sein.

Ganz besonderes Augenmerk hatte man darum auf Vanessa Smirnowna gelegt. Die junge Biochemikerin war ehrgeizig und innovativ. Man hatte gemunkelt, sie sei der Sache auf der Spur. Leider hatte sie sich in einen jungen Deutschen verliebt, der sein Steckenpferd Kryonik niemals an den Nagel gehängt hatte. In jedem Urlaub war er nach Russland geflogen, um bei KrioRus weiter nach Alternativen zu suchen, obwohl er inzwischen Arzt für Transplantationsmedizin geworden war. Sein zweiter Beruf hatte für ihn die Forschung im

Bereich der Kryostase noch viel dringlicher gemacht, ging es doch darum, in Zukunft auch einzelne Organe einfrieren zu können, um sie jederzeit unabhängig vom Ableben des Spenders für den Empfänger nutzbar machen zu können. Momentan war es noch so, dass nur Organe frisch Verstorbener via Eurotransplant zur Verfügung gestellt werden konnten. Und das war immer ein Vabanquespiel. Entweder es passte oder eben nicht. Eventuell war ein wertvolles Organ für immer verloren.

Nachdem man die Informantin Olga Owtscharowa als Marina aus Polen bei Doktor Till Niederegger eingeschleust hatte, wusste man viel über ihn. Und er wäre nicht mal im Traum auf die Idee gekommen, dass man ihn heute, in der modernen Zeit bespitzeln könnte. Doch es war so, und nur deswegen hatte man ihn seinerzeit auch nicht verfolgt, als er „seine" Vanessa mit nach Deutschland genommen hatte. Was für die beiden eine heimliche Flucht gewesen war, konnte man eher als tolerierte Umquartierung bezeichnen. Marina hatte Vanessas Ankunft sofort gemeldet und künftig beide im Blick behalten. Ganz spurlos war das an ihr nicht vorübergegangen. Irgendwie hatte sie die beiden gemocht.

Dass das Schicksal nun auf diese Weise seinen Lauf genommen hatte, war nicht abzusehen gewesen. Aber eins vermutete man mit großer Zuversicht: Die nur noch durch die Beatmung existierende Vanessa wollte Niederegger doch mit Sicherheit für eine gemeinsame

Ewigkeit aufbewahren, und dazu brauchte er ihre biochemische Entdeckung. Sobald die Prozedur des Einfrierens erfolgt war, würde man sich seiner annehmen, um ihm die Formel abzupressen, – und das um jeden Preis!

Die Einladung

Aus bekannten Gründen hatte die Rechtsmedizinerin Doktor Nadja Serafin ihren Studienkumpel und Kollegen Niederegger nicht erreicht.

Der Arzt für Transplantationsmedizin rief sie also zurück. Dass sie versucht hatte, mit ihm Kontakt aufzunehmen, wunderte ihn nicht. Damit war zu rechnen gewesen, aber er war durch seinen Wissensvorsprung im Vorteil und hatte sich bereits einen Plan zurechtgelegt.

Im Strudel der Ereignisse verschwamm das Gefühl von Recht und Ordnung mit der Notwendigkeit des Handelns. Wer das Leben eines Menschen einmal geringer erachtet hatte als sein persönliches Interesse, ging wahrscheinlich auf diesem Weg weiter. Umzukehren löschte die Schuld sowieso nicht mehr aus. Wenn man noch mehr davon auf sich lud, trug man nicht schwerer daran, fand Doktor Till Niederegger, als er Nadjas Nummer anrief.

„Till“, meldete sie sich, „das ist ja schön, dass du zurückrufst.“

„Was kann ich für dich tun, meine Liebe? Hast du wieder einen Kollegen, der einem Verwandten Organe spenden will?“

„Nein“, sagte Nadja lachend, „ich bin immer noch froh, dass wir das alles glimpflich hinter uns haben, aber wenigstens hat es dazu geführt, dass du dich hier im Norden dauerhaft niedergelassen hast. Wie gefällt es dir in Isernhagen?“

„Gut“, erwiderte er, obwohl er sich momentan alles andere als gut fühlte, „wenn man so ein tolles Anwesen samt Gästehaus bewohnen darf, kann es einem doch gar nicht schlecht gehen.“

„Stimmt“, gab Nadja zu, „der Professor hat sich wirklich einiges einfallen lassen, um dich von einer Tätigkeit an der Medizinischen Hochschule zu überzeugen. Aber weswegen ich dich sprechen wollte … Ich brauche dein Fachwissen. Du weißt, auch ich selbst lese viele Publikationen, und mir ist natürlich nicht entgangen, dass man mittlerweile zwei Uteri in Frauen verpflanzt hat, die inzwischen Mutter geworden sind.“

„Ja genau, das waren Lebendspenden der Mütter an ihre Töchter“, erklärte Till, „von Verstorbenen ist noch nie eine Gebärmutter transplantiert worden. Das hat auch ethische Gründe. Eine Mutterschaft ist wunderbar, aber eben nicht lebensnotwendig.“

„Verstehe“, antwortete Nadja grübelnd, „wenn du jedoch auch die Psyche betrachtest, könnte es das sehr wohl sein.“

„Da gebe ich dir unumwunden recht, Nadja, aber es liegt nicht in meiner Hand. Wenn ich könnte, wie ich wollte, wäre einiges in der Transplantationsmedizin anders.“

Nadja seufzte. „Ja, wenn wir's immer so hätten, wie wir's wollten, das wäre schön. Du kannst dir vorstellen, dass ich jeden Tag Dinge sehe, die ich am liebsten ungeschehen machen würde. Auch in meinem aktuellen Fall ist das so. Ich kann dir jetzt keine Einzelheiten nennen. Das hat ermittlungstechnische Gründe. Aber mich beschäftigt die Frage, ob es auch möglich ist, den Uterus einer Schwangeren zu verpflanzen."

Till tat so, als ob er einen Moment überlegen musste. „Puh, das ist eine interessante Frage. Es käme wahrscheinlich niemand auf die Idee."

„Warum?"

„Weil die Gefahr eines Abortes während der Operation einfach zu groß ist. Das Organ ist sowieso stark durchblutet und in einer Gravidität erst recht. Soweit ich mich erinnern kann, hat das ganze Prozedere allein bei den beiden geglückten Fällen sechs Stunden oder länger gedauert. Niemand würde das Risiko auf sich nehmen. Es könnte eine Mangeldurchblutung zur Folge haben. Stell dir das mal in der Realität vor. Da hältst du als Operateur eine Gebärmutter in der Hand, in der ein Fötus strampelt."

„Irgendwie gruselig, die Vorstellung", bemerkte Nadja.

„Aber wie kommst du nur auf so eine absurde Idee?", erkundigte sich Till.

„Das kann ich dir leider nicht sagen", bedauerte die Rechtsmedizinerin. „Könnte es bei einem Abort oder einer Fehlgeburt einen anderen wichtigen Grund geben, der es notwendig macht, das Organ gleichzeitig zu entfernen?“

Till überlegte. „Eine schwere Entzündung könnte ich mir vorstellen, wobei dann aber das Kind wahrscheinlich vorher absterben würde. Oder auch eine Bauchhöhlenschwangerschaft, falls die Plazenta von außen an der Gebärmutter sitzt und sich nicht lösen lässt.“

„Alles sehr ungewöhnliche Fälle“, seufzte Nadja.

„Na ja, dein Kriminalfall scheint auch nicht alltäglich zu sein, wenn du solche Fragen stellst“, erwiderte Till.

„Stimmt“, gab Nadja zu, „vor allem, wenn man bedenkt, dass es hier quasi um einen Tausch gegangen sein muss.“

„Du sprichst in Rätseln.“

„Unsere Tote hatte die Gebärmutter ihres genetischen Zwillings locker im Bauchraum liegen, und, wie ich mittlerweile herausgefunden habe, war die vollkommen unbrauchbar. Eine Fortpflanzung wäre wegen der multiplen Myome und Verwachsungen niemals möglich gewesen“, erklärte Nadja und hoffte, sie hatte nicht zu viel verraten. „Also war ich auf die Idee gekommen, dass unsere Tote als eine Art Brutkasten für die Unfruchtbare gedient haben könnte, bis sie so weit war, dass man eine Transplantation wagen konnte.“

Till lachte am anderen Ende der Leitung. „Wahnsinn, was du für eine Fantasie hast. Das ist ja Science Fiction! Vergiss es. Kein Arzt der Welt würde so etwas machen, am wenigsten die, die sich tagtäglich mit der Rettung von Menschen durch Organspenden beschäftigen."

„Wenn ich wenigstens Zellen vom Fötus hätte", sagte Nadja, als ob sie ihm nicht zugehört hatte, „dann könnte ich den Vater bestimmen. Und vielleicht wäre der in einer unserer einschlägigen Dateien. Aber ich kenne noch nicht einmal den Namen unserer Leiche. Sonst würde ich dich bitten, in eurer Kartei nachzusehen. Auf diese Weise hätten wir auch die Möglichkeit herausfinden, wer der genetische Zwilling ist."

„Da könnte es mehrere geben, aber nur, wenn sie registriert sind", wandte Till ein.

„Aber es wäre möglich, dass du das für uns bei Eurotransplant herausfinden kannst, sobald ich die Identität unserer Toten kenne?", erkundigte sich Nadja. „Oder kann ich dir vielleicht sogar die DNA-Profile übermitteln? Es sind ja zwei, wegen des fremden Organs."

„Selbstverständlich werde ich euch helfen", versprach Till. „Aber ohne gerichtliche Anordnung ist es ein bisschen, na ja, sagen wir mal halblegal. Ich muss sehen, wie ich das hinkriege."

„Schon klar. Wenn du was rausfindest, müssten wir definitiv offiziell vorgehen", bestätigte Nadja.

„Apropos, was ich dich noch fragen wollte. Wir haben hier in der nächsten Woche ein wirklich interessantes Seminar zu dem Thema. Hättest du Lust, daran teilzunehmen? Es dauert nur drei Tage und vermittelt dir einen genauen Einblick in das, was heute auf dem

Gebiet der Transplantationsmedizin möglich ist und was nicht. Eigentlich ist es ein internes Seminar, aber da ich einer der Organisatoren bin, könnte ich dich mehr oder weniger heimlich einschleusen. Da kommen Koryphäen aus aller Welt. Die lassen sich ungern in die Karten gucken und bleiben normalerweise lieber unter sich. Wir müssten also ein bisschen flunkern, aber wenn man es genau betrachtet, entnimmst du ja auch Organe."

„Ja, aber ohne sie woanders wieder unterzubringen", witzelte Nadja. „Hmm, mal überlegen, ist ja Advent. Mein Schatz bleibt nicht so gerne allein, aber es wäre natürlich wahnsinnig interessant für mich."

„Du könntest in meinem Gästehaus wohnen, ganz unkompliziert. Melde dich einfach, falls du kommen willst. Du wärst dort ganz für dich. Ich habe eine Haushälterin, die alles für dich vorbereiten würde, und wir hätten abends die Gelegenheit, mal wieder über alte Zeiten zu quatschen."

Nadja war hin- und hergerissen. Auf der einen Seite wäre so ein tiefer Einblick in die Geheimnisse dieser Fachrichtung unwahrscheinlich verlockend, und es wären ja auch nur drei Tage …

„Mal sehen", sagte sie. „Ich melde mich bei dir, sobald ich mit Peter gesprochen habe. Erst mal vielen Dank für deine Hilfe, Till. Die DNA-Profile sende ich dir nachher per Mail."

„So machen wir's, und vielleicht kann ich dir die Eurotransplant-Datenbank auch während einer Führung durch unser Institut zeigen. Dabei könnten wir zu Demonstrationszwecken zufällig eine Testabfrage starten. Bis dann", verabschiedete er sich und hoffte, dass sie in seine Falle tappen würde.

ALMA

Ein Riesendonnerwetter ergoss sich über Momo Dietsch, als Oberkommissar Peter Kruse von ihm erfuhr, dass er schon seit etlichen Stunden wusste, wer die Tote war und der Kripo noch nichts mitgeteilt hatte.

Dabei war Momo so stolz auf sich gewesen. Mit eifrigem Blick hatte der Journalist drei Stufen auf einmal genommen, um in Peters Büro zu gelangen, weil er sicher war, schon weiter zu sein als die Ermittler. War er auch, aber das kam nicht so gut an wie erhofft. Lob hatte er für seine Hilfe erwartet, aber garantiert keinen Gewitterhagel.

„Bist du bescheuert, mich nicht gleich anzurufen?", wetterte Peter Kruse. „Du behinderst den Fortschritt der Ermittlungen."

„Nun immer mal langsam mit den jungen Pferden", sagte Momo beleidigt. „Ohne mich wüsstet ihr erst mal von gar nix. Wer ist denn auf die Idee gekommen, einen internationalen Suchaufruf zu starten?"

Peter lief rot an und hatte Mühe, sich zu beherrschen. „Wäre gut gewesen, wenn du uns das überlassen hättest."

„Ach, und wann sollte das sein? Noch dieses oder doch erst nächstes Jahr? Haben wir ja bald!", konterte Momo.

„Du sitzt auf einem ganz schön hohen Ross", beklagte sich Peter weiter, obwohl er insgeheim zugeben musste, dass der Pressefritze nicht unrecht hatte. Parallel zur Abfrage über Interpol hätte man die sozialen Medien mit einschalten können. Aber das würde er ihm bestimmt nicht sagen. „Wir müssen ermittlungstechnische Richtlinien einhalten."

Momo wieherte leise. „Boah, was für einen Amtsschimmel habt ihr hier denn noch? Also, ich recherchiere in jede Richtung, die legal ist."

„Würdest du dann so zauberhaft sein und uns deine Ergebnisse auch mitteilen?", fragte Peter mit drohendem Unterton.

„Dürft ihr die denn überhaupt verwenden?", neckte Momo ihn.

Peter murmelte etwas, was sein Gegenüber besser nicht genau verstand. Nur das Wort „Fresse" drang irgendwie durch den Silbenbrei.

„Na gut, ich will mal nicht so sein, bevor du mich noch verhaftest", lenkte Momo Dietsch ein. „Eure Tote stammt aus Dänemark. Ich habe einen Kontakt in Søndervig. Das liegt am Ringkøbingfjord. Schon mal gehört?"

Peter schüttelte den Kopf.

„Meine Kontaktperson ist Mette Viborg, eine Kollegin eurer Toten", erklärte Dietsch.

„Und wie heißt die Dame nun, die wir im Herminenpark gefunden haben? Wärst du so lieb, uns das auch noch mitzuteilen?"

„Es handelt sich um eine gewisse Alma Michelsen“, informierte Momo ihn. „Sie muss wohl einen Mann kennengelernt haben, mit dem sie ins Ausland gegangen ist. Insofern ist sie überhaupt nicht als vermisst gemeldet worden.“

„Interessant“, erwiderte Peter und vergaß für einen Moment, dass er eigentlich sauer war. „Ist das sicher? Ich meine, hat diese Mette unsere Tote einwandfrei erkannt, ohne Zweifel?“

„Zu 100 Prozent“, bestätigte Momo. „Wenn du mir nicht gleich den Kopf abreißt, erzähle ich dir noch was.“

„Na, da bin ich aber gespannt“, gab Peter zu. Wenn der Schreiberling recht hatte, waren sie echt ein gutes Stück weitergekommen.

„Ich habe mir ihre Sachen schicken lassen, damit ihr einen DNA-Abgleich machen könnt. Kostet mich 50 Euro. Kriege ich die erstattet?“

„Das hättest du uns überlassen müssen“, antwortete Peter. „Je mehr Leute daran herumtatschen, desto schlimmer. Was sind das für Klamotten? Sind sie schon da?“

„Nee, die Kollegin hat sie ja erst in Dänemark auf der Post aufgegeben“, sagte Momo. „Das wird schon ein paar Tage dauern. Sie sagte, es wären Kleidung und ein paar andere Utensilien, die diese Alma in ihrem möblierten Zimmer zurückgelassen hat.“

„Merkwürdig“, wunderte sich Peter. „So etwas hätte man doch mitgenommen, wenn man ausgewandert wäre.“

„Vielleicht war der Kerl ein reicher Knacker, mit dem sie abgehauen ist. Der hat ihr dann lauter neue Fummel gekauft, da brauchte sie die anderen nicht mehr", vermutete Momo.

„Oder sie ist in Wirklichkeit entführt worden", dachte Peter laut.

„Gut!", freute sich Momo über diese Idee, „das ist natürlich auch eine spannende Variante."

„Sobald das Paket aus Dänemark eintrifft, bringst du es mir, verstanden?", forderte Peter. „Und ohne reinzuglotzen, kapiert? Ich vierteile dich öffentlich, wenn du da beigehst."

„Wäre ich ja gar nicht", beschwerte sich Momo, „Es kommt sowieso hier bei euch in der Ulmenallee an, und überhaupt wollte ich euch nur etwas Gutes tun, aber der Schuss ist ja wohl nach hinten losgegangen."

„Du hättest uns einfach sagen müssen, was du vorhast", erwiderte Peter. „Dann wäre alles von hier aus unter unserer Leitung erfolgt. Sorry, dass ich vorhin so ausgerastet bin. Geholfen hast du uns immerhin."

„Ja, ja, schon gut. Vielleicht war ich ein bisschen übereifrig", gab Momo Dietsch zu. „Werde mich bessern, versprochen."

Peter grinste. „Schwamm drüber. Diesen etwas holprigen Einstieg in unsere Zusammenarbeit begießen wir mal im ‚Minchen' bei einem Feierabendbier."

„Sehr gerne", sagte Momo erleichtert und kramte in seiner Tasche. Dann überreichte er Peter eine Mappe. „Ich habe mal alles zusammengetragen, was ich über

Alma Michelsen herausgefunden habe. Alter, Herkunft, Eltern und so weiter. Du findest auch Bilder da drin, wie sie lebendig ausgesehen hat."

Peter war baff. „Kann ich das behalten?"

„Darum habe ich es dir ausgedruckt."

„Könntest du es mir bitte auch in digitaler Form zur Verfügung stellen?"

„Seid ihr hier schon so weit?", witzelte Momo.

„Vorsicht!" Peter drohte ihm mit dem Finger.

„Kein Problem, ich sende dir die Unterlagen per Mail zu", versprach der Journalist und verabschiedete sich.

„Keine Alleingänge mehr, verstanden?", rief Peter ihm noch nach, doch da war er schon um die Ecke.

Im Herminenhof

Die allgemeine Besprechung war heute in den Herminenhof verlegt worden. Wolf traute sich nicht, vor Ottos Augen heimlich mit dem Rolli herumzufahren und wusste nicht, wie er sonst in die Ulmenallee hätte kommen sollen. Also hatte er das Team zu sich gebeten. Es bestand allerdings nur aus Nadja und Peter, damit die Dienststelle besetzt blieb. Man saß bei einem Stück Kuchen und einer Tasse Kaffee beisammen, weil Wolf eine der Pflegekräfte bestochen hatte.

„Das sind ja alles interessante Neuigkeiten", staunte Hauptkommissar Wolf Hetzer, als er die aktuellen Informationen aus der Rechtsmedizin und den Ermittlungen zu Ohren bekam.

„Ja, und man muss zugeben, dass wir ohne diesen Pressefuzzi noch längst nicht so weit wären", gab Peter zu.

„Nun nenn ihn doch nicht immer so", schimpfte Nadja. „Er hat doch einen Namen."

Peter winkte ab.

„Es wäre wahnsinnig spannend zu wissen, wer diese andere Frau ist", sagte Wolf.

„Du meinst diejenige, der die Gebärmutter gehört, die wir lose im Bauchraum unserer Toten gefunden haben?"

„Genau die“, bestätigte Wolf.

„Ich habe unseren Transplantationsspezialisten darauf angesetzt“, erklärte Nadja.

Peter stutzte. „Wie denn, ohne dass du den Namen der einen oder anderen Frau hattest?“

„Na, ich habe Till gebeten, die DNA-Profile über Eurotransplant zu überprüfen“, informierte Nadja die beiden. „Es ist natürlich wahrscheinlich, dass es durch die Nennung eines Namens wesentlich schneller geht, den genetischen Zwilling herauszufinden. Also gebe ich ihm den von Alma Michelsen nachher durch. Ich muss ihn sowieso noch anrufen.“ Nadja war wieder eingefallen, dass sie mit Peter noch über das Seminar sprechen wollte.

„Aha“, sagte Peter mit merkwürdigem Unterton. „Und weswegen?“

„Das besprechen wir nachher“, antwortete Nadja.

„Wie soll es denn jetzt weitergehen?“, fragte Wolf. „Gebt ihr die Sache an die dänischen Kollegen ab?“

„Auf keinen Fall“, entrüstete sich Peter. „Der Mörder wird ja wohl schätzungsweise aus Deutschland stammen. Oder warum sollte einer die Frau hierher locken und umbringen?“

„Falls es dieser Kerl überhaupt war, von dem ihr ausgeht“, wandte Wolf ein. „Und wo sie umgebracht worden ist, wissen wir überhaupt noch nicht.“

„Ich denke, ich schicke Nadine und Niklas inkognito nach Dänemark, um noch mehr über diese Alma herauszufinden“, überlegte Peter laut.

„Was soll das denn bringen, außer unnötige Kosten?", wunderte sich Wolf. „Und was willst du dadurch erreichen?"

„Da muss ich Wolf zustimmen", klinkte sich Nadja ein. „Uns kann doch nur interessieren, was hier mit ihr passiert ist. Um alles andere sollten sich die Dänen kümmern. Außerdem schlage ich vor, noch abzuwarten, bis wir durch die DNA dieser Alma nachweisen können, dass es sich bei unserer Toten wirklich um Frau Michelsen handelt. Wenn sich das bestätigt, müssen ohnehin auch die Hinterbliebenen informiert werden."

„Ihr seid euch ja mal wieder einig", brummte Peter.

„Es ist doch wohl offensichtlich, dass man die Blonde nur für etwas gebraucht und dann weggeworfen hat, wenn auch auf eine ästhetische Art und Weise. Das ändert aber nichts an der Tatsache, dass sie eher Mittel zum Zweck gewesen ist", antwortete Wolf.

„Ach ja, und warum hat man sie gerade dir vor die Füße gelegt?", fragte Peter provokant. „Hast du da noch was Unerledigtes, von dem ich nichts weiß?"

„Nicht, dass ich wüsste", erwiderte Wolf, „aber wir können in unserem Beruf natürlich nie wissen, wer mit uns noch eine Rechnung offen hat."

„Es kann doch auch Zufall sein", warf Nadja ein. „Man muss ja nicht immer in alles etwas hineingeheimnissen."

„Nee, nee, es wäre schon möglich, dass da was dran ist, was Peter sagt", kam es von Wolf. Er grinste. „Aber es ist genauso wahrscheinlich, dass du recht hast. Wer kann schon in einen kranken Kopf hineingucken? Und so ganz normal ist diese Engelgeschichte ganz bestimmt nicht. Halten wir doch noch mal alles, was wir wissen, fürs Protokoll fest."

„Warte, ich zeichne, was du sagst, mit dem Smartphone auf", bat Peter.

„Okay. Bist du so weit?"

Peter nickte. „Nadja, du gibst deinen Senf ebenfalls im geeigneten Moment dazu, ja?"

„Klar", sagte sie. „Ich kann gar nicht anders."

„Also: Wir haben eine weibliche Leiche, hübsch drapiert als Engel mit der Inschrift ‚Niemals Mutter' über ihrem Kopf, die mit ihrem eigenen Blut geschrieben wurde. Sie ist eine Dänin, die entweder nach Deutschland entführt oder gelockt worden ist. In ihrem Körper befand sich nicht ihre eigene Gebärmutter, sondern die einer fremden, bisher unbekannten Frau. In Adern und Zellen der Toten haben wir eine Art Frostschutzmittel entdeckt. Blut war kaum noch in ihr."

„Sie muss eingefroren gewesen sein, aber wir wissen nicht, wie lange. Es waren sehr viel weniger Zellen geplatzt, als man hätte annehmen müssen", warf Nadja ein. „So, als ob man sie erhalten wollte. Die empfindliche Blut-Hirn-Schranke wurde dennoch zerstört, auch wenn der übrige Körper noch nahezu intakt war."

„Darauf kann ich mir überhaupt keinen Reim machen", gab Wolf zu.

„Medizinisches Fachgefasel", winkte Peter ab und erntete dafür einen bösen Blick.

„Das ist wichtig", betonte Nadja, „denn nur aus einem Grund brauchst du Frostschutzmittel. Das Gefriergut soll nicht kaputt gehen. Wenn du jemanden nach dem Tod für die Nachwelt erhalten willst, kannst du ihn nämlich nur in flüssigem Stickstoff schockgefrieren und hoffen, dass er später rückstandsfrei und ohne Schäden wieder aufgetaut werden kann."

„Kapier ich nicht", sagte Peter. „Warum Frostschutzmittel, wenn ich doch frosten will."

„Weil der Körper zu rund 80 Prozent aus Wasser besteht und das dehnt sich nun mal aus, wenn es zu Eis wird", erklärte Nadja.

„Auf gut Deutsch gesagt meint sie, dass du hinterher Matsche bist, wenn du nur einfach so eingefroren und hinterher wieder aufgetaut wirst", übersetzte Wolf.

„Ah", staunte Peter, „jetzt habe ich das kapiert. Ihr geht also davon aus, dass der Mörder sie eigentlich behalten wollte, für später."

„Zum Beispiel", erwiderte Wolf.

„Und wenn er sie jetzt liebevoll entsorgt hat, tut es ihm vielleicht leid, dass er sich das anders überlegt hat."

„Möglich ist alles, aber seine wirklichen Motive entziehen sich unserer Kenntnis", gab Nadja zu bedenken. „Wichtig ist noch, dass unsere Tote der genetische Zwilling von der Frau ist, deren Gebärmutter in ihrem Bauch lag. Das Organ war innen von Myomen und Verwachsungen gezeichnet und damit höchstwahrscheinlich unbrauchbar für die Fortpflanzung. Unsere

Tote aber war schwanger. Darin liegt wahrscheinlich die Verbindung. Ich vermute, der Mörder brauchte sie oder das Kind."

„Oder sie wegen des Kindes", fiel Wolf noch ein. „Kannst du denn Aussagen zur Schwangerschaft machen? Wie weit war sie?"

Nadja seufzte. „Und eben genau das kann ich nicht. Es ist nämlich so, dass die Schwankungsbreite des HCG-Normalbereichs sehr groß ist. Darum lässt sich anhand dieses Wertes auch keine Aussage zur Schwangerschaftswoche treffen."

„Mist", sagte Peter.

„Es ist ohnehin egal, denn wenn ein Kind unterwegs ist, lässt sich ein Uterus auf keinen Fall verpflanzen, sagte mir Till. Auf diesem Weg kommen wir also auch nicht weiter."

„Gut", kam es von Wolf, „dann bleibt uns jetzt nichts anderes übrig, als abzuwarten, wer der genetische Zwilling ist. Wir können nur hoffen, dass diese Spur in die richtige Richtung führt. Nadja, bleib bitte dran."

„Das mache ich", versprach sie. „Aber jetzt erzähl mal von dir. Machst du Fortschritte?"

„Wenn man sich fühlt, als hätte einen jemand verprügelt, könnte das ein gutes Zeichen sein", antwortete Wolf. „Die Muskeln haben dann wohl auf jeden Fall gearbeitet. Dieser Otto Winkler nimmt mich ganz schön ran. Jetzt hat er mir die Benutzung des Elektro-Rollstuhls untersagt, wie ihr wisst. Darum konnte ich auch nicht zu euch kommen."

„Da steht er doch noch", wandte Peter ein. „Du wirst dir doch von so einem, den du auch noch bezahlst, nichts verbieten lassen."

„Recht hat er ja wahrscheinlich", gab Wolf zu. „Mit dem Ding mache ich es mir zu einfach. Morgen wird er sowieso abgeholt."

„Kommst du denn schon allein voran?", fragte Nadja besorgt.

„Noch nicht ganz, aber mit Unterstützung kann ich am Rollator schon selbst ein paar Schritte laufen."

„Das freut mich", sagte Nadja und stand auf.

„Wollt ihr schon los?"

„Peter und ich gehen gleich über den Weihnachtsmarkt und trinken einen Glühwein. Danach machen wir uns einen gemütlichen Abend. So oft kommen wir ja nicht dazu."

„Du hast die Bratwurst vergessen", wandte Peter ein, grinste und erhob sich ebenfalls, „die ich gleich nach meiner Currywurst mit dick Soße zu den Pommes essen werde."

Nadja verdrehte die Augen und hoffte, dass das seine Laune insoweit heben konnte, dass er ihre Abwesenheit während des Seminars kommentarlos abnicken würde, aber das Gegenteil war der Fall.

Als sie am Grillstand lehnten, begann Nadja, ihm von dem tollen Angebot zu erzählen, das Till ihr eröffnet hatte.

„Der Schönling hat dich eingeladen", murmelte Peter mit vollem Mund.

„In seiner Eigenschaft als Transplantationsmediziner und Mitorganisator“, erklärte Nadja, um ihm den Wind aus den Segeln zu nehmen. „So ein Einblick wäre für mich irre interessant.“

„Kann ich mir vorstellen“, erwiderte Peter knapp. „Erst der Einblick in sein Fachgebiet, dann der in seine Seele und später der in seine Hose.“

„Mensch, Peter!“, rief Nadja verwundert. „Bist du bescheuert? Ich liebe dich.“

„Darum willst du mich auch allein lassen, und das mitten im Advent, in der gemütlichsten Zeit“, schimpfte Peter. „Wenn du schon so viel Leerlauf hast, hättest du dir schöne Abende mit mir wünschen können. Aber wahrscheinlich hast du längst ein Hotel gebucht.“

„Nein“, antwortete Nadja leise. „Das bräuchte ich auch nicht.“

„Ach, du willst gleich in sein Bettchen schlüpfen.“

„Nein, er hat mir sein Gästehaus angeboten.“

„So, so, der feine Herr hat auch noch ein extra Gästehaus zu bieten. Scheint nicht von schlechten Eltern zu sein. Das ist natürlich was Besonderes, so hofiert zu werden. Bestimmt stellt er dir auch eine eigene Zofe, die dich umsorgt.“ Wütend biss Peter Kruse in seine Wurst.

„Er hat eine Haushälterin“, sagte Nadja verärgert, „aber ich finde deine Eifersucht einfach nur abscheulich. Du tust so, als wäre ich ein männermordender Vamp oder eine Nymphomanin. Dabei scheinst du vergessen zu haben, dass ich dir seit Jahren treu bin.“

Peter winkte kauend ab. „Der Schönling hat dir doch schon während deines Studiums gefallen. Gib es doch zu! Du hattest was mit dem."

„Ja, und? Das ist ewig her", antwortete Nadja. „Ich habe doch überhaupt kein Interesse mehr an dem. Mich interessiert nur seine fachliche Kompetenz."

„Dann fahr doch", brummte Peter. „Lässt dich ja eh nicht abhalten. Wenn du ehrlich bist, tust du doch sowieso meistens, was du willst."

„Das mache ich jetzt auch", sagte sie verärgert, „denn du bist ein ignoranter Stiesel. Und weißt du was, ich fahre schon heute Abend, obwohl das Seminar erst morgen Nachmittag beginnt. Mir reicht's jetzt nämlich. Ich hatte gehofft, du würdest mir vertrauen und hättest Verständnis. Aber, Fehlanzeige!" Sie nahm ihre Tasche. „Hast ja deinen eigenen Wagen hier. Ich muss noch packen."

„Ah, die Frau Doktor lässt mich jetzt hier stehen, so eilig hat sie es, zu ihrem Lover zu kommen." Peter lachte bitter. „Na, dann Tschüss. Reisende soll man nicht aufhalten."

Aber Nadja schüttelte nur den Kopf, als sie die Fußgängerzone hinabging.

Peter blieb am Würstchenstand sitzen und sah ihr wütend nach. Sie wollte wohl, dass er ihr flehend nachlief oder dass er hinter ihr her telefonierte. Das konnte sie gepflegt vergessen. Nicht mit ihm! Leise vor sich hin schimpfend stellte er sein Smartphone ab und trank einen großen Becher von dem heißen, süßen Zeug.

Eher als Medizin gegen die Einsamkeit, denn die Plörre schmeckte abscheulich, aber sie wärmte wenigstens. Sollte Nadja doch versuchen, ihn zu erreichen, wenn ihr wieder einfiel, dass sie einen Ehemann hatte. Dann würde er den Spieß nämlich umdrehen und keine Zeit für sie haben.

Peter seufzte. So ein beschissener Gefühlsmist war nichts für ihn. Es überforderte ihn. Damit konnte er nicht umgehen. Plötzlich war er hundemüde. Aber er hatte aus Frust zu viel Glühwein getrunken, um noch nach Hause zu fahren. Was sollte er da auch? Da war ja niemand. Seine Wut schlug in Traurigkeit um.

Als der Weihnachtsmarkt schloss, ging er leicht schwankend in die Ulmenallee. Auf dem Weg hielt er an der „Quickteria" an und kaufte sich noch zwei Flaschen Bier als Betthupferl. Aber er schaffte nur eine, bevor er missmutig und von Selbstmitleid zerfressen mit dem Kopf auf der Schreibtischplatte einschlief. Dort blieb er halb sitzend liegen, bis Niklas ihn am nächsten Morgen fand und mit leichtem Ruckeln weckte.

„Kaffee?", fragte er besorgt.

„Mindestens, aber einen, der einem die Fußnägel hochklappt."

In der Nacht

Sie wollte zu früh kommen, er musste umdisponieren. Pech für sie. Aber es war im Grunde genommen auch egal, wie sie starb. Auf ihre SMS hin, ob sie schon am Abend anreisen könne, hatte er ihr nach kurzem Überlegen ein freudiges „Ja, klar" und einen Smiley geschickt. Sie wollte ihn aus dem Wagen anrufen, sobald sie losgefahren war. Das klang gut, denn er brauchte noch ein paar Informationen von ihr, bevor er sie in die ewigen Jagdgründe schickte.

Schnell hatte er eine Planänderung im Kopf. Es gab nur eine Hauptstraße, von der aus ein kleiner Seitenweg zu seinem Anwesen nach Isernhagen führte. Die würde sie nehmen müssen. Insofern blieb ihm genug Zeit, eine Stelle in der scharfen Kurve zu präparieren, durch die sie auf jeden Fall hindurchmusste.

In der Nacht hatte er etwas ganz anderes vor. Er wollte einen großen Baum in der Nähe des Gästehauses pflanzen. Die Grube dafür war bereits am Vormittag von einem Bagger ausgehoben worden. In der Tiefe war noch kein Frost. Eine gut gewachsene Säuleneiche wartete im feuchten Erdballen mit Flies eingepackt und geschützt darauf, im Boden eingesetzt zu werden. Da Vanessa den Wurzeln als Dünger dienen sollte, konnte er bei seiner Pflanzaktion keine heimlichen Zuschauer gebrauchen. Auch Marina hatte er freigegeben. Nadja störte einfach.

Kurz nachdem er die Utensilien in seinen Wagen geladen hatte, mit denen er den Unfall herbeiführen wollte, rief sie an.

„So, ich bin's noch mal, Till", sagte sie, „tut mir leid, dass ich dich so überfalle, aber ich habe morgen Vormittag noch etwas in Hannover zu erledigen." Das Letzte war eine kleine Notlüge, die als Ausrede dafür dienen sollte, dass sie an diesem Abend schon nach Isernhagen kam.

„Ist doch in Ordnung", beruhigte Till sie. „Meine Haushälterin hat dein Appartement im Gästehaus längst hergerichtet. Du kannst es dir also dort gemütlich machen, aber ich hoffe, wir trinken noch ein Gläschen vor dem Schlafengehen."

Obwohl Nadja weder in der Stimmung noch wach genug war, stimmte sie zu.

„Na, logisch stoßen wir noch an. Ein kleiner Absacker vor dem Zubettgehen schadet auf keinen Fall."

„Schön", antwortete Till, „das freut mich. Auch, dass dein Mann nichts gegen deine Teilnahme am Seminar hatte."

Wenn du wüsstest, dachte Nadja bei sich. Vor lauter Eifersucht würde er dich am liebsten in der Luft zerreißen.

„Er wird sich mit leckeren Burgern, Chicken Mc Nuggets oder saftigen Frikadellen trösten", sagte sie scherzhaft. „Bei mir kriegt er zu viel Gemüse und Salat."

Till speicherte diese Information. Sie konnte ihm noch nützlich sein.

„Denkst du noch manchmal an die alten Zeiten zurück?", fragte er. „Mann, was haben wir gefeiert."

„Ja, das war klasse, aber jetzt wären wir zu alt für diesen lockeren Lebenswandel, glaub mir. Heutzutage brauche ich meine acht Stunden Schlaf. Sonst hänge ich den ganzen Tag durch."

„Wahrscheinlich hast du recht." Till räusperte sich. „Und dein Kollege Hetzer? Macht er schon Fortschritte? War schon blöd, das mit dem Schlaganfall. Hätte nicht sein müssen."

„Ja", bestätigte Nadja durch ihre Freisprecheinrichtung, „er hat sich eine Zeit lang schwergetan, aber jetzt hat er einen sehr guten Therapeuten, glaube ich. Der nimmt ihn ganz schön ran und fordert ihn. Bis er alleine laufen kann, wird es aber bestimmt noch einige Wochen dauern und das auch nur mit Rollator."

„Puh, das ist aber belastend, auch für seine Frau, denke ich", forschte Till weiter.

„Da hat er Glück", berichtete Nadja. „Mit Moni hat er die wohl liebste und gutmütigste Partnerin an seiner Seite. Sie nimmt ihm alles ab, versorgt Haus und Tiere. Echt eine Seele von Mensch."

„Ach guck an", freute sich Till, „das hört sich wunderbar an. Ich wusste überhaupt nicht, dass der Kommissar tierlieb ist."

„Und wie", erwiderte Nadja, „zwei Hunde und zwei Katzen hat er. Die vermisst er wahrscheinlich genauso sehr wie sein Zuhause. Ist auch echt schnuckelig, die kleine, alte Kate mit dem offenen Wohnraum und der rustikalen Küche, in der er schon so manches Mal ein Essen für uns zubereitet hat, von dem ich jetzt noch schwärmen könnte. Aber du, ich muss mich aufs Fahren konzentrieren. Ich bin gleich auf der Autobahn."

„Kein Problem", versicherte Till, „wir sehen uns ja gleich. Dann quatschen wir weiter."

„So machen wir das", antwortete Nadja.

„Aber nicht so rasen, es könnte glatt sein", warnte er noch.

„Ich fahre höchstens 130", versprach sie, verabschiedete sich und legte auf.

Gut zu wissen, dass Nadja in Kürze auf der Autobahn sein würde, dachte Till. Auch dadurch, dass er ihre ungefähre Geschwindigkeit kannte, konnte er sein Zeitfenster in etwa abschätzen. Er hatte noch etwa zehn Minuten, bevor er los musste. Gewissenhaft kontrollierte er seine Vorbereitungen. Die vier Kannen Wasser standen sicher verzurrt neben mehreren großen Holzklötzen. Er selbst trug seine schwarze Skikleidung. Der Plan war so einfach wie genial, überlegte er, als er im Feldweg hinter der engen Kurve parkte. Die Straße war nachts kaum befahren, vor allem nicht am Abend des ersten Advents. Da saßen die Menschen lieber gemütlich mit ihrer Familie zusammen. Dass es leicht zu schneien begonnen hatte, machte die Sache für ihn noch leichter. Die Sicht wurde dadurch beeinträchtigt.

Nach und nach goss er das Wasser auf den unterkühlten Asphalt. Die Lufttemperatur lag bei etwa minus zwei Grad. Auf dem Boden würde es kälter sein. Till sah, dass er gut kalkuliert hatte. Wie ein flüssiger Spiegel verteilte sich das Wasser auf der Straße und verband sich dann ruckzuck als Eis mit dem Untergrund. Durch den Schneefall würden die großen Klötze aus Holz nicht zu sehen sein, die er noch von der Fällaktion im Herbst übrig hatte. Sie zu tragen ging allerdings an seine Belastungsgrenze. Doch auch da half ihm die kalte Witterung. Er konnte sie glücklicherweise über die gefrorene Fläche schliddern lassen. Eigentlich dienten die Baumscheiben nur als optisches Hindernis. Er musste sie so drapieren, dass Nadjas Bremsmanöver auf dem Eis erfolgen würde. Ein Abdriften in die Reihe der seitlichen Straßenbäume wäre für den Fahrer aufgrund der Fliehkraft unvermeidbar. Till hoffte, dass sie durch den Aufprall gleich tot war.

Während Peter seinen Groll noch im Glühwein zu ertränken versuchte, packte Nadja im Auto das schlechte Gewissen. Sie hätte es ihm anders sagen können oder wenigstens seine Verlustängste ernst nehmen, grübelte sie beim Fahren. Mittlerweile hatte sie die Flughafenautobahn verlassen. Es war nicht mehr weit bis zu Tills Villa, und das war eine Erleichterung, denn bei Schneefall war selbst so eine kurze Strecke von Kleinenbremen nach Isernhagen anstrengend für die Augen. Das hieß rund eine Stunde volle Konzentration. Wenigstens hatte es nicht die ganze Zeit geschneit, aber jetzt fielen die Flocken dichter. Im letzten Moment sah sie etwas Großes, Dunkles auf der Fahrbahn liegen. Sie dachte zuerst an ein Tier und stieg in die Eisen, aber es fühlte sich so an, als ob der Wagen überhaupt nicht bremste. Im Gegenteil! Wie ein Geschoss flog sie aus der Kurve, lenkte wie wild, riss die Handbremse hoch und verlor beim Aufprall das Bewusstsein.

Sie erinnerte sich auch gar nicht, was geschehen war, als sie die Augen wieder öffnete. Ihr tat nichts weh, sie fror nur ein bisschen und wunderte sich, dass sie irgendwie nicht von der Stelle kam.

Plötzlich sah sie ein vertrautes Gesicht, das sich über sie beugte. Trotz Mütze und Schal erkannte sie ihn sofort.

„Till", versuchte sie zu sagen, doch es kam nur ein Krächzen. Er nickte. Sie war erleichtert, dass er da war. Dann war ja alles gut! Irgendetwas musste passiert sein, vermutete sie, denn er redete beruhigend auf sie ein, aber sie verstand ihn kaum, weil es in ihren Ohren dröhnte. Mit einem Mal fiel ihr auf, dass sie in einem Auto saß. Ein Unfall? Wollte Till sie retten? Ja, wahrscheinlich. Er legte seinen Arm um ihren Hals, und während sie noch vermutete, dass er sie aus dem Wagen ziehen wollte, riss er mit beiden Händen ihren Kopf seitlich nach hinten.

Es knackte, aber sie hörte das schreckliche Geräusch nicht mehr.

Till blieb nicht mehr viel zu tun. Er wuchtete die Holzklötze auf seine Ladefläche und fuhr ohne Licht davon. Bis zu seinem Anwesen war es ohnehin nicht weit.

Erst spät in der Nacht wurde Nadjas Wagen von einem jungen Pärchen entdeckt. Die Straße war immer noch vereist.

Polizei, Notarzt und Sanitäter schöpften keinen Verdacht. Sie sahen einen bedauerlichen Unfall mit Todesfolge aufgrund von Straßenglätte bei überhöhter Geschwindigkeit. Nadja war längst kalt. Kein Rechtsmediziner würde sich mit der Frage beschäftigen, ob ihr Genickbruch durch den Aufprall oder durch Fremdeinwirkung entstanden war. Das nannte man wohl Ironie des Schicksals.

Schritte

Wolf verspürte an diesem Montagmorgen erste Fortschritte. Dieser Sklaventreiber von Otto Winkler sollte anscheinend recht behalten. Seine Übungen zeigten Wirkung. Er konnte das linke Bein im Sitzen von ganz allein ein paar Zentimeter anheben, und sogar sein linker Arm fühlte sich anders an. Was bisher eher als taubes Anhängsel herumgebaumelt hatte, war plötzlich nicht nur ein Stück Fleisch, das nicht zu ihm gehörte. Es hatte Finger, die etwas spürten, wenn Otto mit der Nadel hineinstach.

Okay, das Bein war so natürlich noch nicht belastbar, aber ein Anfang war gemacht, der Wolf neue Hoffnung brachte. Seine Laune stieg weiter, als er die Kälte seiner Wasserflasche mit der linken Hand fühlen konnte. Gerade wollte er Moni anrufen, um ihr von den tollen Neuigkeiten zu erzählen, als die Tür zu seinem Zimmer aufging und Niklas hereinkam.

Wolf war irritiert. Mit Otto hatte er gerechnet, denn die Übungen sollten gleich beginnen, aber nicht mit seinem Sohn, der aussah, als wäre ihm der Leibhaftige begegnet.

„Was ist passiert?“, fragte Wolf und vergaß glatt einen guten Morgen zu wünschen.

Niklas setzte sich neben ihn.

Wolf wurde Angst und Bange.

„Ich weiß gar nicht, wie ich es dir sagen soll", begann Niklas mit gesenktem Kopf. Er vermied es, seinen Vater anzusehen.

„Ganz einfach, wie es ist", sagte Wolf ungeduldig. „Es wird nicht besser, wenn du es hinauszögerst."

„Nadja ist tot."

„Du spinnst! Wir haben gestern am späten Nachmittag noch hier zusammengesessen. Da war sie quietschfidel", erwiderte Wolf.

„Sie hatte in der Nacht einen Autounfall in Isernhagen", erklärte Niklas.

Wolf verstand überhaupt nichts mehr. „So ein Quatsch! Das hätte sie doch erzählt, wenn sie dorthin gewollt hätte. Glaub mir, sie war mit Peter auf dem Weihnachtsmarkt. Es muss sich um einen Irrtum handeln."

Niklas seufzte. „Das mit dem Weihnachtsmarkt stimmt, aber am Bratwurststand hat sie ihm erzählt, dass sie am nächsten Morgen auf ein Drei-Tage-Seminar nach Hannover wollte, und dann haben sich die beiden gestritten. Also ist sie schon am selben Abend aufgebrochen. Kurz vor dem Ziel muss sie auf spiegelglatter Fahrbahn in einer Kurve von der Straße abgekommen sein. Da standen Bäume. Bei dem Aufprall hat sie sich eine tödliche Verletzung der Halswirbelsäule zugezogen", versuchte Niklas möglichst neutral zu schildern, als wäre es jemand Unbekanntes.

„Genickbruch?“

„Ja.“

„Das kann ja wohl nicht wahr sein!“, sagte Wolf sichtlich geschockt. Sein Magen rebellierte. „Wie geht es Peter?“

„Der ist zu Hause. Moni ist bei ihm. Der Notarzt hat ihm eine Spritze gegeben. Wir haben die Hunde mit auf die Dienststelle genommen.“

„Oh Gott“, stöhnte Wolf, der so langsam begriff. „Das wird er nie verwinden. Er wird sich schuldig fühlen, wenn sie im Streit auseinandergegangen sind und sich nicht wieder versöhnt haben.“

„So ist es“, bestätigte Niklas. „Du kennst ihn, wenn er grummelt. Man konnte ihn nachts nicht mal erreichen, weil er nicht zu Hause war. Er hatte sich vor lauter Frust auf dem Weihnachtsmarkt die Kante gegeben und auch noch sein Smartphone ausgestellt. Ich fand ihn heute Morgen schlafend mit dem Kopf auf dem Schreibtisch und habe später auch den Anruf der Kollegen aus Hannover entgegengenommen. Du kannst dir sicher vorstellen, wie das für uns gewesen ist.“

„Immer noch besser, als wenn er drangegangen wäre“, sagte Wolf.

„Peter ist vor unseren Augen zusammengebrochen“, berichtete Niklas. „Er war nicht mehr er selbst.“

„Moni soll erst mal bei ihm bleiben“, schlug Wolf vor. Ihm blutete das Herz. Wegen Nadja, aber auch wegen Peter, der nun damit leben musste, dass er alleine war.

„Kommst du klar?“, erkundigte sich Niklas. „Ich müsste zurück auf die Dienststelle. Sind ja nur noch Detlef und Nadine da.“

„Schon gut“, antwortete Wolf, aber es war nichts gut und nichts würde je wieder so werden, wie es einmal gewesen war. Das Schicksal hatte mit aller Macht zugeschlagen.

Unter dem Baum

Ein anderer fiel an diesem frühen Morgen in einen tiefen, traumlosen Schlaf.

Am späten Abend hatte er mehrfach auf Nadjas Handy angerufen und schlussendlich noch auf die Mailbox gesprochen, wo sie denn bliebe. Eine letzte Nachricht, dass sie es sich wohl anders überlegt hätte, war kurz vor Mitternacht von ihm abgesetzt worden.

Noch in der Nacht hatte Till alle Spuren seiner Unfallbeteiligung beseitigt und Vanessa zu der Stelle im Garten getragen, die ihr Grab werden sollte, wie sie es bestimmt hatte. Es war ganz leicht, sie hineingleiten zu lassen. Sie rutschte sacht über den frisch gefallenen Schnee in die Tiefe. Die Naht an der Kopfhaut hatte er mit der Mütze kaschiert, die sie immer zu ihrem braunen Kaschmirmantel getragen hatte. Till wollte ihr nichts schuldig bleiben. Sie war eitel gewesen und hätte es so gewollt. Beinahe elegant wirkte sie, wie sie da in ihrem Winteroutfit lag, und es war stilvoll, dass sich die Schneeflocken wie kleine Blüten auf sie senkten. Es war fast schade, dass er das Stillleben zerstören musste, als er den Wurzelballen ins Loch auf ihren Körper hievte. Mit letzter Kraft schaufelte er die Erde hinein. Die Nacht war lang gewesen. Er kam an seine Grenzen.

Hätte er während seiner Tätigkeit wacher und aufmerksamer sein können, wäre ihm aufgefallen, dass er von einer weiblichen Gestalt hinter dem Vorhang beobachtet worden war, von der er glaubte, dass sie abwesend sei.

Im Institut

Auch Doktor Enno Liebermann war vollkommen geschockt vom Tod seiner langjährigen Kollegin. Es war schwer zu begreifen, wenn jemand so plötzlich weg war, der sonst tagtäglich den Arbeitsalltag mit einem verbracht hatte.

Manchmal erwischte er sich selbst, dass er vollkommen gelähmt am Schreibtisch saß, dann wieder lenkte er sich mit Untersuchungsergebnissen ab, die er zusammentrug. Wie musste es da erst ihrem Ehemann gehen? Enno seufzte. So etwas sollte niemand erleben müssen.

Trotzdem ging der Alltag im Institut weiter. Der aktuelle Fall sollte gelöst werden. Er würde sich darum auch noch mit Nadjas Rechner beschäftigen müssen. Darauf waren ihre Berichte gespeichert. Der Mailverkehr musste durchgesehen werden. Waren Antworten gekommen, auf die sie gewartet hatte oder Anfragen, die sie noch nicht beantworten konnte? Das alles würde er zunächst übernehmen, aber ihm war nicht wohl dabei. Er fühlte sich wie ein Schnüffler im Leben eines anderen Menschen, der sich dagegen nicht mehr wehren konnte.

Mit diesem schrecklichen Engel hatte alles angefangen. Wäre er nicht gewesen, hätte Nadja keinen Kontakt mit dem Doktor der Medizinischen Hochschule aufgenommen und nie von dem Seminar erfahren. Sie würde noch leben.

Es war zum Haare raufen. Eine unglückliche Verkettung der Ereignisse. Diesem Niederegger tat das Ganze bestimmt auch wahnsinnig leid. Immerhin hatte er mit Nadja studiert und konnte ja nicht ahnen, dass sie auf glatter Straße kurz vor dem Ziel von der Fahrbahn abkommen würde.

Enno beschloss, mit der Kontaktaufnahme noch ein paar Tage zu warten. Eine andere Vorgehensweise erschien ihm pietätlos. Er wusste, dass Nadja den Transplantationsmediziner um irgendeinen Gefallen gebeten hatte, aber er musste zugeben, in dem Moment nicht ganz genau zugehört zu haben, als Nadja ihm davon erzählte. Er war mit eigenen Dingen beschäftigt gewesen und bereute das zutiefst. Das ging ihm manchmal so, wenn er sich an etwas festgebissen hatte. Jetzt war es nicht mehr zu ändern. Um lästige Nachfragen wegen Nadjas Fernbleiben auf dem Seminar zu verhindern, rief er auf Niedereggers Station an und sagte die Teilnahme seiner Kollegin aus privaten Gründen ab. Etwas Besseres war ihm nicht eingefallen, und vielleicht gab es nicht Privateres als den eigenen Tod. Enno wollte einfach vermeiden, dass sich Peter auch noch mit so etwas beschäftigen musste. Für einen kurzen Moment überlegte er, an ihrer Stelle hinzufahren, aber dazu fehlte ihm in dieser Situation jegliche Energie. Er hätte sich sowieso nicht konzentrieren können. Nadja und er waren ein gutes Team gewesen. Nun würde sich sein ganzes Leben grundlegend ändern.

Nachdenklich holte er sich einen Kaffee und ging an sein Elektronenmikroskop zurück. Er hatte das Frostschutzmittel unter die Lupe genommen, das in der Vergrößerung grün schimmerte und wollte dessen chemische Zusammensetzung herausfinden, aber wahrscheinlich würde er dafür Unterstützung brauchen. Vielleicht konnte ihm sein alter Kumpel aus der Schulzeit helfen. Soweit er wusste, hatte Matthias Biochemie studiert.

Aber Enno konnte sich nicht konzentrieren. 1000 Dinge schwirrten durch seinen Kopf. Er dachte auch an die Beerdigung und daran, dass sie für Nadja einen langen Sarg brauchen würden. Dann wieder sah er ihren wirren Haarschopf vor sich und hoffte, es käme niemand auf die Idee, ihn kämmen zu wollen. Was für einen Schwachsinn an Gedanken das Gehirn produzierte, ohne dass man es wollte.

Ja, ihr Tod hinterließ eine tiefe Lücke in seinem Leben, und er fragte sich, ob da mehr als Sympathie gewesen war, denn am liebsten wollte er sich jetzt besaufen. Dabei trank er ansonsten höchstens mal ein Glas Bier oder Wein. Nur selten hatte er sich mit Nadja bei ganz harten Fällen, in denen es beispielsweise um Kinder oder so ging, anschließend einen Schnaps gegönnt. Vielleicht war das auch heute die beste Lösung, im wahrsten Sinne des Wortes. Zu mehr war er nicht in der Lage, wurde ihm bewusst. Ihn lockte die Verheißung des zeitweiligen Ausblendens. Also holte er die Flasche aus dem Sektionssaal, steckte sie in seinen Rucksack und verließ das Institut, um sich das Licht in der Birne auszublasen.

Plötzlich Witwer

Man konnte sagen, dass Peter nach dem ersten Schock der einzig wirklich Ruhige in dieser Extremsituation war. Als die Wirkung der Beruhigungsmittel nachgelassen hatte, geriet er in eine Art tranceähnlichen Zustand. Sein Gesicht war zwar noch dick und gerötet, aber er weinte nicht mehr.

Auf der Dienststelle hatte er nach dem Übermitteln der Nachricht getobt, bis die Kollegen ihm Fotos von seiner verstorbenen Frau zusandten. Anschließend wollte er sofort nach Isernhagen aufbrechen. Nur mit Mühe und Not und dem Versprechen, den Profiler Thorsten Büthe einzuschalten, hatten Detlef und Niklas ihn davon abhalten können, ins Auto zu springen. Noch in ihren Armen war der Hüne zusammengebrochen. Sie hatten ihn kaum auffangen können und legten ihn in Rückenlage auf den Boden. Die Unterschenkel hoben sie auf einen Stuhl. Peters Kreislauf war weggesackt. Wen wunderte es? Seine Psyche flüchtete sich ins selige Vergessen.

Zur Hilfe eilten der sofort alarmierte Notarzt und Hetzers Verlobte Moni, die Niklas verständigt hatte. Retter für Körper und Seele sozusagen.

Wolfs Freund Thorsten, der selbst in Isernhagen wohnte, wurde von Detlef angerufen. Auch er konnte es kaum glauben und informierte sich im Anschluss an die Todesnachricht direkt bei den zuständigen Kollegen, die den Unfall aufgenommen hatten. Die konnten aber auch nur bestätigen, dass Fremdverschulden ausgeschlossen worden war. Es würde keine weiteren Ermittlungen geben. Nadja war aufgrund der Witterungsverhältnisse verunglückt. Sie hatte sich wohl verschätzt. Eine einfache Ursache mit dramatischen Folgen.

Peter schien diesen Schicksalsschlag jetzt mit einer stoischen Ruhe hinzunehmen und wollte am nächsten Morgen wieder zur Arbeit gehen, als ob nichts gewesen wäre. Mit Engelszungen versuchte Moni auf ihn einzureden. Sie hatte in der Nacht auf seiner Couch geschlafen. Niemand sollte in so einer Situation allein bleiben müssen. Bei einem starken Kaffee legte sie ihm ihre Hand auf die Schulter und erinnerte ihn daran, dass er sich um die Beisetzung kümmern sollte.

Die Worte Beerdigung und Beisetzung waren in seinem Sprachgebrauch bisher immer nur vorgekommen, wenn es sich um andere Menschen gehandelt hatte, meist, wenn er deren Mörder fangen wollte. Er selbst hatte überhaupt keine Ahnung, was nun zu tun war und nahm Monis Angebot zur Unterstützung dankend an. Wahrscheinlich hätte er ihr am liebsten alles überlassen und wäre nur als scheinbar Unbeteiligter auf den Friedhof gekommen. Als jemand, der nicht betroffen war, der mit nichts etwas zu tun hatte. Aber so war es nun einmal nicht. Wenn er nur hätte Nadja fragen können …

Ohne sie kam er in eine absurde Situation nach der anderen. Denn drei Stunden später saß er plötzlich an seinem Esstisch und blätterte in einem Katalog mit Särgen. Bestatter Reiner Wehrmann hatte viel Geduld. So viele Trauernde waren von ihm begleitet worden. Jeder Mensch verwand den Verlust eines Lebenspartners anders.

Woher sollte er wissen, welches Holz und welche Farbe Nadja hätte haben wollen? Der Tod hatte zu keinem Zeitpunkt zur Debatte gestanden, auch wenn sie sich beruflich tagtäglich mit ihm beschäftigten. See-, Feuer- oder Erdbestattung? Er zuckte mit den Schultern. Am liebsten keine! Aber das würde nicht gehen. Augenscheinlich nicht mal mit Frostschutzmittel. Peter musste an den Engel aus dem Herminenpark denken und dann an Nadja, wie sie auf einer Wolke saß mit ihrem wirren Haar und alle überragte. Sie war weder zierlich noch lockig. Ein Instrument konnte sie auch nicht spielen.

„Peter", holte Moni ihn sanft in die Wirklichkeit zurück, „denkst du, dass ein weißes Modell passend wäre?"

Der Kommissar nickte. Ihm war das alles egal. Weiß oder grün wie der Salat, den sie so gerne gegessen hatte, murmelte er.

„Selbstverständlich ist auch grün möglich", bestätigte Wehrmann, „es ist aber etwas ungewöhnlich. Vielleicht könnten Sie sich mit einem Creme-beige in seidenmatt anfreunden? Der Farbton ist sehr elegant."

„Maigrün“, bestimmte Peter. „Meine Frau liebte den Frühling.“

„Sie wünschen demnach eine Erdbestattung?“, erkundigte sich Wehrmann mit sanfter Stimme.

Aber Peter war überfordert. „Verstreuen geht wohl nicht?“

Reiner Wehrmann schüttelte den Kopf. „Das ist in Deutschland nur auf wenigen Friedhöfen möglich. Es gäbe auch andere Wege, aber ich möchte Ihnen gerne davon abraten. Auch wenn Sie das jetzt vielleicht noch nicht so empfinden. Es kann wichtig sein, einen Ort zum Trauern zu haben. Einen Platz, zu dem man gehen kann, um dem anderen nahe zu sein.“

„Verbrennen kann ich mir eh nicht vorstellen“, gab Peter zu. „Das ist so endgültig.“

Wehrmann und Moni schwiegen.

„Ich möchte mir aussuchen wo“, fuhr er fort. „Eine stille Ecke ohne Zuschauer mit einer Bank. Ich komme da sowieso fast vorbei, wenn ich zur Arbeit fahre.“

„Wir werden so einen Ruheplatz finden“, versprach Reiner Wehrmann. „Möchten Sie sich um die Trauerfeier und alles Weitere selbst kümmern? Oder sollen wir Ihnen das abnehmen?“

„Moni, mach du das alles mit dem Herrn aus“, bat Peter. „Du kanntest Nadja gut. Ich muss jetzt doch auf die Dienststelle. Die brauchen mich.“

„In Ordnung“, stimmte Moni zu. Sie wusste, dass das Höllenfeuer des Schmerzes unter seiner ruhigen Oberfläche brannte. Er konnte einfach nicht mehr. „Ich werde alles in deinem und in Nadjas Sinn in die Wege leiten", versprach sie ihm.

„Sagt mir einfach wann und wo, und ich komme dann dahin", sagte er und stand auf.

„Soll ich heute Abend wiederkommen und dir etwas kochen?", erkundigte sich Moni.

„Nee, ist nicht nötig", versicherte Peter. „Ich muss schlafen und bringe mir von unterwegs was mit." Dabei dachte er an sehr viel Bier und Fastfood, was das Zeug hielt. Am besten mit doppelt Rot-weiß. Es war jetzt scheißegal, ob seine Leber verfettete und sein Cholesterinspiegel astronomische Höhen erreichte. Auch die Gefahr von Gicht oder Diabetes ging ihm am Arsch vorbei. Da war niemand mehr, der sich um ihn sorgte. Es gab auch keinen Grund mehr, unglaublich alt zu werden. An einem beschissenen Straßenbaum hatte sich seine Zukunft erledigt.

Ohne sich richtig zu verabschieden, verschwand Peter nach kurzem Kopfnicken in Richtung Haustür, als ob er all das hinter sich lassen konnte, indem er sie kräftig zuschlug.

Ein letzter Gruss

Die Tage gingen dahin. Wolf hatte zunächst die komplette therapeutische Behandlung abbrechen wollen, um für Peter da zu sein, aber im Gespräch mit seiner Moni spürte er, dass er ihr gegenüber eine mindestens ebenso große Verantwortung hatte. Es ging darum, möglichst schnell wieder mobil zu werden, um ihr nicht zu sehr zur Last zu fallen.

Sie kamen überein, dass sich Moni weiter um Peter kümmerte, wenn er es zuließ und Wolf ab und zu heimlich, ohne Otto Winklers Wissen, mit dem E-Rolli auf die Dienststelle fuhr. Das geschah meist am frühen Abend, wenn es schon dunkel war und sich die Kollegen nach Hause verabschiedet hatten.

Es lief momentan vieles etwas anders als gewohnt. Über allem lag eine fast geisterhafte Stille, ohne dass es leise war. Peter ging gebückt. Ihn erdrückte das Damoklesschwert, das Bestattung hieß. Nadja zur letzten Ruhe zu betten, war undenkbar für ihn. Jeder in seinem Umfeld rechnete damit, dass er anschließend in sich zusammensackte wie ein Häufchen Elend. Das Schlimmste, das endgültige Abschiednehmen, stand ihm noch bevor. Danach würde es eine unumstößliche Tatsache sein, dass er seine Frau begraben hatte, dass er Witwer, ja, dass er künftig alleine war. Bis dahin tat er so, als ob nichts passiert war.

Es schneite wieder, als Wolf in Richtung Ulmenallee unterwegs war. In Peters Büro brannte noch Licht. Dank der neuen Rampe war es für ihn kein Problem, seinen Freund und Kollegen zu besuchen. Vorsichtig klopfte er an Peters Türrahmen, um ihn nicht zu erschrecken.

„Komm rein, Alter", sagte Peter und winkte ihn zu sich, „ich überlege immer noch, ob ich Niklas und Nadine inkognito nach Dänemark fahren lasse. Sie könnten dort Urlaub machen."

„Das hört sich sehr halblegal an", erwiderte Wolf und rollte zu seinem Freund an den Schreibtisch. „Hoffentlich nicht auf Staatskosten."

„Ist doch für die Bürger, wenn ein Mörder gefangen werden kann", wandte Peter ein, „da kenne ich schlimmere Methoden, um unsere Steuergelder zu verschleudern."

„Weißt du denn inzwischen, ob es sich bei der Toten tatsächlich um diese Alma Michelsen handelt?", erkundigte sich Wolf.

„Ach ja, das hast du noch gar nicht mitgekriegt", fiel Peter ein. „Diese Mette Viborg hat uns doch die zurückgelassenen Sachen ihrer Kollegin Alma geschickt." Er vermied es zu sagen, dass sie das alles Momo Dietsch zu verdanken hatten. „Beide Frauen haben bei der Ferienhausvermietung ‚Esmark' in Søndervig gearbeitet."

„Und? Ist sie es?", wollte Wolf wissen.

„Ja, der DNA-Abgleich hat die Identität bestätigt", sagte Peter. „Sonst würde eine Dänemarkreise auch echt keinen Sinn machen."

„Stimmt wohl", gab Wolf zu, „außer der Inhalt der Tasche war der von jemand anderem und euch sollte weisgemacht werden, es handele sich um Alma Michelsen."

„Das ist jetzt aber fünfmal um die Ecke gedacht", bemerkte Peter und winkte ab. „Wozu sollte das gut sein? Niemand hätte etwas davon."

„Wenn du meinst", erwiderte Wolf, „aber im Grunde wisst ihr nicht mal, ob Mette überhaupt Mette ist. Woher kennt ihr sie?"

„Von Facebook."

„Na, toll. Ich fake dir in Minuten ein Profil und schreibe dich als Willi Piepenbrink an", bohrte Wolf weiter, „weil ich der Mörder bin und dich auf eine falsche Spur locken will."

„Umso wichtiger ist es, Niklas und Nadine undercover nach Dänemark zu schicken", beharrte Peter auf seiner Idee. „Wir buchen ihnen ein billiges Ferienhaus bei diesem Anbieter, wo Mette arbeitet. Jetzt ist Nebensaison. Gib ihnen zur Tarnung Leo und Ole mit. Was meinst du, was die Jungs für eine Gaudi am Meer und beim Buddeln haben werden."

„Wie du meinst, du bist der Boss", antwortete Wolf.

„Ja, aber nur momentan", erinnerte Peter, „du wirst ja wohl bald wiederkommen. Wie klappt es denn jetzt mit dem Laufen?"

„Wir trainieren am Rollator", erklärte Wolf. „Gut ist, dass ich wieder Gefühl in meinem linken Arm habe. Er lässt sich zwar noch nicht wieder so gebrauchen, wie er sollte, aber zum Abstützen geht er schon prima."

„Das ist doch toll", freute sich Peter.

„Wie geht es dir denn?", erkundigte sich Wolf vorsichtig.

„Gut, wieso?", fragte Peter abwesend. „Ich habe viel zu tun. Diese Engelgeschichte ist ein harter Brocken. Wenn wir nicht vermuten müssten, dass der Täter von hier stammt oder zumindest aus Deutschland, dann würde ich den Fall sofort an die Dänen abgeben. Das kannst du mir glauben. So eine Auslandsbeteiligung macht das Ganze schwierig. Das soll nicht heißen, dass es mir lieber wäre, wenn die Tote eine Deutsche wäre."

„Schon klar, aber ich meinte eher, wie er dir persönlich geht", bohrte Wolf nach.

„Ich schlafe, esse und arbeite", wich Peter weiter aus.

„Okay", sagte Wolf zögernd.

„Du willst nicht wirklich wissen, wie ich alleine klarkomme?", erkundigte sich Peter.

„Nein", antwortete Wolf und sah ein, dass sein Freund recht hatte. Die Frage war blöd und überflüssig. Sie bohrte noch in der Wunde.

„Bin froh, wenn ich vor lauter Arbeit nicht zum Denken komme, und abends ballere ich mir die Birne zu. Als Grundlage fresse ich Unmengen an Burgern, Bratwürsten und Pommes Schranke. Zufrieden?"

Wolf schüttelte den Kopf und legte seine Hand auf Peters Schulter.

„Ich weiß, dass du mein Freund bist und mir helfen willst, aber es ändert ja nichts. Lass uns lieber über den Fall reden."

„Einverstanden", stimmte Wolf zu. „Habt ihr denn was über den genetischen Zwilling der Toten herausgefunden?"

„Ach ja, ich wollte doch Enno deswegen noch angerufen haben, aber ...", Peter stockte.

„Verstehe, dass es dir schwerfällt, derzeit im rechtsmedizinischen Institut anzurufen", sagte Wolf verständnisvoll. „Soll ich dir das abnehmen? Vielleicht ist Enno noch da."

„Ja, mach mal bitte", bat Peter und reichte ihm den Apparat. „Hier!"

Enno saß ebenfalls an seinem Schreibtisch und zuckte zusammen, als er Peters Dienstnummer sah.

„Liebermann", meldete er sich nach kurzem Zögern. „Hallo, Peter."

„Hallo, Enno, hier ist Wolf. Schön, dass du noch im Institut bist. Ich wollte mich mal erkundigen, ob du schon rausgefunden hast, wer der genetische Zwilling unserer Toten ist. Du kommst doch sicher an die Datenbank von Eurotransplant?"

„Bist du wieder im Dienst?", wunderte sich der Rechtsmediziner.

„Nein, ich helfe im Moment nur aus", erwiderte Wolf Hetzer.

„Ah, ja, das ist gut. Schlimm, das mit Nadja. Ich weiß überhaupt nicht, wie es weitergehen soll. Für den armen Peter muss es die Hölle sein."

„Und hast du mögliche Kandidatinnen gefunden?", bohrte Wolf weiter, ohne auf Ennos Worte einzugehen. „Peter und ich sitzen hier und grübeln über den Fall."

„Ach so", flüsterte Enno. „Das tut mir leid, ich wollte nicht … Zu deiner Frage: Kannst du kurz warten. Da war eine Mail in meinem Posteingang."

„Kein Problem, ich bleibe dran."

„So, ich habe hier tatsächlich drei Damen mit genetischer Übereinstimmung im System. Die eine kommt aus Portugal. Sie ist 76. Dann haben wir die bereits von euch genannte Alma Michelsen. Und die andere ist … Moment mal, das gibt es doch nicht. Es ist … beziehungsweise", er räusperte sich, „es war Nadja."

„Was?", rief Wolf erstaunt.

„Behalt das für dich", bat Enno eindringlich, „ist sowieso nicht mehr relevant. Es würde Peter nur wehtun, wenn er das erführe. Wir können doch sicher sein, dass es nicht Nadjas Gebärmutter in der Leiche war."

„Stimmt."

„Also muss es einen weiteren genetischen Zwilling geben, der nicht bei Eurotransplant registriert ist", sprach Enno weiter.

„Der Mörder hat also gezielt nach einer Spenderin für eine Unbekannte gesucht, deren Organ er transplantieren konnte und dadurch wahrscheinlich diese Alma gefunden. Sie ist die Einzige, die infrage kommt."

„Das würde mit Peters Recherchen übereinstimmen", informierte Wolf den Rechtsmediziner. „Passt also."

„Warte noch", bat Enno leise. „Dann können wir ja froh sein, dass der Mörder nicht Nadja ausgewählt hat. Sonst hättest du sie im Herminenpark gefunden. Aber merkwürdig ist das schon, dass er lieber ins Ausland gefahren ist."

„Die Dänin war jünger", fiel Wolf ein. „Vielleicht deshalb."

„Möglich", sagte Enno. „Wir sehen uns dann bei der Beerdigung, aber wenn vorher noch was ist, melde dich ruhig."

„Ja, danke und Tschüss." Wolf legte auf.

„Und?", fragte Peter neugierig. Er hatte kaum etwas mitbekommen.

„Enno hat zwei genetische Zwillinge gefunden. Eine Seniorin aus Portugal und eben diese Alma aus Dänemark, aber die Unbekannte, die möglicherweise Almas Gebärmutter bekommen hat, war nicht dabei."

Peter grinste. In diesem Moment war er nur Kommissar. Sein Privatleben hatte er vergessen. „Siehste, Alter, damit bestätigt sich auch, dass das Facebook-Profil von Mette Viborg nicht gefakt war. Sie hat uns wirklich Almas Klamotten zugeschickt. Dass wir nicht wissen, wem der Uterus gespendet worden ist, ist natürlich Mist, aber immerhin sind wir ein Stück weiter. Jetzt lohnt es sich also, Nadine und Niklas zwecks heimlicher Befragungen in den Norden zu schicken. Ich werde mal Kontakt mit Mette aufnehmen."

Wolf gab auf. „Tu das!" Fast hätte er noch ein „Wenn es dich glücklich macht" hinzugefügt, aber im letzten Moment biss er sich auf die Zunge. Eines war sicher: Peter war alles andere als glücklich, aber falls sein Sohn die Hunde mitnehmen würde, könnte er mehrere Fliegen mit einer Klappe schlagen. Moni hätte mehr Zeit für Peter oder für ihn und die Jungs wären gut betreut, obwohl sie ihm wahnsinnig fehlen würden.

Abschied von Nadja

Trotz jeglichen Fluchtverhaltens aus der schrecklichen Situation, war es Peter nicht erspart geblieben, wenigstens die wichtigsten Dinge selbst zu bestimmen. Dabei war es unter anderem um die Kleidung gegangen, die Nadja im Sarg tragen sollte. Auch der Wochentag und der Ort der Bestattung musste vom Ehemann der Verstorbenen ausgewählt werden. Hier hielt sich Moni dezent zurück. Ebenso wenig wusste sie, welche Musik sich Nadja gewünscht hätte oder ob sie überhaupt in der Kirche war und falls ja, in welcher.

Da Peter herumdruckste und sich am liebsten vor der Verantwortung gedrückt hätte, nahm Moni ihn ins Schlepptau und bestand darauf, tätig zu werden.

Mit vereinten Kräften suchten sie bei Eiseskälte eine doppelte Grabstelle auf dem Friedhof an der Scheier Straße aus, der mittlerweile wie ein Park wirkte. Alter, hoher Baumbestand, historische Grabstätten und zahlreiche Bänke luden vor allem im Sommer zum Verweilen ein, wenn man dort nur spazieren ging.

Wer so wie Peter trauerte, hatte keinen Sinn für die Schönheit der Natur, auch nicht für die überzuckerten Bäume und die Eichhörnchen, die nach Nahrung suchten.

Gemeinsam sahen sich die beiden alle von der Friedhofsverwaltung vorgeschlagenen Plätze an. Keiner schien Peter gut genug für seine Nadja zu sein, aber Moni hatte einen im Sinn, der etwas abseits in einer Ecke leicht versteckt lag, wo niemand so schnell vorbeikam. Hier würde Peter Ruhe zum Trauern finden können. Geschickt lenkte sie ihn an diese Stelle zurück und malte ihm aus, wie das Grab im Jahreszeitenwechsel wirken würde. Im Frühjahr würde Maigrün aus den jetzt schneebedeckten Ästen sprießen und im Sommer zum wärmedämmenden Dach bei Hitze werden. Im Herbst könnte der bunte Blätterschirm gegen den Regen schützen. Da es ein Platz am Rand einer kleinen Gräberreihe war, bestand auch die Möglichkeit, eine Bank aufzustellen. Jetzt ließ die Schneedecke wenig Fantasie zu. Peter nickte nur. Er hätte zu allem „Ja“ gesagt, aber Moni wollte, dass er zumindest vordergründig entschied. Wenn er sich später an diese Phase seines Lebens erinnern würde, sollte der Gedanke an sie als helfende Hand in den Hintergrund getreten sein.

Die runde Friedhofskapelle war an jenem Sonnabend vor dem zweiten Advent bis auf den letzten Platz besetzt. Einige Menschen standen.

In der ersten Bank vorne links saßen Nadjas Großmutter – von jedem nur Babuschka genannt – Peter, Wolf und Moni. Während Peter mit Scheuklappen nach vorn ins Nichts zu starren schien, weinte Babuschka leise Tränen. Sie hatte früh ihren Sohn samt Schwiegertochter bei einem Autounfall und kürzlich ihren Mann verloren. Nun gab es niemanden mehr, außer Peter vielleicht, wobei mit dem derzeit nicht viel anzufangen war.

Er stierte auch während der Trauerfeier die ganze Zeit am Sarg vorbei, als ob ihn die Sache nichts anging. Bei den letzten Akkorden von „Who Wants to Live Forever?" der Rockband Queen öffnete sich die Seitentür der Kapelle, und der Erste, der schnurstracks, ohne sich umzusehen, hinausspazierte, war Peter Kruse. Aber er wartete nicht etwa auf den Sarg oder die Trauergemeinde … nein, er ging einfach immer weiter ohne nachzudenken, bis er plötzlich vor seinem Wagen stand. Ihm schien auch nicht aufgefallen zu sein, dass ihm jemand gefolgt war. Leicht verwirrt stieg er ein und atmete tief durch. Für einen kurzen Moment schloss er die Augen. Er war froh, dass alles vorbei war, wenigstens für ihn. Nie und nimmer hätte er dem Augenblick beigewohnt, in dem der grüne Sarg in der Erde versenkt wurde. Vielleicht war sie auch gar nicht da drin, überlegte er, und man hatte ihn geleimt. Aber wer sollte das tun? Nein, nein, er war ja erst kürzlich bei ihr im Abschiedsraum. Man hatte ihn pietätvoll mit seiner aufgebahrten Ehefrau allein gelassen. Aber die Tote war seiner Nadja nur ähnlich gewesen. Wie eine Wachspuppe von Madame Tussauds hatte sie gewirkt. Ihn schauderte es immer noch. Trotzdem hatte er es nicht lassen können, mit ihr zu schimpfen, weil sie zu diesem Seminar gefahren war, weil sie sich gestritten und nicht mehr im Guten voneinander verabschiedet hatten. Anfassen oder Küssen hätte er sie nicht wollen, auch nicht können. Sie war nicht mehr sie. Aber er war auch nicht mehr er selbst. Mit einem Seufzer startete er seinen Wagen und fuhr in Richtung Kleinenbremen, diesmal ohne am Schnellimbiss anzuhalten. Er hatte keinen Appetit.

Nun war es Monis und Wolfs Aufgabe gewesen, Babuschka bei Nadjas Grablegung unter die Arme zu greifen und die alte Frau zu unterstützen. Sie ging an ihrem Stock gebückt, als ob sie die ganze Last der Welt trug. Moni unterstützte Wolf beim Gehen. Zu dritt begleiteten sie den maigrünen Sarg, gefolgt von der restlichen Trauergemeinde, die nicht nach Hause gegangen war.

„Hast du gesehen, dass der Arzt, der Niklas deine Niere transplantiert hat, auch in der Kapelle war?", fragte Moni flüsternd.

„Ja", antwortete Wolf ebenso leise, „er ist doch ein Studienfreund von Nadja. Wegen einer Fortbildung, zu der er sie eingeladen hat, ist sie doch überhaupt nur nach Isernhagen gefahren."

„Wie tragisch", kam es von Moni, „er wird sich schuldig fühlen." Wolf nickte traurig.

Man senkte die Rechtsmedizinerin ins winterliche Erdreich, gab Blumen sowie Erde hinzu und ging seiner Wege.

Das Leben lief immer weiter. Es war wie ein endlos fahrender Zug, in den Menschen ein- und ausstiegen. Wer weiterfuhr, winkte den Zurückgebliebenen hinterher, bis niemand mehr zu sehen war. Vielleicht im Nebel oder wie heute im Gestöber herabfallender Flocken. Schon kurze Zeit später wurde der letzte Ruheort von Neuschnee bedeckt.

Das übliche Kaffeetrinken war von Peter von Vornherein abgelehnt worden, doch Gaby Bahl-Berkau, die Nachbarin von Nadjas Großmutter, hatte einen Kuchen gebacken und den engsten Kreis zu sich eingeladen. Moni kannte Gaby schon länger von gemeinsamen Hundespaziergängen und war dankbar für diese Fürsorge. Sie hoffte, dass sich Gaby auch künftig mit um Babuschka kümmern würde.

„Was für eine seltsame Adventszeit", sagte Wolf, als er in Monis Wagen saß. „Ich wünschte, ich könnte mit dir nach Hause fahren und müsste nie wieder weg."

„Das wäre schön", erwiderte Moni, „aber wir wollen deinen Genesungsfortschritt doch nicht gefährden. Ich habe mich sehr gefreut, wie gut du heute schon mit Stock an meinem Arm zurechtkamst."

„Die paar Meter", kam es leise von Wolf. „Das ist wirklich noch nicht der Rede wert."

„Doch, es ist ein erfreulicher Anfang", widersprach Moni. „Schritt für Schritt wird es weiter bergauf gehen. Weihnachten sieht die Sache schon ganz anders aus, wenn dieser Otto Winkler dich weiter so gut aufbauen kann. Ich hätte nie gedacht, dass der Erfolg so schnell eintritt."

„Ich bin trotzdem allein an diesen einsamen Adventsabenden", beschwerte sich Wolf, „auch, wenn du ab und zu vorbeikommst."

„Wir sind alle traurig über Nadjas Tod und umso mehr brauchen wir einander", antwortete Moni und legte ihre Hand auf Wolfs Knie. „Wenn die Einschläge so dicht kommen, wird einem selbst erst wieder bewusst, wie zerbrechlich das Glück ist. Rufst du Peter noch mal an? Ich will ihn heute Abend nicht mehr mit einem Besuch nerven, denn ich denke, er will seine Ruhe haben. Vielleicht können wir beide ihn morgen, am zweiten Adventssonntag, mit einem Stück Kuchen besuchen."

„Gute Idee. Ja, ich rufe ihn gleich an, wenn ich auf meinem Zimmer bin", versprach Wolf.

„Soll ich dich noch hochbringen?", fragte Moni, als sie sich von ihrem Verlobten an der Tür zur Seniorenresidenz mit einem Kuss verabschiedete.

„Nein, das musst du nicht, Schatz", beruhigte Wolf sie. „Hier sind überall an den Wänden Handläufe. Da kann ich mich dran langhangeln und für die andere Seite benutze ich den Stock. Selbst ist der Mann!"

Moni lächelte. „Wie ich sehe, genießt du es, deine Selbstständigkeit zurückzugewinnen. Ich bewundere deinen Ehrgeiz und dein Durchhaltevermögen trotz aller Widrigkeiten."

„Du kennst mich", erwiderte Wolf. „Ich bin kein Mensch, der sich in den Rollstuhl setzt und damit auf Dauer zufrieden ist, wenn es die Chance auf Verbesserung gibt. Bis Weihnachten will ich topfit sein."

„Ich bin überzeugt, du schaffst das, und am Heiligen Abend gehen wir zusammen spazieren", ermutigte Moni ihn und warf ihm eine Kusshand zu. „Gib mir nachher oder morgen früh noch wegen Peter Bescheid, ob ich einen Kuchen mehr backen soll.“

„Mache ich“, versprach Wolf, drehte sich um und hangelte sich durch die Tür des Herminenhofes ins Innere.

Peters Rückzug

„Lasst mich doch endlich mal alle in Ruhe“, brüllte Peter am späteren Abend in den Hörer, als Wolf ihm das Adventskaffeetrinken vorschlug. „Ich habe gerade keinen Bock auf Gesellschaft. Kann das denn niemand verstehen?“

„Doch, doch“, antwortete sein Freund und Kollege, „das kann ich mehr als gut. Aber weißt du was? Ich mache dir einen Vorschlag.“

Peter brummte nur.

„Wir stellen dir einfach morgen einen Kuchen in den Flur. Den kannst du dann essen, wann du willst. Einverstanden?“

„Von mir aus“, grummelte Peter weiter.

„Essen musst du ja. Wir nerven dich auch nicht. Du wirst überhaupt nicht merken, dass wir bei dir waren. Ist der Schlüssel noch da, wo er immer liegt?“, erkundigte sich Wolf.

„Klar.“

„Nicht sehr originell, im Blumentopf an der Haustür.“

„Bei mir bricht keiner ein“, behauptete Peter.

„Wie du meinst“, erwiderte Wolf, „aber wenn du erst mal allein bleiben willst, wäre es dann nicht besser, ein paar Tage freizunehmen?“

„Klar, die einen schicke ich nach Dänemark, und ich selbst bleibe zu Hause", sagte Peter. „Wer soll dann da noch arbeiten?"

„Detlef? Und vielleicht fordert der Unterstützung aus Nienburg an, falls Not am Mann ist?"

Wieder nur ein Brummen am anderen Ende der Leitung.

„Ich wusste noch gar nicht", fuhr Wolf fort, „dass das mit Dänemark geklappt hat."

„Hat sich Nadine drum gekümmert", erzählte Peter, „hatte nur 'ne Nachricht bei WhatsApp von ihr. Die fahren morgen."

„Mensch, dann klink dich doch für einige Tage aus", schlug Wolf vor. „Ich bin doch auch noch da."

Peter lachte bitter.

Das ärgerte Wolf, aber er schluckte seine Gefühle hinunter. „Zum Innendienst tauge ich wohl noch."

„Okay, von mir aus, dann gib Niklas Bescheid", bat Peter. „Ich will auch mit keinem reden. Urlaub reiche ich später ein. Und sag allen, ich will niemanden hören und sehen. Nächste Woche Montag bin ich wieder da."

„Mache ich", versprach Wolf, „und glaub mir, ich kann dich wirklich verstehen. Mir würde es bestimmt genauso gehen."

„Woher willst du das wissen?", fragte Peter und legte dann einfach auf.

Wolf seufzte. Natürlich hatte sein Freund recht. Er selbst war nicht in dieser Situation, und wahrscheinlich konnte sich niemand da hineinfühlen, der das nicht selbst erlebt hatte. Nachdenklich rief er am nächsten Morgen Moni an. Sie schien außer Atem zu sein, als sie das Gespräch annahm.

„Hallo, Wolf, ich bin gerade wieder mit unseren beiden Schneemännern reingekommen. Bleibst du kurz dran, ich will die Jungs schnell abreiben, oder soll ich dich zurückrufen?"

„Nein, alles gut, ich warte eben", erwiderte Wolf.

Kurze Zeit später war Moni wieder dran.

„Das mit dem Kaffeetrinken kannst du vergessen", erklärte er ihr. „Peter will sich jetzt ganz in sich selbst verkriechen."

„Verständlich, aber ob das gut ist?"

„Keine Ahnung, aber jeder trauert anders. Wenn er das so braucht, sollten wir es respektieren. Ich habe ihm gesagt, dass wir einen Kuchen vorbeibringen und ihm den in den Hausflur stellen. Ist das in Ordnung für dich?"

„Sicher, ich habe sowieso drei Apfelstrudel gebacken. Einen für Peter, einen für Niklas und Nadine und einen für uns", berichtete Moni. „Wobei die beiden den wohl mit nach Dänemark nehmen werden. Hast du schon davon gehört? Sie sollen da inkognito herumfragen und wollen die Hunde mitnehmen."

„Schön", sagte Wolf, „aber so ganz gerne gebe ich Leo und Ole trotzdem nicht weg. Am liebsten weiß ich sie in deiner Obhut. Natürlich hast du im Moment die meiste Arbeit mit ihnen, aber bist du sicher, dass das richtig ist, dass sie mitfahren?"

Moni lachte. „Na, jedem würde ich unsere Hunde bestimmt nicht anvertrauen, aber deinen Sohn und dessen Freundin kennen sie doch gut, weil sie zwischendurch immer mal dort sind. Sie bleiben quasi in der Familie. Und stell dir vor, welchen Spaß sie am Strand haben werden."

„Das schon", lenkte Wolf ein.

„Es ist doch auch nur für eine Woche. Nächsten Sonntag sind sie schon wieder hier. Die Zeit wird wie im Flug vergehen, du wirst sehen. Ich könnte dann auch schon ganz in Ruhe ein paar Weihnachtsvorbereitungen treffen."

„Dann machen wir das so", stimmte Wolf zu. „Konzentrieren wir uns darauf, dass wir an Heiligabend alle wieder gesund und munter zusammen sein können. Ich hoffe, ich kann auch meinen Teil dazu beitragen."

„Da bin ich ganz sicher, wenn ich sehe, was für Fortschritte du in der kurzen Zeit gemacht hast", erwiderte Moni. „Und weißt du was? Wenn ich die beiden nachher zu Niklas bringe, hole ich dich im Herminenhof ab. Warum sollen wir dort Kaffeetrinken, wenn wir es zu Hause viel schöner haben? Ich denke, wir kriegen das hin mit den paar Stufen, oder?"

„Bestimmt", freute sich Wolf. Das waren ja tolle Aussichten. Endlich mal wieder in den gewohnten vier Wänden zu sein. Seine Vorfreude würde ins Unermessliche steigen.

„Auf dem Weg bringen wir Peter den Strudel vorbei", sprach Moni weiter.

„Wunderbar“, sagte Wolf.

„Dann bin ich so gegen halb zwei bei dir. Passt das?“

„Na klar, ich bin begeistert. Punkt halb zwei stehe ich an der Tür, bereit zum Abholen“, versprach Wolf.

Für einen Moment hatte er das ganze Drama um Nadja vergessen.

Das Leben geht weiter

In der Nacht von Montag auf Dienstag kehrte er nach Isernhagen zurück. Sein erster Weg führte ihn zu Vanessas Gehirn und zu seinem Sohn in den Keller. Es war an der Zeit, ihm einen Namen zu geben. Als Doktor Till Niederegger unten angelangt war, dachte er, er würde seinen Augen nicht trauen. Beide Kryonikbehälter waren fort. Jemand hatte ihm seine Familie genommen. Einbruchsspuren hatte er an der Haustür keine gesehen. In Windeseile kontrollierte er die anderen Zugänge. Nichts! Mit einem Mal kam ihm eine wahnwitzige, völlig irre Idee. Er lief in den Nebentrakt und klopfte an Marinas Tür, rief nach ihr, aber es kam keine Antwort. Till lauschte. Da war nur Stille im Haus. Vorsichtig drückte er die Klinke hinunter und war erstaunt, dass sie ganz einfach nachgab und ihm den Zugang zu ihren Räumlichkeiten ermöglichte. Noch einmal rief er ihren Namen. Als wiederum keine Antwort kam, betätigte er den Lichtschalter und erstarrte. Hier wohnte niemand. Der Vogel war ausgeflogen.

Fieberhaft überlegte Till, was passiert sein konnte. Hatte es geklingelt, und Marina war zur Tür gegangen, wo man sie überwältigt hatte? Nach der Entführung von Haushälterin und seiner Familie waren alle Spuren verwischt worden? Till ahnte, worum es ging. Sie wollten Vanessas Formel, aber dass sie so weit gehen würden, damit hatte er nicht gerechnet. Jetzt blieb ihm nichts anderes übrig. Er musste weg.

Doch wer düstere Machenschaften im Sinn hatte, ließ seine Beute nicht aus den Augen, selbst wenn er nicht sofort zuschlagen wollte. Dem einen oder anderen Jäger gefiel es, zunächst mit seinem Opfer zu spielen, wie eine Katze.

Adventszeit

Die Tage waren ins Land gegangen. Man hatte Peter seine Ruhe gelassen, wofür er sehr dankbar war. Am Montagabend hatte er sogar schmunzeln müssen. Da war sein Kumpel Wolf doch tatsächlich heftig über seinen Schatten gesprungen, als er Moni den Auftrag gegeben hatte, ihm eine Tüte voller Fastfood in den Hausflur zu stellen. Oder war sie sogar selbst auf die Idee gekommen? Immerhin kam sie jeden Tag auf dem Rückweg von einem Besuch bei Wolf am „Calimero" vorbei. Egal! Niemand anders konnte es gewesen sein, denn nur die beiden wussten von dem Schlüssel und einzig Moni war mobil. Aber er hatte davon überhaupt nichts mitbekommen, weil er nach einer Dose Bier in seinem Ohrensessel eingeschlafen war. Doch der Duft des leckeren Menüs hatte ihn aufgeweckt und in den Flur gelockt. Er öffnete die Tüte.

Super! Zwei Burger, eine Riesenportion Pommes und Chicken Nuggets – herrlich. Seine Freunde wollten ihm etwas Gutes tun, obwohl er sie in seinem Schmerz so schlecht behandelt hatte. Das war rührend. Im Stillen gelobte er Besserung und ließ sich mit seinen übergroßen Lammfellpuschen wieder in den Ohrensessel fallen. In der Glotze kamen die „Rosenheim-Cops". Die liebte Peter, auch, wenn er das nie zugegeben hätte. Besonders der Michi Mohr hatte es ihm angetan. Manchmal wünschte er sich, selbst so die Ruhe wegzuhaben.

Moni hatte in dieser Zeit alle Hände voll zu tun. Sie musste sich zum Beispiel um zwei Häuser kümmern, da Wolf und sie immer noch nicht zusammengezogen waren. Weihnachtsvorbereitungen mussten getroffen und Wohltätigkeitsveranstaltungen besucht werden. Dann nähte sie noch kleine Kuschelkissen für den Verein „Weserbergländer Herzen helfen". Diese weichen Tröster kamen Kindern in Krankenhäusern und anderen Einrichtungen zugute. Das brachte ihr selbst viel Freude.

Nur während sie an der Maschine saß und an die Kleinen dachte, die einmal ihren Kopf auf den bunten Stoff legen würden, fand sie ein bisschen Entspannung. Anderen zu helfen, half auch einem selbst. Es war Balsam für die Seele. Ansonsten gab es kaum eine ruhige Minute. Sie war froh, dass die Hunde mit nach Dänemark gefahren waren. So hatte sie wenigstens kein schlechtes Gewissen, wenn sie abends auch noch allein zu Wolf fuhr. Trotzdem vermisste sie ihre Jungs Leo und Ole.

Die allerdings waren vollkommen in ihrem Element, vor allem wenn sie den Strand umgraben konnten. Während Leo das Meer spannend fand, guckte Ole eher skeptisch auf die Wellen, die so plötzlich auf ihn zukamen. Niklas und Nadine genossen die freie Zeit wie einen Urlaub. Ihr Haus hatte Sauna und Whirlpool. Bisher hatten die Befragungen von Mette und ihren Kolleginnen wenig Essenzielles ergeben. Eine vage Beschreibung des Geliebten und potenziellen Mörders und seines Wagens hatten sie, mehr nicht. Sie beschlossen, die Kosten des Ferienhauses selbst zu übernehmen und die Staatskasse nicht zu belasten. Mette hatte ihnen einen guten Preis gemacht.

Wolf selbst ackerte wie ein Pferd. Jetzt, nachdem er bemerkt hatte, dass es voranging, war er gierig geworden. Es konnte ihm gar nicht schnell genug gehen. Wo ihn vorher Otto Winkler getriezt hatte, drangsalierte er nun den Therapeuten und forderte weitere Trainingsstunden ein. Zum Ende der Woche kam er endlich mit einem Stock allein zurecht. Das war ein weiterer Meilenstein auf dem Weg zurück in die Normalität.

Am Freitagabend nahm er sich vor, Peter anzurufen. Seit diesem Sonntagmorgen hatte niemand mehr von ihm gehört. Man war seinem Wunsch nachgekommen, ihn in Ruhe zu lassen. Aber jetzt war die Schonzeit vorbei. Auch für Peter musste es weitergehen. Er konnte sich nicht länger vergraben.

Gegen 18 Uhr wählte er seine Nummer und erreichte nur den Anrufbeantworter. Auch auf Peters Smartphone konnte Wolf nur eine Nachricht hinterlassen. Für diesen Tag ließ er es gut sein, aber als sich sein Freund auch am Sonnabend nicht zurückmeldete, bat er Moni, bei Peter vorbeizufahren.

Tills Flucht

Nachdem er das Nötigste zusammengerafft hatte, sprang Till Niederegger in seinen Wagen und fuhr in die MHH. Schnell füllte er einen Urlaubsantrag mit dem Zusatzvermerk aus, dass er wegen dringender persönlicher Gründe ausfallen musste. Die Zeitspanne datierte er vom morgigen Tag an bis zum 23. Dezember. In seinem Gepäck befanden sich nicht nur diverse Laptops und Festplatten, denn er war ein Sicherheitsfanatiker, sondern auch Klamotten für mindestens drei Wochen.

Vanessa war letztlich mit ihren Forschungen nicht ganz bis an ihr Ziel gekommen. Zwar konnte das von ihr entwickelte Frostschutzmittel die Körperzellen schützen, jedoch nur, wenn zuvor dem Blut der von ihm kreierte Stoff in Verbindung mit Heparin zugeführt worden war. Teile der einzelnen Formeln hatte er in Papierform an unterschiedlichen Stellen in Vanessas Körper vergraben. Digital befanden sich die chemischen Verbindungen aufgesplittet auf den Festplatten und den drei portablen Rechnern. Auch für einen Insider würde es schwer sein, ein Fazit aus den Fragmenten zu ziehen. Das hieß: Ohne ihn würden sie nicht weiterkommen. Also mussten sie ihn am Leben lassen.

Dabei hatte er nicht bedacht, dass Menschen schon vor Jahrhunderten alles zugaben oder ausplauderten, wenn nur die Methoden der Befragung derart gestaltet waren, dass man den Teufel lieber dem Beelzebub vorzog, denn die Hoffnung stirbt zuletzt, wie man sagt – vor allem die aufs Überleben.

Nichts ist sicher, nur der Tod

Moni klingelte am späten Sonnabendnachmittag bei Peter, als sie nach dem Besuch bei Wolf in Richtung Todenmann fuhr. Es war längst dunkel und in den Wohnräumen brannte Licht, aber niemand kam zur Tür oder meldete sich. Sie legte ihr Ohr auf das Holz und meinte Stimmen zu hören. Vielleicht war das der Fernseher, weswegen Peter das Läuten überhört hatte. Unentschlossen, was sie nun tun sollte, versuchte sie ihn auf dem Festnetz und dem Smartphone anzurufen. Entfernt konnte sie den Rufton vernehmen, jedoch ohne dass Peter abnahm. Entweder wollte er immer noch niemanden sehen oder er hörte es schlicht und ergreifend nicht. Zuletzt versuchte sie, ihn mit einer SMS zu erreichen und gab auf, als auch da keine Reaktion kam. Ins Haus hineingehen wollte sie nicht. Das kam ihr zu übergriffig vor. Sie beschloss, sich erst mit Wolf zu beraten und es am nächsten Tag wieder zu versuchen.

Der dritte Adventssonntag kam mit einer neuen Welle von Frost und Schnee. Moni dachte an Niklas und Nadine, die an diesem Morgen wieder in Richtung Deutschland aufbrechen wollten. Die Witterungsverhältnisse waren so schlecht, dass man kaum die Hand vor Augen sehen konnte.

Mit Wolf hatte sie vereinbart, es am Vormittag noch einmal bei Peter zu versuchen. Als ihre Telefonate wieder ins Leere gingen, nahm sie sich ein Herz und fuhr nach Kleinenbremen. Die Sorge, dass ihm etwas passiert sein konnte, trieb Moni an.

Auch diesmal blieb ihr Klingeln unbeantwortet, aber sie zögerte nicht länger und nahm den Schlüssel aus dem Blumentopf. Dann ging sie ins Haus. Schon im Flur wusste sie, dass ihr ungutes Gefühl sie nicht getäuscht hatte. Es stank, und nie wieder würde sie diesen Geruch vergessen. Das war ihr sofort genauso klar wie die Gewissheit, dass Peter nicht mehr leben konnte. Sie zögerte, überlegte, das Haus sofort wieder zu verlassen, aber irgendetwas zog sie weiter hinein ins Geschehen.

Mit dem Schal vor dem Mund betrat sie das Wohnzimmer, in dem Peter in seinem Ohrensessel ohne Schädeldecke saß. Blut, Gehirn und Knochenfragmente hatten sich hinter ihm auf Wand und Teppich verteilt. Auf dem Boden rechts neben ihm lag eine Waffe. Sie musste ihm aus der Hand gefallen sein.

Rückwärts gehend verließ Moni den Raum. Ihr war schlecht. Sie würgte und hatte Mühe, sich nicht zu übergeben. Wie konnte Wolf tagtäglich mit so etwas umgehen? Und wie sollte sie ihm sagen, dass sich sein Freund das Leben genommen hatte? All das war so unmenschlich und brutal.

Mit letzter Kraft rief sie den Notruf und ließ sich draußen in den Schnee fallen. Die Kälte spürte sie nicht.

Schockzustand

Es war schrecklich. Mehr konnte man dazu nicht sagen. Detlef sah sofort, als er eintraf, dass der Notarzt wieder fahren konnte. Der wartete zwar noch, hatte aber bereits an der Tür den Kopf geschüttelt. Dies war kein Fall mehr für ihn. Auch die Rettungssanitäter beschäftigten sich nicht im Haus mit Moni. Sie hatten die arme Frau mit in ihren Wagen genommen, nachdem sie einen Aufenthalt im Krankenhaus rundheraus abgelehnt hatte. Wenn eins klar war, dann dass sie ganz bestimmt stark bleiben musste für alles, was da jetzt auf sie zukam. Wolf würde am Boden zerstört sein. Und auch wenn man Peters Beweggründe verstehen konnte, fand sie selbst es doch ziemlich eigennützig von Peter. Fast fühlte sie trotz allem Wut auf ihn. Wie war es ihm möglich, seinen besten Freund so im Stich zu lassen? Hatte er denn vollkommen vergessen, dass sie beide und das ganze Team immer für ihn da waren und es auch in Zukunft gewesen wären? Sofort bereute sie diesen ebenfalls nicht ganz uneigennützigen Gedanken. Der arme Peter! Was musste er gelitten haben, dass er sich selbst so etwas antat? Welche Verzweiflung und Ausweglosigkeit hatte er gefühlt, die ihn zu diesem Schritt bewogen haben mussten.

Der Notarzt fragte Moni, ob er ihr ein Beruhigungsmittel spritzen solle, aber sie lehnte dankend ab. Sie brauchte einen klaren Kopf, denn wer außer ihr mochte es auf sich nehmen, Wolf diese schreckliche Nachricht zu überbringen? Niklas hätte es ihr vielleicht abgenommen, aber der steckte noch mit Nadine und den Hunden im Verkehrschaos. Es war am besten, wenn auch er erst etwas von dieser Katastrophe erfuhr, wenn er wieder im Lande war. Mit so einer schweren Bürde war die Fahrt doppelt anstrengend.

Mit einem stillen Seufzer gab sie den Sanitätern Goldfolie und Decke zurück, als Detlef den Kopf mit fahlem Gesicht aus Peters Haustür streckte. Er hatte Tatort und Haus mit den Kollegen aus Rinteln in Augenschein genommen. Schweren Schrittes kam er auf sie zu.

„Wie geht es dir, Moni? Ich weiß, die Frage ist blöd. Ich stelle sie trotzdem, denn wie ich sehe, gehst du nicht mit ins Klinikum", sagte Detlef besorgt. „Ich bin aber für dich verantwortlich. Wenn du jetzt unkonzentriert nach Hause oder sogar zu Wolf fährst, würde ich mir echte Sorgen machen."

„Wie es ist, ist es schlimm. Ganz egal, ob ich mich erst hinlege oder einen Kaffee trinke. Die Angelegenheit vor sich her zu schieben, macht keinen Sinn. Dann wird es nur noch schlimmer", wusste Moni aus Erfahrung.

„Ich könnte es dir abnehmen und Wolf schonend informieren", schlug Detlef vor.

Moni lachte bitter. „Das ist sehr lieb gemeint, aber wie sähe das ehrlich gesagt aus? Ich finde Peter und schicke dich? Ich bin doch kein Drückeberger. Nein, du wirst einsehen, dass ich das selbst machen muss. Wir sind uns so sehr verbunden, Wolf und ich. Er wird Halt brauchen, und den findet er in mir, auch wenn er euch Kollegen sehr schätzt."

„Da hast du natürlich recht", lenkte Detlef ein, „aber jeder könnte es verstehen, wenn es dir nach diesem Schock zu viel werden würde. So etwas zu erleben, ist kein Pappenstiel."

„Und doch muss es gemacht werden. Je länger ich es vor mir habe, desto zerrissener fühle ich mich. Ich werde also sofort zu Wolf fahren", beschloss Moni. „Gut, dass die Jungs noch mit Niklas unterwegs sind."

„Ja, und auch, dass er noch nicht hier ist, obwohl ich seine Unterstützung gut gebrauchen könnte", sagte Detlef und drückte Moni die Hand zum Abschied. „Mir geht es auch schlecht. Niemand sollte so etwas miterleben müssen."

Ein Wagen hielt an der Straße. Heraus stieg Doktor Enno Liebermann, bleich wie der Schnee. Ihm stand eine noch schlimmere Aufgabe bevor. Er würde sich eingehend mit Peter beschäftigen müssen. Darüber wollte Moni erst recht nicht nachdenken und ging nach einem kurzen Nicken schnell zu ihrem Wagen.

Schon an der Tür wusste Enno, dass Peters Tod nicht erst vor wenigen Stunden eingetreten sein konnte. Die warme Heizungsluft sorgte dafür, dass der Verwesungsprozess fortschritt, auch wenn sie das Glück hatten, dass für Fliegen momentan keine Saison war. Diejenigen, die sich im Keller oder auf dem Dachboden versteckt hatten, konnten sich an einem gut gedeckten Tisch laben. Mit etwas Salbe unter der Nase nahm Enno die Situation in Augenschein.

Der arme Verblichene saß in seinem Ohrensessel und sah nicht mehr wie Peter aus. Insofern war es für alle Beteiligten leichter, sich vorzustellen, sie hätten es mit jemand ganz anderem, einem Fremden zu tun, wobei die übergroßen Lammfellpuschen und die Tüte mit Fastfoodverpackung nun wieder so sehr an ihn erinnerten, dass Enno seine Füße bedeckte und Detlef bat, die Reste seiner Henkersmahlzeit zu entfernen.

„Und, was meinst du?", fragte Detlef. „War es ein Suizid oder muss ich die SpuSi rufen? Ich habe zwar keine Einbruchsspuren, aber auch keinen Abschiedsbrief gefunden."

„Daran würde ich meine Zweifel nicht festmachen", erwiderte Enno. „Dass er eine schwere Zeit durchmachte und tief unglücklich war, weiß jeder. Es ist auch verständlich und logisch erklärbar, dem Schmerz ein Ende zu setzen, auch wenn wir das nicht begreifen können. Peter wäre nicht der Erste, der den Verlust seines Lebenspartners nicht erträgt. Warum dann noch große Worte machen? War er eh kein Freund davon."

„Und rein rechtsmedizinisch auf den ersten Blick?", erkundigte sich Detlef.

„Schmauchspuren am Mund und an der Hand. Die Waffe ist ihm danach aus der Hand gefallen. Sie liegt auch nicht ungewöhnlich weit weg. Für mich sieht es so aus, als ob er sich noch einmal ein ordentlich fettes Essen zum Bier gegönnt und dann verabschiedet hat. Mit Krawall, wie es zu ihm passt. Er war nicht der Typ für sanfte Töne. Auffällig ist ansonsten nichts, auch nicht der fehlende Abschiedsbrief. Wenn überhaupt hätte er ein paar Worte wie ‚Keinen Bock mehr' aufgekritzelt. Also ich kann nichts erkennen, das auf Fremdverschulden schließen lässt. Eine Sektion ist meiner Ansicht nach nicht nötig", erklärte Enno und fügte leise ein „Zum Glück!" hinzu. „Der arme Wolf. Weiß er es schon?"

„Moni fährt gerade zu ihm, um es ihm schonend beizubringen", antwortete Detlef, „aber ich glaube, es gibt keine Methode, um das Ertragen des Umstandes an sich leichter zu machen."

„Uns alle, und da wird es dir nicht anders gehen, hat Nadjas Tod schwer getroffen", seufzte Detlef, „vor allem, weil es ein Unfall gewesen ist. Er hätte nicht passieren müssen. Peters Selbstmord ist eine Folge davon."

„Über den Sinn und Unsinn des Schicksals zu philosophieren, bringt uns nicht weiter, glaube mir", sagte Enno sanft. „Gerade in deinem und meinem Beruf stehen wir oft kopfschüttelnd vor Ereignissen, die sich schwer begreifen lassen. Das weißt du doch. Nur hier betrifft es uns direkt. Ehrlich gesagt bin ich heilfroh, dass ich um die Sektion herumkomme. Wahrscheinlich hätte ich ohnehin einen Kollegen gebeten. Ich wäre zu nah dran. Behalten wir den alten Brummbären einfach in guter Erinnerung. Mir wird er fehlen."

„Mir auch“, erwiderte Detlef. „Wir packen dann ein und lassen den Bestatter kommen.“

„Gibt es noch Angehörige?“, erkundigte sich Enno.

„Soweit ich weiß, lebt Peters Mutter nicht mehr“, antwortete Detlef, „nur die Großmutter von Nadja gibt es noch.“

„Oh Gott, die arme Frau“, bedauerte Enno.

„Ich bin mir sicher, Moni und Wolf werden ihr helfen. Sie haben sie schon bei Nadjas Beerdigung gestützt.“

Enno nickte traurig. „Wir werden alle noch lange daran knapsen. Ohne die beiden wird nichts wieder so sein wie früher.“ Dann ging er zu seinem Wagen zurück.

Detlef nahm sein Smartphone aus der Tasche. Auf den Seiten der Bestatter in Bückeburg sah er sich die Fotos der Inhaber und Mitarbeiter an. Sein visuelles Gedächtnis war gut. Er wollte nichts falsch machen und denjenigen wählen, der sich auch um Nadjas Beerdigung gekümmert hatte.

Also rief er das Institut Wehrmann an. Detailgenau informierte er den Unternehmer über das, was auf ihn zukommen würde. Und selbst Reiner Wehrmann schien erschüttert, dass er wenige Tage nach der Beisetzung der Rechtsmedizinerin nun auch noch deren Gatten unter die Erde bringen musste. Doch das kam gar nicht so selten vor, erklärte er Detlef, dass betroffene Eheleute kurz nach ihrem Partner auf die eine oder andere Weise gingen. Einige halfen nach, andere starben von allein an gebrochenem Herzen, erzählte er. Detlef bat Wehrmann noch, es nach Möglichkeit zu verhindern, dass irgendjemand Peter noch einmal ansah. Das verstünde sich bei einem Suizid von selbst, der mit einer Waffe im Mund ausgeführt worden sei, beruhigte ihn der Bestatter.

Detlef wartete noch, bis Wehrmann und sein Sohn eintrafen. Es ging ihm nicht gut. So schnell er konnte, verabschiedete er sich von den Rintelner Kollegen, die ihm aufmunternd zunickten und suchte das Weite. Während der Fahrt zur Bückeburger Dienststelle bemerkte er plötzlich, dass er keine Luft mehr bekam. Japsend bog er nach links auf den Parkplatz des Bergbaumuseums ab, riss die Tür auf und ließ die kalte Winterluft in seine Lungen strömen. Dann weinte er um seinen knorrigen Kollegen mit dem guten Herzen. Mit verquollenem Gesicht fuhr er in die Ulmenallee, aber das machte nichts, denn da war ja momentan niemand im Kommissariat außer ihm.

Nichts ist sicher

Till fühlte sich verfolgt, und damit hatte er wahrscheinlich auch recht. Schon seit Vanessa mit ihren Forschungen so weit vorgedrungen war, dass ein Durchbruch unmittelbar bevorstand, hatte man sie selbst ins Visier genommen.

Damals hatte er zunächst über ihren Verfolgungswahn gelacht. Doch sie beharrte darauf, dass man ihr hinterherspionierte. Er erinnerte sich. Es war ein Fiasko gewesen an jenem Frühlingstag bei KrioRus: Nachdem sie ihre Unterlagen nicht auf dieselbe Art und Weise geordnet am nächsten Morgen vorfand, war Vanessa zunächst unruhig und fahrig geworden.

„Du redest dir das alles nur ein, mein Schatz", hatte er zu ihr gesagt.

„Nein, ich schwöre, meine Formeln, meine Papierzeichnungen ... irgendjemand hat sie durchstöbert", beharrte sie. „Auch an meinen Schubladen hat sich wer zu schaffen gemacht."

Sie beschlossen, kleine Fallen zu bauen. Abend für Abend wurden sie tätig. Es entwickelte sich zum Ritual: Eine anscheinend verrutschte Büroklammer steckten sie in die eine Schublade aus Metall, in die aus Holz pieksten sie eine Stecknadel. Um die Griffe der

Schranktüren wickelte Vanessa jeweils eins ihrer langen Haare, sodass es zerreißen musste, sobald Unbefugte hineinschauten.

Drei Tage lang geschah nichts, dann zeigte sich, dass Vanessa recht gehabt hatte. Nach dieser Entdeckung war alles anders gewesen, es gab für sie keine Ruhe mehr. KrioRus stand unter Beobachtung ganz anderer Mächte. Oder jemand im Kryonik-Institut hatte sie im Visier.

Während sie nach einem Mittel suchte, das in einer fernen Gesellschaft den Sieg über den Tod bringen würde, trachtete ihr vielleicht jemand anders nach dem Leben, sobald sie am Ziel war. So konnte sie nicht arbeiten, beschloss sie, und auch Till war bei seinen wiederholten Besuchen in Moskau zunehmend besorgt. Irgendwann schmiedeten sie den Plan zur Flucht.

Es war ganz einfach. Sie ließen Vanessa vom Erdboden verschwinden und fühlten sich wieder sicher. Aber dieses Gefühl war trügerisch. Wer ein langfristiges Ziel verfolgte, beobachtete genau, notfalls auch mit Hilfe von anderen Personen, die so listig eingeschleust wurden, dass man überhaupt nicht auf die Idee kam, sie könnten etwas damit zu tun haben. Geduld hatten sie und einen langen Atem, bis sie ein Zeichen bekamen, dass die Formel nunmehr vollendet sein musste. Der Moment war mit Vanessas Tod gekommen.

Zuerst war Marina verwirrt gewesen, dass Till nur zwei kleine Gefäße befüllt und ein großes Loch im Garten gegraben hatte. Jeder, der im Hintergrund davon wusste, dass sie nur noch an Schläuchen hing, war davon ausgegangen, dass Till ihren ganzen Körper erhalten wollte.

Man wartete ab, war sich sicher, sie würde erst sterben dürfen, wenn er so weit war, sie für die gemeinsame Zukunft präparieren zu können. Haushälterin Marina, die sich auch um Vanessas Pflege kümmerte, horchte ab und zu nach, wie es denn um ihren Zustand bestellt war, aber Till wich ihr aus und ließ sie in den letzten Tagen auch kaum mehr zu ihr. Da wurde die Russin, die sich als Polin tarnte, hellhörig und wachsam. Sie informierte die erforderlichen Stellen und blieb auf ihrem Posten, auch wenn sie Doktor Niederegger etwas anderes vorgaukelte.

Es sprach durchaus für die Spionin, dass sie erst nach ihrem Verschwinden enttarnt wurde. Als Tochter einer polnischen Mutter und eines russischen Vaters war es ihr ein Leichtes gewesen, sich als Hausmädchen aus Warschau zu bewerben. Nicht einmal Vanessa hatte etwas bemerkt, als sie noch bei klarem Verstand gewesen war.

Jetzt wollten sie also ihn, um ihm die geheime Formel abzupressen. Unwissend, dass es zwei unterschiedliche Substanzen gab, die man brauchte, um die Körper für eine Ewigkeit vorzubereiten, aus der man wieder aufwachen konnte. Dass sie ihm sein Liebstes, Frau und Sohn genommen hatten, würde er ihnen niemals verzeihen. Die beiden Gefäße waren verschwunden. Wahrscheinlich würde er sie nie wiedersehen. Es gab wenig Zweifel, dass die beiden untersucht und damit getötet worden waren. Wie wenig Sinn und Freude hatte das Leben da noch für ihn? … Für wen sollte die Formel aufbewahrt werden, wenn nicht für ihn selbst, um sich in ferner Zukunft wieder mit seiner Familie zu vereinen?

Vielleicht war es das Beste, wenn er alles vernichtete: die Formeln, die beiden flüssigen Lösungen, die er aufbewahrt hatte, und sich nun auf das Wesentliche konzentrierte. Aber er konnte es nicht, denn es blieb das letzte bisschen Hoffnung, dass sie nur Proben von Vanessa und seinem Sohn genommen hatten. Deshalb wollte er weitermachen, sich entziehen, bis er Gewissheit hatte, was aus ihnen geworden war.

Noch immer wusste er nicht, wer wirklich hinter ihm her war. Russische Mafia? KGB? Oder ein anderer Geheimdienst? Eine geheime Organisation? KrioRus selbst? Wo war seine Familie jetzt? Till musste sich ablenken. Sonst wurde er verrückt. Und: Er hatte noch etwas zu Ende zu bringen, einen Plan bis zum Schluss in die Tat umzusetzen. Und deshalb musste er einen kühlen Kopf bewahren.

Till machte sich auf in Richtung Westen. Es war ihm egal, ob sie ihm folgten. Alles war gut versteckt. Und solange sie an Vanessa und seinem ungeborenen Sohn forschten, würden sie ihn in Ruhe lassen. Erst wenn sie am Ziel waren oder die Formeln anhand der Proben nicht entschlüsseln konnten, kämen sie zu ihm. Rigoros und endgültig. Ihn am Leben zu lassen machte keinen Sinn. Er wusste zu viel. Doch bis sie ihn hatten, musste er sein Werk vollenden. Das war das Einzige, was ihm jetzt noch wichtig schien. Und vielleicht fiel ihm noch etwas ein, wie er überleben konnte. Till hatte da so eine Idee …

Schwere Schritte

Niemand konnte sich vorstellen, was in Moni vorging, als sie durch die verschneite Landschaft in Richtung Bückeburg fuhr.
Sie parkte unterhalb des Bergbades und stellte den Motor ab. Noch war es warm im aufgeheizten Wagen. Sie gönnte sich ein paar Minuten der Besinnung, bevor sie den schweren Gang antrat und Wolf über den Selbstmord seines Freundes informierte. Wie sie das tun sollte, war ihr selbst schleierhaft. Mit geschlossenen Augen lehnte sie sich zurück und atmete tief durch. Niemals würde sie das letzte Bild von Peter in ihrem Kopf ausradieren können. Das sehen zu müssen war etwas, was Wolf zum Glück erspart geblieben war. Nadjas Tod war für ihn schon eine Katastrophe gewesen, der von Peter würde ihn umhauen. Mit dessen Suizid fertig zu werden, kostete Kraft. Energie, die er eigentlich für seine Genesung gebraucht hätte, aber es war nicht zu ändern. Wolf musste es erfahren. Sofort, bevor er es von anderen hörte.

Im Herminenhof herrschte eine friedliche Adventsstimmung. Überall war es wundervoll weihnachtlich geschmückt. Von irgendwoher erklang „Oh, du Fröhliche“. Was für eine Ironie des Schicksals, dachte Moni und ging weiter, bis sie auf Wolfs Flur war. Zaghaft klopfte sie an seine Zimmertür. Sie brachte keine frohe Botschaft.

„Herein“, sagte er.

Moni nahm sich ein Herz und trat ein. Schon an ihrem Gesicht sah er, dass etwas nicht in Ordnung war. Sie war leichenblass.

„Was ist mit dir?“, fragte er besorgt und erhob sich vorsichtig mit dem Stock aus seinem Stuhl, um auf seine Verlobte zuzugehen.

„Bleib sitzen“, bat sie inständig. „Ich komme zu dir.“ Dann zog sie sich die zweite Sitzgelegenheit neben Wolf und nahm seine Hand.

„Du machst mir Angst“, flüsterte er, „aber ich bin froh, dass du da bist. Dann ist mit dir wenigstens alles in Ordnung. Was ist passiert? Hattest du einen Unfall? Ist was mit Niklas und Nadine oder den Jungs?“

„Nein“, erwiderte sie ruhig, „aber mit Peter. Er hat sich das Leben genommen. Es tut mir leid, dir das sagen zu müssen. Mir bricht es das Herz.“

Schweigen.

Wolf war wie vom Donner gerührt. Er glaubte, sich verhört zu haben. Doch als er Moni in die Augen sah, holte die Realität ihn ein und sein Gesicht verlor jegliche Farbe.

„Nein“, sagte er gepresst, dann schrie er das Wort aus sich heraus. „NEIN! Nicht Peter. Das würde er niemals tun.“

„Und doch hat er es getan“, widersprach Moni.

„Wie?"

„Mit seiner Dienstwaffe. Erspare dir und mir die Einzelheiten", bat Moni. „Ich habe ihn gefunden."

„Nein, du Arme. Dann stimmt es also. Wann?"

„Wohl schon vor einigen Tagen", informierte sie ihn. „Vielleicht wollte er deshalb keinen Kontakt."

Wolf schüttelte den Kopf. „Das kann nicht sein. Nicht Peter. Es ist nicht seine Art."

Vorsichtig drückte Moni die Hand ihres Verlobten und hielt sie fest.

„Wird das überprüft?", wollte Wolf wissen.

„Nein", erwiderte sie, „Nadjas Bestatter Reiner Wehrmann hat ihn schon abgeholt. Von Enno ist er untersucht worden. Es gab weder Einbruchsspuren noch sonstige Hinweise auf Fremdverschulden, sagte mir Detlef."

„Hätte ich doch nur besser für ihn da sein können", klagte Wolf.

„Damit hat das doch gar nichts zu tun", sagte Moni. „Er hat den Verlust seiner Frau nicht ertragen. Das war zu viel für ihn. Niemand hätte ihm da helfen oder etwas gegen seine Entscheidung tun können, nachdem er sie im Stillen getroffen hatte, glaube mir. Wir müssen seinen Entschluss akzeptieren. Ich kann verstehen, dass er den Schmerz nicht aushalten wollte, wenn ich auch selbst nicht so handeln würde."

„Ich weiß, was du meinst, Moni, aber in mir sträubt sich alles", antwortete Wolf. „Natürlich litt Peter wie ein Hund, und jeder kann das nachvollziehen, aber ich kenne ihn genau. Ich könnte mir vorstellen, dass er sich tagelang besinnungslos zugesoffen hätte und würde auch glauben, wenn er dadurch die Treppe heruntergefallen wäre. Dass er alles im Haus kurz und klein geschlagen hätte, würde ebenfalls zu ihm passen, aber doch kein Suizid."

„Man sagt immer, du kannst jemandem nur vor den Kopf gucken", wandte Moni ein, „und wenn du ehrlich bist, ist das auch so. Niemand kennt einen anderen ganz genau. In Extremsituationen kann alles passieren. Wer weiß das besser als du? Da können sogar unbescholtene Bürger zum Mörder werden. Ich glaube, es muss nur ein gewisses Maß an Schmerz oder Wut überschritten werden, um zum Täter an sich selbst oder an anderen zu werden."

„Und du hast ihn gefunden?", hakte er voller Sorge nach. „Das muss doch schrecklich für dich gewesen sein. Wie geht es dir jetzt? Möchtest du ein Glas Wasser trinken?"

„Ich hole uns beiden eins", schlug sie vor und ging zu seinem Nachttisch. Als sie mit den Gläsern zurückkam, sah sie, dass Wolf vollkommen in sich zusammengesunken in seinem Stuhl saß und vor sich hin stierte.

„Alles gut mit dir, Liebling?", fragte sie erschrocken.

Er schüttelte den Kopf. „Wissen Niklas und Nadine es schon?"

„Nein, und ich schlage auch vor, wir sagen es ihnen erst, wenn sie die Rückreise hinter sich haben. Ich werde gleich noch zu Nadjas Großmutter fahren. Sie ist die einzig verbliebene Angehörige. Detlef wird sie sicher schon informiert haben. Die Ärmste wird außer sich sein."

„Ach, du meine Güte", stöhnte Wolf. „Hilfst du ihr?"

„Selbstverständlich", sagte Moni, obwohl sie selbst kaum noch Kraft hatte.

„Soll ich nach Hause kommen?", erkundigte sich Wolf. „Ich kann das hier sofort abbrechen."

„Nein, das hätte auch Peter nicht gewollt. Ich weiß, dass er froh war zu sehen, wie du Fortschritte machst."

„Dann lass doch wenigstens die Jungs noch bei Niklas. Er kann sie mit zum Dienst nehmen", schlug Wolf vor.

„Ja, das werde ich wohl tun, denn es ist sicher rund um Peters Beisetzung so einiges zu organisieren. Das kann ich Babuschka nicht zumuten. Sie ist Mitte 80, soweit ich weiß." Moni seufzte. „Ich weiß überhaupt nicht, was Peter sich in diesem Fall vorgestellt hätte."

„Hat er denn keinen Abschiedsbrief hinterlassen?", wollte Wolf wissen.

Moni verneinte.

„Und das kam Detlef nicht komisch vor?", wunderte sich Wolf.

„Doch, schon, aber Enno hatte wie gesagt keine Bedenken. Das Haus war vollkommen unversehrt."

„Ich kann es einfach nicht fassen", wiederholte Wolf sich.

„Wahrscheinlich ist es das Beste, wenn ich mit Babuschka darüber spreche, wie sie Abschied nehmen will“, sagte Moni leise. „Du verstehst, dass ich jetzt noch ins Höppenfeld fahren muss? Kommst du alleine klar?“

Er sah ihr in die Augen. „Ich bin niemals alleine, solange ich dich habe, auch wenn du nicht in meiner Nähe bist. Ich finde es gut, dass du dich um die arme Frau kümmerst.“

„Ihre Nachbarin, die Gaby, wird mich unterstützen“, hoffte Moni. „Soll ich hinterher noch einmal bei dir vorbeikommen?“

„Nein, das ist zu viel für dich“, wehrte Wolf ab. „Auch du musst mit deiner Energie haushalten. Ich weiß, wie sehr einen so eine Entdeckung mitnimmt, und dann noch das ganze Drumherum. Es ist besser, wenn du anschließend nach Hause fährst und ein bisschen zur Ruhe kommst. Wir können ja telefonieren.“

„Einverstanden“, stimmte Moni zu. „Ich bin auch ziemlich erschöpft, ehrlich gesagt.“

Langsam stand Wolf auf, um Moni zum Abschied in den Arm zu nehmen. Sie hatte bereits den anderen Stuhl wieder zurückgestellt.

„Melde dich bitte, wenn irgendetwas ist“, bat er, „auch, wenn du nicht schlafen kannst. Ruf mich jederzeit an.“

„Du auch“, erwiderte sie und küsste ihn.

Nachdem sie die Tür geschlossen hatte, ließ sich Wolf wieder auf den Sitz fallen. Es war ihm alles zu viel. Er konnte nicht mehr. Mühsam hatte er sich einigermaßen zusammengerissen, um ihr nicht noch mehr Kummer zu bereiten, aber jetzt war es egal. Niemand sah ihn. Da konnte Wolf die Tränen endlich fließen lassen. Er hatte seinen Freund verloren.

Die Verfolgung

Als Till den schwarzen SUV zum wiederholten Mal auf der A2 hinter sich sah, wusste er, dass er tatsächlich immer noch verfolgt wurde. Im Grunde war ihm das egal, denn sie würden ihn sowieso kriegen, aber doch bitte jetzt noch nicht, bevor er seinen Feldzug beendet hatte.

Er brauchte Zeit, also musste er sie abschütteln. Und er hatte eine Idee, als er das Schild „Ausfahrt Bad Nenndorf“ sah. In den „Swingerpark Extra 3“ hatte er eigentlich mal mit Vanessa gehen wollen, aber es war anders gekommen.

Er fuhr von der Autobahn ab und sah, dass der SUV in einiger Entfernung folgte. Durch dunkle Straßen ging es auf der B442 in Richtung Niedernfeld. Mit Geld oder einer Waffe konnte man alles regeln. So schnell war er nicht zu kriegen. Till schätzte, dass man entweder sein Smartphone gehackt oder einen GPS-Sender an seinem Fahrzeug angebracht hatte. Also musste er beides loswerden. Er grinste innerlich, als er darüber nachdachte, was jetzt wohl in dem dunklen Wagen vor sich ging. Bestimmt glaubten die Kerle – er meinte zwei gesehen zu haben – dass er dort in dem Stripclub einen wegstecken wollte. Dafür würden sie Verständnis haben und warten, bis er wieder rauskam. Das würde ihm das notwendige Zeitfenster verschaffen.

Er stieg vor der Tür des Clubs aus dem Wagen und steckte seine Smith and Wesson hinten in den Hosenbund. Dabei hatte er keine Sorge, dass er sich den Arsch wegschoss, denn er war von Jugend an im Schützenverein gewesen, weil sein Alter ihn dort hingeschleppt hatte. Sogar über einen Waffenschein für die Knarre verfügte er. Aber das musste er denen im Bordell ja nicht erzählen.

Unschuldig grinste er in die Kamera vor der Tür des Etablissements und wurde eingelassen. Die Tasche hatte er hinter seinem Rücken versteckt. Innen verlor er keine Zeit und hielt der Puffmutti nach kurzem Check der Lage die Wumme ans Kinn.

„Du hältst jetzt schön still und hörst mir erst mal zu!“, befahl er im selben Atemzug.

Chantalle stockte in ihrer Bewegung, als sei sie eingefroren. Die Mittfünfzigerin hatte in ihrem Leben schon so einiges durch, aber eine Mündung direkt auf der Haut ihres vorgealterten Gesichts war eine neue Erfahrung für sie.

„Es gibt jetzt genau zwei Möglichkeiten: Entweder du gibst mir dein Smartphone und deine Autoschlüssel oder ich blas dir die Omme weg. Kapiert?“

Sie nickte vorsichtig.

„Ich will dir nichts wegnehmen, nur ausleihen. Als Tausch quasi. Dafür kriegst du so lange meine Karre und mein Handy. Ist ein Mercedes und ein teures iPhone. Du machst also sowieso einen guten Schnitt, schätze ich, auch wenn ich nicht wiederkomme. Falls du ein braves Mädchen bist und wegen all dem die Klappe hältst, gebe ich dir dann noch 500 Euro cash. So weit begriffen?“

Sie nickte wieder.

„Weißt du, ich will ein bisschen inkognito sein für ein paar Tage, wegen meiner Alten“, log er. „Die hat mir einen Privatdetektiv auf den Hals gehetzt. Kann ich die Waffe runternehmen oder tickst du dann aus?“

Chantalle holte tief Luft. Aber sie wagte trotz Wumme die Flucht nach vorn. „Steck das Scheißding wieder in deine Hose, du Sackgesicht, und mach das nie wieder! Wenn du andere Weiber knallen willst, kannst du das auch hier erledigen. Für 500 gebe ich dir sogar ausnahmsweise zwei für die ganze Nacht. Kannst du dir deinen Schwanz aus dem Leib ficken.“

„Vergiss es. Die 500 sind für dich, wenn du einfach vergisst, dass ich hier war. Deal?“

„Also gut. Kann ich das verschissene Telefon dann rausholen?“, fragte sie.

„Von mir aus, aber schön langsam. Ich habe zittrige Finger.“

Mit der rechten Hand, an der lange, lackierte Nägel glänzten, griff sie in ihren Ausschnitt, in dem eine Melone Platz gehabt hätte, und förderte ein pinkes Telefon mit Strass zutage.

Till verdrehte die Augen. „Nicht dein Ernst.“

„Du wolltest es doch unbedingt haben.“

„Ist deine Karre auch rosa?"

„Nee, hellblau. Ein alter VW-Bulli mit Bett", erklärte sie. „Kann man die Ware auch mal zum Freier bringen. Den will ich unbedingt wiederhaben. Ist ein echtes Liebhaberstück. Da drin kostet es extra, wegen der Nostalgie und so. Ich bring dich um, wenn da hinterher was dran ist. Und es wird nicht drin gevögelt, dass das klar ist."

„Einverstanden. Gib die Sachen her. Kohle gibt's logischerweise erst hinterher."

„Wenn du nicht wiederkommst, finde ich dich", drohte sie.

Till steckte die Waffe weg, tauschte die SIM-Karten und nahm ihr den Schlüssel ab. Den vom Mercedes legte er auf den Tresen.

„Habt ihr einen Hinterausgang?"

„Na sicher. Ich bring dich raus."

„Gut. Und denk dran, die 500 Mäuse gibt's nur, wenn du kein Wort zu jemandem sagst. Erzähl irgendwas von Leihwagen oder so, falls jemand fragt."

„Keine Bange, ich werd mir schon was einfallen lassen. Das lass mal meine Sorge sein", sagte sie. „Wann kriege ich meine Sachen zurück?"

„In spätestens einer Woche", versprach er.

„Was? Du spinnst wohl. Dann kannst du noch zwei Scheinchen drauflegen."

Er tippte sich an die Stirn. „Woher soll ich wissen, dass du meinen Luxusschlitten nicht gleich morgen weitervertickerst?"

Chantalle grinste. „Gute Idee eigentlich. Wirst mir immer sympathischer. So, und nun komm oder willst du hier Wurzeln schlagen."

Die Puffmutter lauschte in den Flur. Alles war noch ruhig um diese Uhrzeit.

„Los, immer hinter mir her", zischte sie. „Unter anderen Umständen hätte ich gesagt, du wärst ein leckeres Bürschchen, aber nach deinem Auftritt hier finde ich dich natürlich scheiße. Mir hat noch nie jemand 'ne Knarre an die Birne gehalten."

„Nix für ungut", grinste Till, „es hätte sonst länger gedauert, bis du zum Tausch bereit gewesen wärst. Ich hatte keinen Bock auf langwierige Diskussionen."

„Schon klar", erwiderte sie, als sie ihm die Hintertür öffnete. „Da hinten steht der Bulli. Und wehe …"

„Und wehe, du hältst nicht die Klappe. Spar dir dein Gezicke. Ich denke, wir sind uns einig." Er nickte ihr zu, warf seine Tasche auf den Beifahrersitz und knatterte mit dem Bulli davon. Ein weniger auffälliges Vehikel wäre ihm lieber gewesen.

Abschied

Bevor Moni zu der alten Babuschka im Höppenfeld ging, klingelte sie zuerst bei ihrer Bekannten Gaby Bahl-Berkau. Sie war selbst am Ende und benötigte dringend Unterstützung der Nachbarin, wenn sie Nadjas Großmutter die schlimme Nachricht überbrachte.

Fuß-Gaby, wie man sie nannte, weil sie eine Fußpflegepraxis betrieb, war selbst völlig geschockt über diese Neuigkeit, versprach aber sofort, mit nach nebenan zu gehen.

Sie klingelten und wurden eingelassen. Die alte Dame nahm die Schreckensnachricht vergleichsweise gelassen hin. Ihr Schmerz war durch den Verlust ihrer Enkeltochter und einzig noch lebenden Anverwandten so groß, dass dieses neue Päckchen, das man ihr auf die Schultern lud, kaum dazu führen konnte, dass die Last noch schwerer wog. Sie war bereits an ihrer Belastungsgrenze angelangt. Hilfe von Moni und aus der Nachbarschaft wollte sie gerne annehmen, was die Bestattung betraf.

Und so kam es, dass Peter Kruse an einem sonnig-kalten Donnerstag kurz vor dem vierten Advent zur letzten Ruhe gebettet wurde. Das Doppelgrab, das Peter für Nadja und ihre Großmutter ausgesucht hatte, wurde nun sein eigenes. Babuschka ließ ihm den Platz, der eigentlich für sie gedacht war und beschloss, dann später als Urne zu den beiden dazugegeben zu werden, wenn die Zeit gekommen war. Dass diese bald kommen möge, hoffte sie inständig, denn was machte das einsame Leben schon für einen Sinn, aber sie sagte es niemandem. Manche Menschen leiden still, ohne dass man ihnen etwas anmerkt. Es sind die, die auch in ihrem Dasein gelernt haben, niemals zu klagen. Bescheidene Zeitgenossen, ohne großes Charisma, die Blassen, die man oft übersieht. Sie wirken im Hintergrund, sind die Stütze, die Basis der Familie.

An jenem Donnerstag war die runde Kapelle auf dem Friedhof an der Scheier Straße bis zum letzten Platz gefüllt. Etliche mussten stehen. Es waren Kollegen aus der ganzen Umgebung gekommen. Jede Stadt im Schaumburger Land hatte ihre Vertreter geschickt. Seppi und Mimi von der Spurensicherung waren ebenso anwesend wie Holger Pinell, der die Hundestaffel leitete. Die Rechtsmedizin wurde von Doktor Enno Liebermann vertreten. Er kam in Begleitung der Staatsanwältin Kukla, mit der er liiert war.

Peters Trauergottesdienst war einer ohne Lieder. Nur die Orgel spielte hin und wieder. Das hatte Babuschka so gewollt. Anstatt des Pfarrers sprachen seine Freunde einige Worte vorne am Pult. So auch Wolf, der mit Moni und Babuschka wieder in der ersten Reihe saß und am liebsten geflüchtet wäre. Teilnahmslos starrte er auf den schlichten Sarg, den man mit Tannengrün und Schleifen weihnachtlich gestaltet hatte. In solchen Augenblicken kamen ihm immer merkwürdige Gedanken. Er sah Peters nackte Füße vor sich und fragte sich, ob ihm nicht kalt war. Völliger Schwachsinn bei einer Leiche. Trotzdem streifte er ihm in seiner Fantasie die übergroßen Lammfellpuschen über, die sein Freund so geliebt hatte. Sie gehörten einfach zu ihm. Wäre der Bestattungsritus heute noch so wie der der Ägypter vor 4000 Jahren, dann hätte man ihm auch eine Tüte Fastfood dazugelegt. Mit einem Mal schreckte er auf. Moni hatte ihn angestoßen. Er musste nach vorn und reden, obwohl ihm überhaupt nicht danach zumute war.

„Wir sind heute zusammengekommen, um Abschied von unserem lieben Freund und Kollegen Peter zu nehmen", begann er und sah in die Trauergemeinde, ohne wirklich zu gucken. Ein dunkles Meer an Mänteln mit überwiegend hellen Gesichtern nahm er verschwommen wahr. Das lag daran, dass plötzlich, vollkommen aus heiterem Himmel bei ihm Tränen flossen, die er nicht kontrollieren konnte. „Tut mir leid", flüsterte er ins Mikrofon, „ich denke, es ist besser, wenn jemand anders weiterspricht."

Jeder im Raum hatte dafür Verständnis, denn es war bekannt, wie nahe sich Peter und Wolf gestanden hatten. Man bedauerte den Hauptkommissar, der dort mit einer Gehstütze gebückt vor ihnen stand wie ein geprügelter Hund. Einen jedoch, der mit hochgeschlagenem Kragen, Mütze und einem dicken Schal mitten in der Menge saß, erfreute dieser Anblick zutiefst. So wollte er ihn leiden sehen. Genau das war seine Absicht gewesen, von Anfang an. Mit dieser Gewissheit verließ er die Kapelle in einer Menschentraube. Niemand hatte ihn erkannt.

Der engste Kreis bettete Peter zur letzten Ruhe, direkt neben Nadja. Das zumindest hätte er so gewollt, musste Wolf denken. Doch es blieb ein sehr bitterer Geschmack. Keiner von beiden hätte dort liegen sollen.

Mit seinem Rollator kam Wolf jetzt beim Gehen schon ganz gut allein zurecht und konnte sich setzen, während der Sarg in die Erde hinabgesenkt wurde. Hier am offenen Grab sagte niemand mehr etwas. Alle schwiegen und hingen ihren Gedanken nach. Das Leben würde weitergehen, aber ohne den knorrigen Peter mit seinen liebenswerten Marotten würde die Welt ein Stück ärmer sein.

Der Profiler

Wenn ein Kommissar starb, blieb das den Kollegen auch im weiteren Umfeld nicht verborgen. Und obwohl Hauptkommissar Wolf Hetzer in all dem Trubel vergessen hatte, seinen Freund Thorsten Büthe aus Hannover übers Peters Tod zu informieren, wusste der längst Bescheid und war mit seiner Frau Vicci Teil der Trauergemeinde gewesen. Jetzt stand er ein paar Meter hinter Wolf und wartete, bis die anderen Menschen gegangen waren.

Der Chef der Operativen Fallanalyse des LKA Niedersachsen, wie man den Profiler korrekt nannte, hatte schmerzlich mit ansehen müssen, wie geschwächt sein guter Freund Wolf an Körper und Seele war. Das traf ihn mitten ins Herz, und auch Vicci litt unter der bedrückenden Situation. Es war alles so unwirklich. Beim letzten Geburtstag hatten sie munter in der Runde zusammengesessen. So würde es nie wieder sein. Sie war froh über Thorstens starken Arm, der sie hielt. Gemeinsam hielten sie sich im Hintergrund. Vicci fröstelte. Es war eiskalt.

Niklas und Nadine hatte die Nachricht von Peters Tod wie ein Schlag getroffen, als sie endlich aus Dänemark zurückgekehrt waren. Auch jetzt standen sie am

Grab der beiden noch vollkommen erschüttert und fassungslos, wie gelähmt. Trotzdem hatten sie sich sofort bereit erklärt, die beiden Hunde Leo und Ole zu betreuen. Zu viel lastete momentan auf Monis Schultern.

Noch eine ganze Zeit hatte Wolf vor dem Doppelgrab gesessen, dann stand er mithilfe seines Rollators auf, drehte sich um und wollte einfach nur noch weg. Das Leben musste weitergehen. Moni folgte ihm schweigend. Doch an der Ecke trafen sie auf Thorsten und Vicci. Erleichtert sah Moni, dass ganz kurz ein Lächeln in Wolfs Gesicht zu sehen war, wenn es auch nur wie ein Hauch vorüberhuschte.

„Thorsten!“, sagte er. „Vicci! Wie lieb, dass ihr hier seid. Ist es nicht …?“

„Ja, ist es“, erwiderte der Profiler, ohne dass Wolf seinen Satz beenden musste.

„Müsst ihr gleich wieder los oder dürfen wir euch auf einen Kaffee einladen?“, erkundigte sich Wolf.

„Die Zeit nehmen wir uns gerne“, erwiderte Thorsten. „Wo? Du bist doch noch in dieser Einrichtung zwecks Reha.“

„Gehen wir doch ins Café ‚Mavandus‘“, schlug Moni vor, „das liegt direkt gegenüber der Stadtkirche und ist nicht zu verfehlen.“

„Wunderbar“, sagte Vicci. „Ich glaube, da waren Thorsten und ich schon mal, als er hier einen Fall in Bückeburg hatte.“

„Gebt uns bitte ein paar Minuten“, bat Wolf, „ich bin ja nicht so schnell.“

„Lasst euch Zeit, Hauptsache, wir können uns dann im Warmen unterhalten", antwortete Thorsten und rieb sich die Hände. Es war jetzt, wo die Dämmerung einsetzte, wirklich lausig kalt.

Später im „Mavandus" freute sich auch Vicci über eine Tasse heißen Milchkaffee, der nicht nur die Finger, sondern auch von innen wärmte.

Die Frauen hatten sich nebeneinandergesetzt und begannen ein leises Gespräch. Sie wussten genau, dass Wolf und Thorsten andere Dinge zu erörtern hatten.

„Ich verstehe es immer noch nicht", begann Wolf und legte die Stirn in Falten.

„Dir muss ich doch nicht erklären, wie oft das bei einem Suizid so ist, Wolf."

„Das meine ich nicht", erklärte Wolf. „Wir können doch offen sprechen."

„Ich bitte darum."

„Meiner Meinung nach hätte Peter niemals so eine – nennen wir es beim Namen – Schweinerei verursacht."

„Du glaubst, er hätte sich eher aufgehängt?"

„Auch nicht, und zwar wegen der schwarzen Zunge und weil man dabei unter sich macht", behauptete Wolf. „Das wäre ihm peinlich gewesen."

„Aus deinen Worten schlussfolgere ich, dass du überhaupt nicht an einen Selbstmord glaubst."

„Genau. Er hätte vielleicht beim Baden einen alten Fön oder Toaster in die Wanne geschmissen oder Tabletten genommen. Vielleicht hätte er sich auch aus der Asservatenkammer Heroin besorgt, um sich einen goldenen Schuss zu setzen", überlegte Wolf laut, „aber niemals hätte er was gemacht, was uns Scherereien verursacht oder ihn in eine peinliche Situation bringt."

Thorsten Büthe sah Peter Kruse vor seinem geistigen Auge mit einer Badehose in der Wanne liegen und schüttelte die Vorstellung schnell ab.

„Sich wehtun konnte er auch nicht", beharrte Wolf. „Pulsadern aufschneiden oder vor einen Zug springen wäre auch flachgefallen. Wahrscheinlich wäre ihm die intravenöse Injektion allein schon wegen des Pieksers mit der Kanüle schwergefallen. Eigentlich kamen nur Tabletten infrage, falls er es jemals gewagt hätte. Der Mutigste war er nämlich auch nicht, was ihn sympathisch machte. Kein Draufgänger eben. Und da glaubst du, er hätte sich seine Dienstwaffe in den Mund gesteckt und abgedrückt?" Wolf war außer sich. Die anderen Gäste im Café schauten herüber, weil seine Stimme immer lauter geworden war. Moni legte ihre Hand unsichtbar auf sein Knie. Das beruhigte ihn.

„Gab es denn von Ermittlerseite her auch nur den leisesten Zweifel, dass er es nicht selbst getan hat? Kriminaldauerdienst, Rechtsmedizin? Irgendeinen Verdachtsmoment?"

Wolf schüttelte mit gesenktem Blick den Kopf.

„Und wie ist er dir vorgekommen? Lebensmüde oder konnte er mit dem Schicksalsschlag umgehen?"

„Er war am Erdboden zerstört", erklärte Wolf, „aber er hatte doch uns. Na klar wollte er erst mal seinen Kopf in den Sand stecken und weder etwas sehen noch hören, aber ich bin davon überzeugt, dass er über kurz oder lang wieder aus seinem Schneckenhaus herausgekrochen wäre. Brummig, unnahbar und ungenießbar vielleicht als schwieriger Zeitgenosse, aber alles andere bezweifle ich."

„Sind denn Proben genommen worden?", fragte Thorsten. „Ich meine von der Rechtsmedizin? Hat man genau untersucht, ob die Partikel der Schmauchspuren überall da gewesen sind, wohin sie gehört haben?"

„Es gab doch keine Veranlassung zu so einer genauen Spurensicherung", wandte Wolf ein. „Nachdem der KDD gecheckt hatte, dass es keinerlei Einbruchsspuren gegeben hat und dass auch der Fundort aussah, wie man erwarten musste, haben sie eingepackt."

„Tja, manchmal geschieht das auch aus Respekt dem Kollegen gegenüber zu vorschnell", gab Thorsten zu. „Schade, dass ich nicht sofort davon erfahren habe."

„Tut mir leid", sagte Wolf geknickt. „Daran habe ich in dem Moment überhaupt nicht gedacht."

„Schon klar", lenkte Thorsten ein, „das war doch eine Extremsituation, in die niemand geraten möchte."

„Ich bin froh, dass du mein Freund bist", kam es leise von Wolf.

Thorsten Büthe drückte ihm den Handrücken. „Ich bin für dich da, wenn du mich brauchst, in welcher Hinsicht auch immer. Aber wir sind uns beide wohl im Klaren, dass wir hier nicht weiter bohren, solange es keine neuen Erkenntnisse gibt, oder?"

„Da bin ich ganz bei dir“, bestätigte Wolf.

„Sonst müssten wir ihn wieder rausholen. Das ist dir schon bewusst?“, hakte Thorsten Büthe nach.

Wolf nickte. „Danke.“

Nachdem Thorsten und Vicci ihren Kaffee ausgetrunken hatten, verabschiedeten sie sich. Es war noch ein ganzes Stück bis Isernhagen.

„Kennst du eigentlich diesen Arzt, zu dessen Seminar die Rechtsmedizinerin fahren wollte?“, erkundigte sich Vicci. „Er soll auch bei uns im Ort wohnen. Wobei“, sie lachte, „der ja nun mal aus mehreren Teilen besteht. Isernhagen ist nicht gleich Isernhagen.“

„Stimmt“, erwiderte Thorsten. „Kennen wäre zu viel gesagt. Ich bin ihm mal auf dem Flur begegnet, als ich Wolf in der MHH besucht habe. Er dachte, ich sei Wolfs Bruder. Ich musste ihn mitten im Redefluss stoppen, sonst hätte er sich unbewusst der Verletzung der Schweigepflicht schuldig gemacht. Aber ich weiß, wo er wohnt. Nadja ist kurz vor seinem Haus verunglückt.“

Vicci schwieg einen Moment. „Sag mal, ist das nicht auch merkwürdig? Ich habe euch vorhin mit halbem Ohr zugehört. Zweifelt Wolf an Peters Selbstmord?“

„Das hast du richtig verstanden“, antwortete Thorsten.

„Na ja, aber mit diesem Arzt hatte Peter ja nichts zu tun“, überlegte sie.

„Nicht, dass ich wüsste“, sagte Thorsten.

„Dann kann es da auch keinen Zusammenhang geben“, meinte Vicci erleichtert.

„Eben“, pflichtete Thorsten ihr bei, aber etwas in ihm geriet in Unruhe.

Des einen Leid …

Trotz der Kälte draußen war Till in der Kapelle warm ums Herz geworden. Wie für ihn als Schauspiel gemacht, fing Wolf Hetzer vor aller Augen an zu flennen, als er wegen seines Freundes ein paar Dinge sagen wollte. Hetzers Trauer war echt. Er litt wie ein alter Köter. Für ihn selbst war es Balsam auf seiner Seele, das mit anzusehen. Ja, er kam ihm immer näher, drang immer weiter in seinen innersten Bereich vor, wo er ihn noch tiefer treffen konnte. Zuerst die Nadja. Till bedauerte dieses Bauernopfer ein bisschen. Er hatte sie gemocht, ja vielleicht sogar einmal geliebt, aber das war lange her.

Dieser Tod hatte dem Kommissar sicher schon wehgetan, aber nun hatte es dessen besten Freund Peter getroffen. Da steckte der Stachel schon tiefer im Fleisch, doch er konnte noch einen drauflegen, fand er und freute sich wie ein Schneekönig. Aber zuerst musste er diesen auffälligen Wagen loswerden und gegen einen schlichteren „tauschen". Dafür war gerade jetzt der beste Moment, weil am Friedhof so viele Wagen parkten. Darunter stand etwas abseits auch ein älterer Berlingo, den er durch einen kräftigen Schlag auf das Schloss öffnen und dann kurzschließen konnte. Mit ihm fuhr er zu dem Nuttenbulli, den er in einer ruhigen Seitenstraße am Wald geparkt hatte, um die Kennzeichen zu tauschen. So würde man ihn nicht zu schnell finden, hoffte er.

Von seinem Konto hob er bei der Sparkasse neben dem Rathaus 2.000 Euro ab und mietete sich per Vorauszahlung für eine Woche im „Hotel am Schlosstor" ein, wo er einen falschen Namen angab, was man wegen der Barzahlung und einem weiteren Schein akzeptierte, den er mit kokettem Augenzwinkern über den Tresen schob. Da schien es der Angestellten sonnenklar zu sein, dass dieser Mann ein heimliches Verhältnis hatte, aber das ging sie nichts an, und die Kohle konnte sie weiß Gott gut gebrauchen.

Till checkte ein und nahm erst einmal eine warme Dusche. Das tat gut nach dieser lausigen Begräbniskälte. Hinterher legte er sich aufs Bett und begann weitere Schritte zu planen. Er konnte nicht ahnen, dass der Lude von Chantalle schon tätig geworden war. Auch solche Leute hatten Freunde bei der Polizei. Längst wusste er, wer der Arsch gewesen war, der sein altes Mädchen drangsaliert hatte. Sein Pech, dass er seine Luxuskarre dagelassen hatte. Mittels des Kennzeichens war es nicht schwer herauszufinden, wo das Schwein wohnte und ein paar von seinen Kerls hinzuschicken, um ihm im Dunklen die Fresse zu polieren. Doch in Tills Villa brannte kein Licht. Er schien nicht zu Hause zu sein, und es gab noch andere, die das Anwesen beobachteten.

Sein Schläger Manni war nicht die allerhellste Kerze am Kronleuchter und wusste nicht, was er und seine Leute angesichts des scheinbar leeren Hauses tun sollten. Abfackeln? Ausrauben? Alles zu Klump und Asche hauen?

„Cheffe, is keiner da, glaube ich", sagte er dem Luden Henry am Telefon.

„Glaubste oder weißte?"

„Weiß ich nur, wenn wir reingehen", erwiderte Manni. „Vielleicht pennt der schon. Soll ich ihm das Licht ausblasen, falls er drin ist?"

„Nun mal immer schön langsam", schlug Henry vor. „Schleicht euch erst mal leise durch den Keller und inspiziert alles. Dann ruft ihr mich wieder an."

„Ja, is klar, bis gleich", sagte Manni, legte auf und winkte die anderen beiden zu sich.

Leise zu sein, war in diesem Fall nicht möglich. Mit dem Ellenbogen schlug Kalle die Fensterscheibe der Tür ein. Er war nicht sehr zartbesaitet.

„Ey, du sollst hier keinen großen Aufriss machen", motzte Manni, der immerhin noch über drei Gehirnzellen mehr verfügte als seine Kumpels und lauschte ins Dunkel, aber da war nichts zu hören.

Rollo ging voran. Er war ein Schrank von einem Kerl und meistens lammfromm, konnte aber im Notfall auch anders.

„Voll krass ey", sagte er jetzt, als er das Labor im Licht der Taschenlampe entdeckte. In verschiedenen Glasbehältern befanden sich Organe, eingelegte Tiere und sogar ein Gehirn. „Total gruselig hier. Und was sollen die großen Behälter dahinten?“

„Da kommst du rein, wenn du weiter so rumfaselst“, schimpfte Manni leise.

„Denkst du, da war wer drin?“, fragte Kalle entsetzt.

„Woher soll ich das wissen?“, erkundigte sich Manni mit angeekeltem Blick auf ein unförmiges Gebilde mit Kopf in einem großen Glas.

„Hier sind auch noch so Fässer mit Flüssigkeiten“, flüsterte Rollo. „Die sind bestimmt giftig.“

„Dann fass sie nicht an. Wir gehen jetzt hoch“, bestimmte Manni.

„Boah“, staunte Rollo, als sie im Wohnzimmer waren, „echt ’ne geile Nobelhütte hier.“

„Ihr schwärmt aus und guckt, ob wer zu Hause ist. Falls ja, ruhigstellen, Ihr wisst schon“, befahl Manni.

Aber die drei trafen niemanden an.

Manni wählte erneut Henrys Nummer.

„Keiner da zum auf die Schnauze hauen. Tut mir leid, Chef!“, sagte er. „Sollen wir zur Strafe was mitgehen lassen?“

„Lohnt sich das denn?“, erkundigte sich Henry.

„Bin ich Kunstexperte oder was?“

„Vielleicht guckt ihr mal nach ’nem Safe? Schmuck im Nachtkästchen? Muss ich dir deinen Beruf erklären?“

„Nee“, murrte Manni.

„Schnappt euch alles, was gut tragbar und wertvoll ist“, ordnete Henry an, „und dann könnt ihr mit der Nobelbude meinetwegen machen, was ihr wollt.“

Plötzlich hörte Henry im Hintergrund ohrenbetäubenden Lärm. Einen Aufschrei, Tumult und Gerangel sowie das Geräusch, als ob eine reife Kokosnuss von der Palme fallen und dann platzen würde. Anschließend herrschte geisterhafte Stille.

„Manni?", rief Henry in sein Smartphone und horchte.

„Verrgisst du Manni und Kumpels. Das klar ist?", drohte eine rauchige Stimme mit russischem Akzent aus dem Hörer, die Henry nicht kannte. „Besser für dich, weißt du. Tut nicht gut zu suchen deine Freunde. Besorgst du dir neue und klaust woanders. Nie wieder hier, verstanden?"

„Du hast mir nix zu sagen", donnerte Henry, der mit allen Wassern gewaschen war. Er ließ sich nicht so leicht einschüchtern.

„Wartest du", kam es äußerst gelassen von der Stimme, dann erhielt er eine WhatsApp-Nachricht von Mannis Handy. Es war ein Foto, das den armen Eigentümer des Mobiltelefons und seine Schlägerkollegen zeigte, wie sie zu dritt gebündelt mit matschigem Schädel auf dem Boden lagen.

Henry starrte fassungslos auf das Bild. Ihm hatte es die Sprache verschlagen. Da hatte er sich mit dem Falschen angelegt.

„Hängst du an Läbben?", erkundigte sich die Stimme, als ob diese Frage die normalste der Welt wäre.

„Äh, ja", stammelte Henry immer noch vollkommen geschockt.

„Dann vergisst du Adresse von Haus und Namen von deine Kumpels. Niemand wird sie finden. Kapiert? Sonst wir dich finden."

Es klickte in der Leitung.

Henry war platt. Normalerweise tanzte alles nach seiner Pfeife, aber bei diesem Lied konnte er nicht mitträllern. Ihm blieb nur noch der Verkauf des Nobelschlittens, der hinter seinem Etablissement stand, um den Verlust des Bullis aufzufangen. Und der musste jetzt so schnell wie möglich weg und umgerubelt werden, bevor jemand anders Anspruch anmeldete.

NACHFORSCHUNGEN

In der Nacht nach Peters Beerdigung grübelte Thorsten Büthe stundenlang. Dessen überflüssiger Tod ließ ihm keine Ruhe. So wie er den alten Haudegen kannte, war er in der Tat kein Typ für einen Suizid. Sicher konnte man sich täuschen, aber irgendetwas in seinem Inneren suggerierte ihm, dass an der ganzen Sache etwas faul war.

Was ein Profiler dringend brauchte, war neben seiner Ausbildung und der langjährigen Erfahrung ein gutes Bauchgefühl. Ihn juckte es direkt, doch mal rein zufällig an der Villa von Till Niederegger vorbeizufahren und vielleicht auch zu klingeln. Irgendein Vorwand würde ihm schon einfallen.

Auf dem Weg von der Arbeit nach Hause machte er einen kurzen Schlenker und sah sich zunächst die Stelle an, an der Nadja verunglückt war. Es war dem Baum noch anzusehen, wo der Wagen ihn verletzt hatte. Thorsten begutachtete die Kurve, ging von Straßenseite zu Straßenseite und überlegte, dass man bei glatter Fahrbahn durchaus abdriften und den Baum erwischen konnte. Es war auf jeden Fall nicht von vornherein auszuschließen. Inwieweit das zu den Verletzungen passte, die todesursächlich gewesen waren, hatte man nicht untersucht. Warum auch? Alles war schlüssig.

Nachdenklich fuhr er weiter und gelangte über eine kleine Stichstraße zu Niedereggers Anwesen, unweit der Unfallstelle. Nadja war an jenem Abend wirklich fast am Ziel gewesen. Tragisches Schicksal oder perfide eingefädelter Mord? Aber warum hätte jemand das tun sollen?

Es war nicht übertrieben, die Jugendstilvilla mit Gästehaus Anwesen zu nennen. Man sah sofort, dass hier kein armer Mensch wohnte. Es stellte sich nur die Frage, warum ein einzelner Mensch derart viel Platz brauchte.

Obwohl um kurz nach fünf Uhr alles im Haus dunkel war, klingelte Thorsten Büthe bei dem Arzt für Transplantationsmedizin und stellte wenig überrascht fest, dass niemand öffnete. Wenn er ehrlich war, hatte er das sogar erhofft. Da keiner zu Hause war, konnte er auch nicht aufgehalten werden, wenn er mal vorsichtig ums Herrenhaus gehen wollte. Kameras konnte er keine ausmachen. Ein schweres Versäumnis, was den Schutz vor Einbrechern anging, wie er fand, das ihm aber jetzt nutzte.

Sein Smartphone gab ihm genug Licht für eine erste Inspektion des Gebäudes. Er leuchtete in die Kellerfenster und fand das eingeschlagene Fenster der aufgehebelten Tür, durch die Manni und seine Leute eingedrungen waren. Am liebsten wäre er jetzt selbst ins Haus gegangen, um nachzusehen, aber er besann sich eines Besseren und rief die Kollegen an. Die entdeckten das

Blut der entseelten Gangster auf dem Fußboden, und die Maschinerie kam in Gang. Kriminaldauerdienst und Spurensicherung hatten in den nächsten Stunden alle Hände voll zu tun.

Am nächsten Tag sahen Büthe und Kollegen einiges klarer, anderes wiederum wirkte utopisch oder verstörend. Da waren unter anderem die Flüssigkeiten in den Fässern, die analysiert werden mussten. Glasgefäße mit ekligem Inhalt und ein Krankenhausbett samt diverser medizinischer Geräte in einem Raum, der wirkte wie auf einer Intensivstation. Das alles war sehr merkwürdig. Es sah aus wie in Frankensteins Keller. Hatten sie ein geheimes Labor gefunden, in dem Doktor Till Niederegger an lebendigen Menschen forschte? Wessen Gehirn war das da im gläsernen Gefäß? Hatte man es wie in einer Kanope aufbewahrt? Wem gehörte das Blut auf dem Fußboden?

Doch damit nicht genug. Der Albtraum ging weiter. Man hatte auf dem Grundstück einen frisch gepflanzten Baum gefunden. Eine Eiche, mitten im Winter! Wer machte so etwas zu dieser Jahreszeit? Bäume setzte man im Herbst oder Frühling. Es war dem Team komisch vorgekommen, weswegen sie ihn wieder ausgruben und dabei Vanessas Leiche fanden, die umgehend in die Rechtsmedizin gebracht wurde.

Thorsten Büthe brannte es auf den Nägeln, seinem Freund Wolf von diesen Entwicklungen zu erzählen, auch wenn es zunächst einmal so aussah, als ob sie nichts mit Nadjas Tod zu tun hatten. Doch im Zusammenhang mit diesen mysteriösen Funden war er sich da nicht mehr so sicher. Die Frage war nur, warum er sie zu sich eingeladen hatte. Das machte keinen Sinn. Aber wer konnte wirklich genau wissen, was in so einem kranken Kopf vorging. Nein, Wolf war momentan durch den Tod seines Freundes so arg belastet, dass Thorsten zunächst einmal keine Pferde scheu machen wollte, bevor es handfeste Hinweise gab. Es galt jetzt, die ersten Untersuchungsergebnisse der Blutanalyse und der Rechtsmedizin abzuwarten. Sobald er mehr wusste, würde er Wolf auf jeden Fall einweihen.

Hätte er es nur sofort getan …

Auf der Suche

Es ist ein bedauerlicher Umstand, dass die Auswertung von DNA-Proben so lange dauert. Fieberhaft suchte die Kripo währenddessen nach Doktor Till Niederegger. Man erhoffte sich Erklärungen, wollte verstehen, was da in der Villa vor sich gegangen war. Möglicherweise stammte das Blut auch von ihm, und er war überhaupt nicht mehr am Leben.

Weder die Kripo in Hannover noch Profiler Thorsten Büthe konnten ahnen, wie lebendig sich Till gerade fühlte.

Er war bereit zum nächsten Schlag, den er perfiderweise eben deshalb besonders gut planen konnte, weil sich Moni so intensiv um all diejenigen kümmerte, die unter dem Tod von Nadja und Peter litten. Entlastung bekam sie im Höppenfeld von Babuschkas Nachbarinnen.

Auch Christel, der gute Engel, durch den Niklas noch unter ihnen weilte, half bei der Betreuung der Trauernden. Sie war es gewesen, die ihn auf dem Feld in der Grube zufällig hatte schreien hören, weil sie auch im Winter nach ihrem geliebten Garten sah. Da sie allein lebte, kochte sie für Babuschka mit und lenkte die alte Dame ein bisschen von ihrem Leid ab. So blieb Moni an den einsamen Abenden im Herminenhof mehr Zeit für Wolf.

Zeit, die Till sinnvoll nutzte, indem er das Gelände rund um Wolfs alte Kate ausspionierte. Von wo aus würde er sich am besten anschleichen können? Wahrscheinlich war es am ungefährlichsten, wenn er sich vom Wald aus über die Wiese durch den Garten näherte. Auch ein Einbrecher würde so vorgehen, überlegte Till. Aber es gab im Grunde genommen auch nichts mehr zu verschleiern. Nach diesem dritten Todesfall in Folge würde niemand mehr an einen Zufall glauben. Sie würden ihm auf die Schliche kommen. Nach Hause zurück konnte er ohnehin nicht mehr. Chantalles Beschützer und vielleicht auch jene dunklen Mächte, die auf der Suche nach seiner Formel waren, würden die Villa beobachten. In Kürze würde auch die Polizei vor Ort sein.

Sie unterschätzten ihn alle.

In seiner Jackentasche klimperte ein Schlüssel. Er lächelte und zog den Bund hervor. Niemand hatte in Peters Haus kontrolliert, ob etwas fehlte. Das war auch schlicht und ergreifend kaum möglich gewesen. Wer kümmerte sich in so einer Extremsituation schon darum, ob der eigene Schlüssel, den man einem anderen überlassen hatte, noch da war? Tills Vermutung nach war Peter im Besitz von Wolfs Haustürschlüssel gewesen, für den Fall, dass er sich aussperrte. Er hatte recht behalten, und Nadja war so freundlich, alle im Schlüsselkasten beschriftet zu haben. Till brauchte nur zuzugreifen, als er Peters Haus verließ und auf den richtigen Moment zu warten. Außerdem war der Keller des Toten ein wunderbares Versteck für Formeln und Flüssigkeiten. Im Verhau von Peters Bastelraum fiel keinem auf, was dorthin gehörte und was nicht. Bis Neujahr waren die Sachen dort sicher. Wer sollte die Bude jetzt in der Weihnachtszeit ausräumen und veräußern wollen?

Mittlerweile hatte Till ausspioniert, dass Moni immer erst kurz nach 21 Uhr zurückkehrte. Zweimal war er schon im Haus gewesen und hatte sich umgesehen. Dabei waren ihm die Katzen aufgefallen. Er seufzte. Bedauerliche Geschöpfe, aber darauf konnte er keine Rücksicht nehmen, denn ihm war eine grandiose Idee gekommen. Wenn man ihn nicht sowieso schon verdächtigte oder ihm auf die Schliche gekommen war, konnte dies Meisterstück durchaus als Verkettung unglücklicher Umstände angesehen werden, aber gewiss nicht als Mordanschlag. Doch genau das würde es sein.

Am Donnerstag vor dem vierten Advent schlich sich Till durch den Garten zur Haustür. Seine Stirnlampe hatte er auf dunkelste Stufe eingestellt. Ganz leicht öffnete sich der Eingang zu Wolfs alter Kate. Till trat leise ein und lauschte. Wie erwartet war niemand außer den braun-beigen Katzen da. Einen Moment lang überlegte er, sie in den Garten zu lassen, aber er war sich sicher, sie würden wieder mit ins Haus kommen, sobald Moni Kahlert den Schlüssel umdrehte.

Till sah sich noch einmal um, dann ging er in die Küche. Sein Plan war so einfach wie genial, denn dort stand ein Gasherd mit fünf Feuerstellen. Eine davon war riesig. Um den Brennstoff austreten zu lassen, bedurfte es eines Tricks, denn das gelang nur mit einem Druck auf den Drehknopf. Und genau das hatte Till vorab getestet. Nach und nach drehte er die Regler nach links, ließ das Gas strömen und stellte verschiedene Dinge auf die Knöpfe, die sich ohnehin im Raum befanden, sodass es nicht auffallen würde: Eine Flasche Olivenöl, zwei schwere Gewichte von Hetzers alter Küchenwaage, ein Türstopper aus Edelstahl, wahrscheinlich mit Blei gefüllt und einen Rotwein, um den es mit Sicherheit schade war. Man hörte es zischen. Nach und nach hatte er alle Drehregler beschwert. Das war nicht so einfach gewesen. Die Flaschen mussten genau austariert werden. Till lauschte dem Strömen des flüchtigen Stoffes.

Er war hochzufrieden und schloss die Küchentür. Das Erdgas würde sich unter der Decke sammeln, da es leichter als Luft war. In ein paar Stunden, wenn Moni nach Hause kam, sollte sich genügend angesammelt haben.

Als er wieder an den Katzen vorbeikam, packte ihn das schlechte Gewissen. Was konnten die Geschöpfe für das Fehlverhalten ihres Eigentümers? Ein letztes Mal überlegte er, ob er sie retten konnte, aber wenn er sie mitnahm oder draußen in den Schuppen brachte, würde Moni Verdacht schöpfen. Sie rechnete sicherlich damit, dass die Tiere sie begrüßen würden, wenn sie nach Hause kam. Traurig streichelte er die wuscheligen Köpfe. Das wohlige Schnurren der Katzen versetzte ihm einen Stich ins Herz. Schnell verließ er das Fachwerkhaus in Richtung Wald.

Kein Glück im Unglück

Es war klirrend kalt, als Moni um Viertel nach neun nach Hause kam. Wolfs alte Kate war jetzt auch ihr Heim geworden, und das hatte zwei Gründe: Erstens fühlte sie sich ihm dort mehr verbunden, wenn er schon selbst nicht da sein konnte, und zweitens mussten die Ragdolls nicht zu lange alleine sein. Heute Abend war sie wahnsinnig froh, dass Wolf trotz der ganzen Situation körperlich so gute Fortschritte machte. Er war vorhin sogar schon ein Stück alleine an einem Stock gegangen. Das ließ darauf hoffen, dass er fast wieder der Alte werden würde.

Sonntag war der vierte Advent. Dann sollte es nur noch wenige Tage dauern, bis Wolfs Aufenthalt im Herminenhof beendet war, ja, bis sie sich endlich wiederhatten. Freitag würde er nach Hause kommen. Der Heilige Abend lag in diesem Jahr auf einem Sonnabend, weswegen die Vorweihnachtszeit besonders lang andauerte. Das hätte schön sein können. Moni hoffte, dass es Wolf und ihr gelingen könnte, der Trauer um Nadja und Peter für ein paar besinnliche Stunden zu entfliehen und zählte da stark auf die Jungs, die ihren Verlobten bestimmt aufmuntern konnten. Es würde Wolf außerdem guttun, sich wieder in freier Natur zu bewegen und Waldluft zu schnuppern. Das konnte ihn auf andere Gedanken bringen.

Voller Vorfreude schloss sie die Haustür auf und rief nach Max und Moritz, die miauend angerannt kamen. Moni lachte und wusste genau, dass sie sich nicht ihretwegen von der Chaiselongue wegbewegt hatten. Sie wollten im Hauswirtschaftsraum, der als späterer Anbau an die Kate grenzte, gefüttert werden. Dort standen auch die Schuhe. Moni schlüpfte in ihre Filzclogs und griff ins Regal. Huhn in Soße wählte sie aus und öffnete die Dose mittels der Lasche am Deckel. Maunzend strichen ihr die Lausbuben um die Beine. Allerdings nur so lange, bis die Näpfe gefüllt waren. Dann war Moni uninteressant.

Sie überlegte, ob sie auch noch etwas essen sollte. Mit leerem Magen schlief es sich schlecht. Sie hatte ganz vergessen, selbst etwas zu sich zu nehmen. Ein kleines Stück Käse zu einer gerösteten Scheibe Ciabatta und einem halben Glas Rotwein schien ihr jetzt das Richtige zu sein. Doch da klingelte ihr Smartphone. Es war Wolf.

Schmunzelnd hob Moni ab. Es war so schön, dass er ihr immer noch gute Nacht sagte, obwohl sie sich gerade erst verabschiedet hatten. Was waren sie doch für glückliche Menschen, dachte sie. Jemandem so verbunden zu sein, bedeutete, sich wirklich frei zu fühlen, denn was sollte einem schon passieren, wenn man einander hatte?

„Ja“, meldete sie sich.

„Du, ich wollte dir noch gute Nacht sagen, mein Schatz“, hörte sie. „Ich zähle echt die Stunden, wann wir wieder zusammen ins Bett steigen können.“

„Höre ich da einen leisen, lüsternen Anflug in deiner Stimme?“, neckte sie ihn.

„Auch“, gab er zu, „aber ehrlich gesagt ist mir nichts wichtiger, als dich nachts wieder im Arm halten zu können. Deine Nähe fehlt mir. Ich liebe dich.“

„Ich liebe dich auch. Du wirst sehen, dass die nächsten Tage wie im Flug vergehen, und ich bin wahnsinnig stolz auf dich. Du bist heute so toll gelaufen. Bald werden wir wieder zu viert durch den Wald gehen können. Ich freue mich darauf.“

„Ja“, erwiderte er, „ich mich auch. Dann schlaf mal schön. So gut es geht wenigstens.“

„Du auch, Wolf. Das Leben geht immer weiter, und es werden auch wieder schöne Momente kommen. Das weißt du doch.“

„Natürlich. Dann also bis morgen“, sagte er und sandte einen Kuss durch die Leitung, den sie erwiderte, als sie in die Küche ging und das Licht anknipste …

AM ABEND

Für Thorsten Büthe war es ein langer Tag gewesen. Sie hatten einen aktuellen Fall, der ziemlich spektakulär war. Man konnte fast an mafiöse Zustände denken, als man drei Männer mittleren Alters aus der Weser zog, die mit Eisenketten gefesselt und mit Betonplatten beschwert worden waren. Alles keine Unbekannten, wie sich später herausstellte. Einschlägig vorbestrafte Kleinkriminelle mit einer Affinität zum Rotlichtmilieu. Kaum erstaunlich, dass es sie irgendwann dahingerafft hatte. Dass man sie aber im Dreierpack gefunden hatte, war trotzdem verwunderlich. Noch mehr aber überraschten Thorsten die neuen Erkenntnisse aus dem Isernhagen-Fall, denn das Blut aus dem Keller war ein Gemisch eben jener drei Gesellen aus der Weser. Er hatte ehrlich gesagt auf den Doktor Niederegger getippt, der nun eher als tatverdächtig in den Fokus der Ermittler geriet. Die Frau aus dem Baumgrab war bisher nicht identifiziert worden. Etwas schockierend war allerdings der Bericht der Rechtsmedizin, in dem etwas von einer relativ frisch transplantierten Gebärmutter und einem Kaiserschnitt stand, der wohl genau zum Todeszeitpunkt der Frau gemacht worden sein musste, denn ein Teil der Schnittkanten war post mortem erfolgt. Ferner vertrat der Rechtsmediziner die Auffassung, dass die Gravidität nicht allzu weit fortgeschritten gewesen sein konnte, da es nur zu einer geringen Ausdehnung des Uterus gekommen war.

Beim Lesen des Berichts hatten die Alarmglocken in Büthes Kopf zu klingeln begonnen. Hier gab es eine eindeutige Verbindung zu dem Fall in Bückeburg. Er erinnerte sich, dass Wolf ihm von einem mysteriösen Mord mit einer entfernten Gebärmutter erzählt hatte. Das konnte doch kein Zufall sein. Er selbst hatte ihm noch einen Biochemiker besorgt, weil Substanzen gefunden worden waren, die man zunächst nicht bestimmen konnte. Thorsten grübelte. Wolf hatte von einer Art Frostschutzmittel gesprochen. War in den Behältern im Keller etwas Ähnliches enthalten gewesen? Oder handelte es sich etwa ganz genau um denselben Stoff? Das wäre eine Sensation. Doch diese Erkenntnis machte ihm andererseits auch schwer zu schaffen. Musste unter diesen Voraussetzungen der Tod von Nadja und Peter vielleicht neu betrachtet werden? Sie waren in den Fall involviert gewesen.

Nach und nach begann die Geschichte klarer zu werden. Einzelne Puzzleteile fügten sich zu einem Ganzen zusammen. Doktor Till Niederegger hatte in seinem Keller ein Krankenhausbett besessen, in dem, wie sie nun wussten, jene Frau gelegen hatte, die unter dem Baum liebevoll bestattet gewesen war. Dass ihr Gehirn und Embryo fehlten, verstand er nicht. Beides hatten sie nicht gefunden. Vielleicht trug er es mit sich herum.

Auf jeden Fall war das eingelegte Gehirn im großen Becherglas nicht das der Toten. So viel hatte man herausgefunden. Es war, wie die anderen gruseligen Exponate in Formalin, wesentlich älter und ebenfalls beschriftet. Die Jahreszahl, der verblichene Aufkleber und die alte Schreibweise in Sütterlin deuteten darauf hin, dass es sich um eine Sammlung gehandelt haben konnte, die vielleicht zu Anschauungszwecken gedient hatte.

Was die drei Ganoven im Keller gesucht hatten, ließ sich leicht erahnen. Hier war wahrscheinlich einiges zu holen. Thorsten hielt das Eindringen der drei für einen Einbruchsdiebstahl. Dass sie allerdings vom Hauseigentümer auf frischer Tat ertappt und erschlagen worden waren, hielt er für außerordentlich unwahrscheinlich, es sei denn, Till wäre nicht allein gewesen. Wie man es drehte und wendete: Einiges blieb verschwommen und undurchsichtig. Sie mussten Niederegger dringend finden. War er Opfer oder Täter? Vielleicht hatte ihn auch jemand gezwungen, die Frau im Keller zu behandeln. Alles war möglich.

Thorsten seufzte und klappte die Aufzeichnungen zu. Morgen früh würde er als Allerserstes Niklas, Detlef und Wolf informieren, dass es einen Zusammenhang zwischen beiden Fällen gab. Wie konnte er ahnen, dass er schon viel früher von ihnen hören würde.

Fast alles weg

Das Einzige, was Wolf noch gehört hatte, war ein ohrenbetäubender Knall, dann war Funkstille. Er versuchte, Moni zurückzurufen, aber die Leitung war tot. Auch ans Festnetz ging niemand ran. Wolf hielt diesen Umstand so lange für eine Störung, bis er die Sirenen aus mehreren Ortsteilen hörte und anschließend die Martinshörner von Polizei, Feuerwehr und Krankenwagen. Auch da dachte er noch, dass irgendwo etwas passiert sein musste, das vielleicht auch die Leitung nach Todenmann gestört hatte. Nie jedoch wäre er in diesem Moment auf die Idee gekommen, dass es ihn selbst betreffen könnte, bis es mit einem Mal an seine Tür klopfte und sein Sohn Niklas mit aschfahlem Gesicht vor ihm stand und ihn erschüttert ansah. Er brauchte nichts zu sagen. Wolfs Gehirn hatte sofort aus Selbstschutz abgeschaltet. Nur das vegetative Nervensystem arbeitete noch. Er funktionierte einfach. Als Niklas seine Tasche aus dem Schrank nahm, holte er die Sachen aus seinem Bad.

„Wir bringen dich weg", erklärte Niklas knapp. „Du bist wahrscheinlich in Gefahr und bekommst Polizeischutz."

Wolf schüttelte vehement den Kopf.

„Nach Hause kannst du nicht. Dann nehmen wir dich mit zu uns."

Wieder Kopfschütteln.

„Doch, keine Widerrede, da sind auch die Hunde. Sie vermissen dich. Einer von uns bleibt immer bei dir, Nadine oder ich. Da kannst du machen, was du willst."

Wolf hätte sich gerne gesträubt, aber er hatte keine Kraft mehr. Wie ein geprügelter Köter dackelte er am Stock hinter seinem Sohn her. Es dauerte gefühlt zwei Stunden, bis Wolf endlich in Niklas' Wagen saß.

Der Oberkommissar hatte sich vor Kurzem gemeinsam mit seiner Freundin Nadine ein Reihenhaus im Höppenfeld gemietet. Es lag just um die Ecke von Fuß-Gaby und Nadjas Großmutter. Das kleine Wohngebiet war ruhig, aber stadtnah. Auch das Gewerbegebiet mit Super- und Baumärkten konnte man fußläufig erreichen.

Im Obergeschoss des Endhauses gab es ein leeres Zimmer, das Niklas und Nadine als Büro nutzten. Darin stand auch eine Ausziehcouch für gelegentlichen Besuch. Das sollte für die nächsten Tage Wolfs Unterkunft sein, bis sich eine andere Lösung fand.

Doch die Ereignisse überschlugen sich. Drei Tote aus Wolfs direktem Umfeld waren zu viel, um zufällig zu sein. Oberkommissar Detlef Krahwinkel hatte sich aus Sorge entschlossen zu handeln und Wolfs Freund Thorsten Büthe mit in den Fall zu involvieren. Der Chef der Operativen Fallanalyse des LKA Niedersachsen war auch in der Vergangenheit gelegentlich unterstützend tätig gewesen. Jetzt wurde er dringend gebraucht, denn Detlef hatte das Gefühl, dass es sich bei dieser verheerenden Todes-Serie nur um scheinbar zufälliges Ableben handelte. Er war misstrauisch geworden. Gut, sie hatten in Isernhagen genauso wenig Lunte gerochen wie er selbst bei Peters angeblichem Suizid, aber wenn das eine kein Unfall und das andere nicht von eigener Hand herbeigeführt war, ja wenn diese Explosion nicht auf ein Leck in der Gasleitung zurückzuführen war? Dann hatten sie es hier mit einer perfiden Mordserie zu tun, die nach und nach nahestehende Menschen um Hauptkommissar Wolf Hetzer zum Opfer werden ließ. Darüber hatte Detlef mit Niklas gesprochen, der seine Meinung durchaus teilte, sich selbst und seine Freundin aber nicht in Gefahr sah, und genau in diesem Punkt war Detlef komplett anderer Meinung. Des Weiteren hatte er sich überlegt, dass ein Mensch, der so listig vorging, überhaupt nicht zu stoppen war. Morde als natürliche Tode zu tarnen, konnte einem Täter schnell das Genick brechen, es sei denn, er ging so schlau vor, dass niemand auch nur im Entferntesten auf die Idee kam, ein anderer hätte das Ende herbeigeführt. Wie also sollte man Wolfs Sohn, seine potenzielle Schwiegertochter und ihn selber davor schützen, dem Mörder in die Hände zu fallen, wenn man weder wusste, wer er war noch was er als Nächstes vorhatte.

Detlef selbst sah sich nicht in Gefahr. Wolf und er mochten sich, aber es hatte sich keine private Freundschaft über das Arbeitsverhältnis hinaus entwickelt. Sie waren Kollegen, die sich respektierten, ja, die auch gerne zusammenarbeiteten und gut. Mehr nicht. Das kam ihnen allen in diesem Fall zugute, denn Detlef konnte die Stellung halten, und: Er würde Entscheidungen treffen, zum Schutz aller, die er in Gefahr sah. Entschlossen hob er den Hörer und wählte Thorstens private Handynummer, die er in Wolfs Telefonverzeichnis fand und rief Büthe gleich von dessen Apparat aus an.

„Ja, hallo, Wolf, das ist aber eine Überraschung", kam es verschlafen aus der Leitung. „Wenn du um diese Zeit im Dienst bist, muss was passiert sein. Wie kann ich dir helfen?"

„Sorry, hier ist Detlef und nicht Wolf", begann er und jagte Thorsten damit einen Riesenschrecken ein.

„Was ist mit …?"

„Keine Angst, Wolf geht es gut", beeilte sich Detlef zu sagen, „zumindest den Umständen entsprechend. Er ist jetzt bei seinem Sohn."

„Um Himmels willen, was ist passiert?", fragte Thorsten besorgt.

„Eine Explosion", erklärte Detlef. „Wahrscheinlich Gas! Wolfs Haus ist förmlich in die Luft geflogen." Er erinnerte sich:

Von Wolfs alter Kate, wie er sie nannte, war nicht viel übrig geblieben. Nur der kleine Anbau stand noch. Alles andere war explodiert, zum Teil wie pulverisiert. Die Beamten aus Rinteln unter der Leitung des ersten Hauptkommissars Björn Rudnik hatten draußen noch in der Nacht zwei vollkommen verstörte Katzen eingefangen und in die Transportkörbe gesetzt, die sie im Hauswirtschaftsraum gefunden hatten. Der kleine Raum mit Schuhschränken, Katzentoiletten und Waschmaschine war bis auf die geborstenen Fenster und Türen stehen geblieben, da er als fest gemauerter Anbau erst später an das Hauptgebäude angefügt worden war. Es war wie ein Wunder, dass die Tiere das überleben konnten. Ob jemand im Haus gewesen war, ließ sich auf den ersten Blick nicht sagen. Da mussten Spezialisten ran.

„War jemand drin?", erkundigte sich Thorsten.

„Wissen wir ehrlich gesagt noch nicht, weil man nix mehr erkennen konnte", berichtete Detlef, „aber Moni ist seitdem nicht mehr erreichbar. Ans Handy geht immer nur sofort die Mailbox. Es kann nicht geortet werden. Bei sich zu Hause ist sie ebenfalls nicht. Wir haben nachgesehen, als nach mehrmaligem Klingeln niemand öffnete. Es hätte ihr ja auch etwas in ihren eigenen Räumen passiert sein können, doch sie schien in der letzten Zeit wenig dort gewesen zu sein. Meiner Erinnerung nach hat Niklas erzählt, dass sie wegen der Katzen derzeit bei Wolf wohnt. Ich habe die Befürchtung, dass sie bei ihm war, als das Unglück geschah. Und eben deshalb rufe ich dich an, Thorsten: Es sind mir ein paar Zufälle zu viel."

Der Profiler schluckte. „Da bin ich voll bei dir, Detlef, vor allem, weil sich hier in Isernhagen noch andere Dinge ereignet haben, die wir uns noch nicht zusammenreimen können. Weißt du zufällig, wie eng dieser Doktor Niederegger mit Wolf war?“

„Du meinst, außer, dass er Wolfs Niere in Niklas verpflanzt hat?“, hakte Detlef nach.

„Genau. Soweit ich weiß, hatte Wolf während der OP einen Schlaganfall, und der Arzt hat ihm das Leben gerettet. So etwas verbindet manchmal.“

„Nein, davon habe ich nichts gehört. Da hat es meiner Meinung nach keinen weiteren Kontakt gegeben, weder mit Wolf noch mit Niklas. Die Einzige, die ihn von früher kannte und wohl auch mit ihm befreundet war, ist Nadja gewesen. Übrigens sehr zu Peters Leidwesen, denn der war ziemlich eifersüchtig auf den. Warum fragst du?“

Thorsten Büthe erzählte von der Villa, dem Blut, den ungewöhnlichen Gegenständen, aber auch von der Toten unter dem Baum und den drei Gesellen, die man in der Weser gefunden hatte.

„Ich sehe den Schlüssel des Ganzen in der Beziehung zwischen Nadja und diesem Till Niederegger. Denkst du, dass sie tatsächlich was miteinander hatten?“, wollte Thorsten wissen.

„Nie im Leben“, verneinte Detlef und war sich plötzlich nicht mehr ganz so sicher. „Soweit ich das beurteilen kann, führten Nadja und Peter eine harmonische Ehe. Ich war natürlich nicht immer mit dabei.“

„Meine Überlegung war, ob Nadja diesen Till vielleicht beziehungstechnisch oder auch nur sexuell zurückgewiesen hat. Dann könnte er wütend geworden und auf dumme Ideen gekommen sein. Wenn der Unfall inszeniert gewesen wäre, hätte ihr Tod eine Strafe sein können."

„Aber du hast doch damals zu Peter gesagt, dass nichts darauf hingedeutet hat, dass es kein tragischer Unfall war", wandte Detlef ein.

„Schon", gab Thorsten zu, „doch diese Aussage konnte ich nur aufgrund der Ergebnisse der Ermittlungen machen. Die Polizei vor Ort und der Notarzt hatten keinerlei Beanstandungen gehabt." Er machte eine kurze Pause. „Aber sie ist darum auch naturgemäß nicht obduziert worden."

„Ebenso wenig wie Peter", sagte Detlef leise in den Hörer. „Und wenn es dumm läuft, haben wir nichts, was wir von Moni untersuchen können."

Thorsten überlegte kurz. „Da hast du recht, und deswegen werde ich mich sofort morgen früh darum kümmern, dass Nadjas und Peters Leichen exhumiert werden. Ich komme mit einem Teil meines Teams nach Bückeburg. Die anderen sind noch an der Sache mit der Villa dran und können kurzfristig nachkommen. Wie geht es Wolf in dieser Situation? Ist er halbwegs stabil?"

„Das ist ein weiterer Punkt, den ich ansprechen wollte", erwiderte Detlef. „Er ist teilnahmslos, beinahe agonisch, hat Niklas mir kurz berichtet. Wolf soll jetzt bei ihm wohnen, aber genau darin sehe ich ein Problem. Du hast die Ansicht vertreten, es ginge vielleicht um die Beziehung zwischen Nadja und diesem Arzt, aber was, wenn Wolf das Ziel ist?"

„Aus welchem Grund?“, fragte Thorsten. „Wie kommst du darauf?“

„Ganz einfach. Selbst wenn Niederegger Nadja wegen der Zurückweisung ausgelöscht und Peter aus Eifersucht oder weil er ihr wichtiger war erschossen hat … wie erklärst du dir Monis Beteiligung an der Geschichte? Oder glaubst du bei der Explosion etwa an einen Zufall?“

„Nein, da hast du wohl recht. Wenn es, warum auch immer, um Wolf ginge, machte das tatsächlich mehr Sinn, da er auch mit ihr in Beziehung stand.“

Detlef freute sich, dass der Profiler so auf ihn einging. „Ich habe überlegt, dass jemand Wolf vielleicht aus irgendwelchen Gründen wehtun will und es möglicherweise bis zum Äußersten treibt.“

„Wie meinst du das?“

„Er kommt ihm immer näher. Der Schmerz wird immer größer. Sieh mal“, sagte Detlef euphorisch, „zuerst beginnt er mit Nadja. Das ist ein Verlust, der Wolf betrifft, aber nicht zu sehr. Peters Tod raubt ihm seinen besten Freund. Sorry, ich weiß nicht, wie eng ihr miteinander seid.“

„Das weiß der Mörder hoffentlich auch nicht, wenn du richtig liegst. Fahr fort!“

„Stimmt. Scheiße. Na, auf jeden Fall ist der zweite Todesfall schon einer, der Wolf wesentlich mehr mitnimmt. Und falls seine Verlobte Moni nun auch noch gestorben ist … das ist doch kaum auszuhalten“, meinte Detlef.

„Das eigene Kind zu verlieren, könnte noch eine weitere Eskalationsstufe sein“, fiel Thorsten ein.

„Eben, und darum wollte ich dich bitten, ob du seine nächsten Angehörigen und ihn selbst in ein Safehaus bringen kannst, bis die Gefahr vorüber ist“, erklärte Detlef. „Am Ende der Serie könnte nämlich Wolf höchstpersönlich stehen.“

Thorsten seufzte. „Wahnsinn, je länger ich darüber nachdenke, desto mehr denke ich, dass du recht hast. Ich werde mich sofort um die Unterbringung kümmern und auch eine Psychologin organisieren, die Wolf und seine Familie dorthin begleitet.“

„Hunde und Katzen müssen aber mit, sonst geht der alte Sturkopf nirgendwo hin“, sagte Detlef.

„Das sollte das kleinste Problem sein“, antwortete Thorsten und verabschiedete sich.

Während der Profiler seiner Frau Vicci von der tragischen Entwicklung erzählte, organisierte Detlef eine zusätzliche Streife, die vor Niklas’ Haus Wache hielt. Ihn würde dieser Till nicht kriegen. Dafür würde er persönlich sorgen.

In sicherer Entfernung

Es gab mehrere Menschen, die in dieser Nacht nicht schlafen konnten, die meisten aus Angst oder Sorge. Ein anderer aber lag vor Aufregung wach und ließ die vergangenen Stunden Revue passieren.

Mit einer dicken Daunenjacke, Trekkingstiefeln und einer Winter-Outdoorhose hatte Till in sicherer Entfernung der Kate bergauf am Hang hinter einem dicken Stamm Stellung bezogen. Sicherheitshalber war er noch in eine dieser gold-silbernen Wärmeschutzfolien gehüllt. Er hatte sie in dem Wagen gefunden, den er momentan fuhr. In seinem Rucksack trug er noch heißen Hotel-Kaffee und Snacks aus der Minibar mit sich. Niemand konnte ahnen, wie lange es dauern würde, bis die Frau in der Küche das Licht anknipste. Aber er war gut gerüstet und hatte Zeit.

Gegen halb zehn kam sie endlich nach Hause. Durch seinen Feldstecher konnte er leider nicht allzu viel sehen, nur, dass sie im Haus hin- und herging. Es war natürlich durchaus möglich, wenn auch nicht sehr wahrscheinlich, dass sie an diesem Abend überhaupt nicht mehr in die Küche ging. Und gerade, als er das dachte, gab es einen ohrenbetäubenden Knall. Teile flogen durch die Luft, dann begannen die Reste zu brennen.

Puh, mit allem hatte er gerechnet, aber dass sich so eine Verpuffung entwickeln würde, hätte er nie gedacht. Das war ja noch viel besser als erhofft. Da konnte niemand mehr lebend rausgekommen sein.

Eine Zeit lang sah er noch dem bunten Feuertreiben und dem blauen Licht der Einsatzfahrzeuge zu, dann suchte er lieber das Weite. Man konnte ja nie wissen.

Jetzt lag er gemütlich im Warmen in seinem Hotelbett und gönnte sich noch einen richtig alten Whiskey, den er sich aufs Zimmer bringen ließ, um mit sich selbst anzustoßen.

Normalerweise, so überlegte er, wäre nun das Söhnchen dran, aber er zerstörte ungern eines seiner Werke. Der Junge lebte nur noch durch ihn und hatte ihm seine Dankbarkeit deutlich zum Ausdruck gebracht. Richtig rührend war das gewesen. Nein, dieser Niklas sollte seine Chance zum Leben bekommen. Er würde sich gleich die Wurzel allen Übels vornehmen: Hauptkommissar Wolf Hetzer!

Malefiz

Das wahre Böse brauchte keine Herkunft. Russische oder sizilianische Mafia? Eine anderweitige radikale Vereinigung? Vollkommen wurscht. Dem Bösen war auch die Hautfarbe des Menschen egal, in den es schlüpfte und Macht über denjenigen gewann. In diesem Fall war es das Oberhaupt einer sagen wir mal übergeordneten, unpolitischen Gruppe, die jeglicher Seite zuarbeitete, wenn die Kohle stimmte und dabei knallhart war.

Pepe konnte es nicht leiden, wenn man ihn verarschte. Er kicherte immer noch, wenn er darüber nachdachte, dass die drei Kleinkriminellen verdammt dumm aus der Wäsche geschaut hatten, als sie begriffen, dass sie gleich sterben würden. Zum Teil war der Ausdruck in ihrem Gesicht erhalten geblieben, als ihr Schädel satt knackte, wie eine Nuss. Dieses Geräusch gehörte für ihn zu einer Reihe von Wohlklängen, die er genoss. Elitäre Menschen liebten klassische Musikstücke, er bevorzugte ein brechendes Genick, den Ton einer Knochensäge oder den finalen Schrei eines Todgeweihten. Und was diese ganzen feinen Pinkel selbst beim Betrachten eines Orchesters niemals fühlten, waren die Gerüche und optischen Kostbarkeiten seines Geschäfts. Kann man eine

Ouvertüre riechen oder ihr in die schreckgeweiteten Augen starren? Nein! Es waren Töne ohne Gesicht und ohne jeglichen Duft.

Ja, dachte er, das alles waren die schönen Seiten seiner Profession, aber es gab auch schlechte. Es missfiel ihm zutiefst, wenn er einen Auftrag nicht erledigen konnte, wie in diesem Fall, denn die Formel war unauffindbar. Möglicherweise gab es andere Interessenten, die nun dummerweise ihre Visitenkarte in Form eines Fahrzeugs mit Nummernschild direkt auf dem Gelände hinterlassen hatten, und er verfügte über gute Kontakte zur Polizei. Es war ein Leichtes, seinen Mitkonkurrenten ausfindig zu machen. Schnell kam er drauf, wer die drei Armleuchter zu Niedereggers Villa geschickt hatte und suchte ihn auf.

Lude Henry, flankiert von zwei Bodyguards, riskierte eine dicke Lippe, als Pepe ihm gegenüberstand.

„Hey, was willst du, Alter, ich kenn dich nicht und auch nicht dein Scheißformel. Kann ich dir aber, wenn du willst, guten Stoff besorgen. Schöne saubere Schnee. Oder du verziehst dich zurück in dein Berge und kaust auf diese Coca-Blätter rum."

Wenn Pepe sich aufregte, wurde er ganz ruhig. Und er regte sich auf. Dass jemand sofort so auf sein Latino-Aussehen reagierte, machte ihn wütend. Auch, dass der Typ so tat, als wüsste er nichts von der Formel.

„¡Los frieramos!*", befahl Pepe und zog seine Waffe genauso schnell wie sein Begleiter. Die Bodyguards waren tot, bevor sie begriffen, was los war. Pepe ver-

Wir braten sie!

schwendete ungern viele Worte. Juan verstand immer, was er meinte. Sie waren seit Jahren ein eingeschworenes Team.

Henry sah sich um. Er wurde kleinlaut. Angst stand in seinen Augen. Diese Kerle fackelten nicht lange. Mittlerweile stand Chantalle in der Tür.

„Hau ab", zischte er gepresst, aber sie hatte ihren Kopf sowieso sofort wieder zurückgezogen, als sie die toten Männer dort auf dem Asphalt liegen sah.

„Meinst du, wir können jetzt in Ruhe sprechen?", fragte Pepe leise und viel zu freundlich. Fast flüsterte er. Mit seiner Waffe zielte er immer noch auf Henry.

Der nickte.

„Ich könnte mir vorstellen, dass ich dich ausnahmsweise am Leben lasse, wenn du mir hilfst."

„Wobei?"

„Ich bin auf der Suche nach einem Mann und zwar genau nach dem Mann, auf dessen Grundstück deine Looser gestorben sind."

„Wir wollten ihm nichts tun, ich schwöre", beteuerte Henry, „nur unser Eigentum zurück."

„Ist mir egal, was du mit ihm hattest oder nicht. Ich will ihn finden."

„Ich auch, Alter, das kannste mir glauben."

Pepe schüttelte das respektlose Wort ab wie eine lästige Fliege und kam näher. Mit bloßer Faust und einem einzigen Schlag brach er Henry die Nase. Blut rann sein Gesicht hinunter.

„Das war die falsche Antwort."

„Kann ich erklären?“, winselte Henry jetzt. Ihm tat alles weh, er hatte rasende Kopfschmerzen.

„Bitte!“

„Der Typ kam hier einfach an, schmiss sein verdammten Autoschlüssel und sein Handy auf den Tisch“, erklärte Henry mit schmerzverzerrter Stimme, „dann klaute er das von Chantalle und unseren Nuttenbulli. Angeblich, weil er Ruhe vor seiner Alten haben wollte, aber ich sage dir, der hat gelogen, ich schwöre.“ Er jaulte. „Das war ein waschechter, restaurierter VW-Bulli.“

„Und wo wollte er hin?“

„Keine Ahnung, sonst hätte ich mein Jungs doch nicht zu dem Arsch geschickt. Wo sind die jetzt? Boah, ich dachte, die sind mit dem Schmuck oder Geld oder was sie sonst für ’nen Scheiß gefunden haben, abgehauen. Und jetzt kommst du mich hier ficken.“

„Die hatten gar nichts, und du wirst auch nichts kriegen. Sie schaukeln sich ihre Eier jetzt im Wasser.“

„Oh, Scheiße, Mann, du machst mich echt fertig. Jetzt habe ich kein Leute mehr. Ich glaub das nicht. Fünf hast du schon abgeknallt. Wer soll denn auf mein Mädels aufpassen?“

Pepe überhörte das Gezeter. „Gib mir die Nummer von dem Nuttenhandy und das Kennzeichen vom Bulli. Hast du ein Foto davon?“

Henry rief nach Chantalle. Er wusste, dass sie hinter der Tür lauerte. „Schreib deine scheiß Telefonnummer auf und bring mir den Fahrzeugschein von de Bulli aus der Schublade unter die Kasse. Besser noch, schreib gleich de Kennzeichen mit dazu und rück die Foto raus von letzte Sommer."

„Das, wo Bibi nackt auf dem Bullidach liegt?", fragte Chantalle.

Henry verdrehte die Augen „Was sonst? Mach zackig und schwing dein Wichsgriffel."

„Wenn sie irgendwas zu irgendwem da drin sagt, knalle ich alle deine Huren ab", drohte Pepe. Er wurde langsam ungeduldig und wippte mit der Fußspitze. „Was weißt du sonst noch von dem reichen Pinkel?", erkundigte er sich bei Henry.

„Nix, ich schwöre", sagte der Lude und hob die Finger. „Wenn du mich fragst, wollte der Typ nur abhauen. Keine Ahnung, wo der Arsch sein Finger drin hat."

„Ich frag dich aber nicht." Der Zuhälter schien tatsächlich keinen Plan zu haben, was hier wirklich abging, aber er wäre ein wichtiger Zeuge. Also musste er weg.

Mit zitternden Händen reichte Chantalle ein paar Blätter sowie ein Foto durch die Tür und wedelte damit.

„Darf sie bringen?", wollte Henry wissen. „Zu mir oder zu dir?"

„Zu dir", beschloss Pepe und zischte Juan leise „Lejos con ellos*" zu.

Als die bedauernswerte Chantalle Henry erreicht hatte, kam es zu keiner Übergabe mehr. Beide starben durch einen Kopfschuss, was wegen der Schalldämpfer genauso wenig zu hören war wie die Morde vorher. Pepe machte ein Zeichen, damit Juan Zettel und Foto aus den Händen der Leiche nahm.

**Weg mit ihnen!*

„Die hatte ihren Zenit eh überschritten", sagte er mit Blick auf die faltige Hure und steckte die Waffe weg. „Taugte als Pferdchen höchstens noch für den Abdecker."

Anschließend stiegen sie in ihren schwarzen SUV und brausten davon. Ein kurzer Anflug von Zufriedenheit machte sich in Pepe breit. Er hasste es bis aufs Blut, wenn man ihn unterschätzte. Juan sagte wie immer nichts. Eine Eigenschaft, die Pepe ihm hoch anrechnete.

Ohnmacht

„Nein", schrie Wolf fast, als Thorsten Büthe und dessen Kollegen ihm zum wiederholten Mal erklärten, dass sie für seine Sicherheit nur garantieren könnten, wenn sie ihn an einem geheimen Ort unterbrächten. Die LKA-Psychologin Carlotta Bayer-Westholdt sah Thorsten an und legte ihre Hand auf Wolfs Arm.

„Wo würden Sie denn jetzt gerne hingehen?", fragte sie. „Gibt es einen Ort, an dem Sie sich wohlfühlen würden?"

„Ja", erwiderte Wolf mit feuchten Augen. „Nach Hause."

„Das ist verständlich", ging Carlotta auf Wolf ein, „aber wie Sie wissen unmöglich."

Wolf nickte. „Ich meine auch in das einzige Zuhause, das mir momentan geblieben ist. Ich möchte in Mo...nis Haus." Es fiel ihm schwer, ihren Namen auszusprechen. „Dort sind ihre Sachen und auch ein Teil von meinen. Ich habe sonst nicht mal mehr was zum Anziehen. Außerdem waren die Hunde und ich oft da. Wir wollen dorthin, aber alleine. Behaltet lieber meinen Sohn im Auge."

„Okay, ich werde sehen, was ich tun kann", versprach sie und winkte Thorsten mit nach draußen.

„Völlig unmöglich“, wehrte Thorsten ab. „Weißt du, wo das Haus seiner Verlobten Moni Kahlert liegt?“

„Natürlich nicht, woher soll ich das wissen?“

„Direkt neben Wolfs alter Kate, also vis-à-vis der Brandruine. Das wirst du doch wohl nicht im Ernst befürworten.“

Carlotta überlegte. „Kann er denn aus den Fenstern direkt dorthin gucken?“

„Nein, das glaube ich nicht. Jedenfalls nicht, wenn er im Haus bleibt. Da ist, wenn ich mich recht erinnere, eine hohe Hecke und auch eine Mauer, glaube ich. Nur die Gärten sind verbunden. Ich meine, Monis Haus liegt sogar ein Stück zurück.“

„Wir können ihn nicht hier bei seinem Sohn in dem einen Zimmer lassen“, erklärte Carlotta. „Dein Freund muss Raum zum Trauern haben. Die Hunde müssen laufen können. Das kann er doch gar nicht leisten. Ich habe gesehen, wie schlecht er noch zu Fuß ist. Ist in dem Haus der Verlobten alles ebenerdig oder müsste er Treppen steigen?“

„Puh“, sagte Thorsten, „lass mich kurz nachdenken. Ich war nur einmal dort. Sonst waren wir immer bei Wolf im Haus. Ich meine mich aber zu erinnern, dass sie oben unter dem Dach nur ihren Yoga-Raum hatte und ein Arbeitszimmer. So ein Winkelbungalow aus den Siebzigern war meist eingeschossig in L-Form gebaut. Möglicherweise hatte sie das Dach ausbauen lassen. Das können wir ja erfragen. Ich gebe dir recht, dass Wolf Rückzugsmöglichkeiten bräuchte, und falls er keine Treppen steigen müsste, wäre das auch von Vorteil. Aber bei der Bewachung sehe ich Schwierigkeiten. Die Grundstücke liegen direkt an einer Wiese unterhalb des Waldes. Von oben könnte man sich leicht anschleichen, ohne gesehen zu werden."

„Verstehe, aber das könnte doch ein Problem sein, was man lösen könnte", wandte sie ein. „Außerdem bin ich überzeugt davon, dass die Hunde anschlagen würden, sobald sich ein Fremder nähert. Ich finde die Idee, ihn dort unterzubringen gar nicht so schlecht. Wer jetzt Wolf oder seine Familie ins Visier nehmen will, wird wohl kaum damit rechnen, dass sie sich ausgerechnet in unmittelbarer Nähe des letzten Tatortes aufhalten. Denkst du nicht auch?"

„Damit könntest du eventuell recht haben", gab Thorsten zu. „Wir werden mal hinfahren und uns die Sache vor Ort genau ansehen. Dann entscheiden wir."

„Einverstanden, das ist auch etwas, womit ich arbeiten kann", sagte Carlotta erleichtert. „Sag mal, was ich noch fragen wollte: Hast du deinem Freund schon etwas von der Exhumierung erzählt?"

Thorsten schüttelte den Kopf. „Das lassen wir zunächst auch noch. Das wäre zu viel für ihn."

„Aber er wird doch ebenfalls in die Richtung denken, dass das so gehäuft keine Zufälle sein können."

„Hat er vorher schon", informierte Thorsten sie. „An Nadjas Unfall hatte sogar Peter schon Zweifel gehabt. Da war ich dann involviert worden, um bei den Kollegen nachzufragen. Aber es gab keinen begründeten

Zweifel daran, dass es ein Unglück aufgrund der Witterungsbedingungen war."

„Verstehe", sagte Carlotta, „aber Wolf bezweifelte Peters Suizid, hattest du gesagt. Er glaubte nicht daran, aber es ist immer schwer einzuschätzen, wie viel Wunschdenken dabei ist. Jeder ist zu allem fähig, nur unterschiedlich schnell, wie wir wissen." Sie lächelte traurig. „Aber bei der Häufung und Dichte der Fälle in so kurzer Zeit sollte man auf Nummer sicher gehen."

„So ist es, und deshalb ist die Exhumierung für morgen Vormittag angesetzt worden", berichtete Thorsten. „Aber wir behalten es für uns, bis beide wieder unter der Erde sind."

Carlotta nickte. Die Seele war nicht unendlich belastbar. „Und jetzt tun wir etwas Positives. Wir stellen deinem Freund die Rückkehr in seine gewohnte Umgebung in Aussicht."

Sie gingen wieder zurück zu Wolf. Die Psychologin setzte sich neben ihn.

„Wir haben uns darüber unterhalten, inwieweit Ihr Wunsch machbar wäre", erklärte Carlotta ihm. „Die Kollegen werden also nach Todenmann fahren und sich dort umsehen, ob die Möglichkeit besteht, dass Sie dort hinkönnen. Haben Sie einen Schlüssel vom Haus Ihrer Verlobten?"

Wolf nickte. „Es würde mir wirklich sehr viel bedeuten, jetzt da mit den Hunden zur Ruhe zu kommen. Geben Sie mir bitte meine Jacke da drüben." Sie reichte sie ihm. Dann kramte er in der Tasche und zog einen Schlüsselbund heraus. Beim Anblick seines eigenen Haustürschlüssels zuckte er zusammen. „Der mit dem blauen Glasstein in der Mitte ist Monis."

„Das mit der Ruhe wäre natürlich nur eingeschränkt möglich", gab Thorsten Büthe zu bedenken. „Wir würden deinen Sohn und dessen Freundin zu deinem Schutz im Haus abstellen und aus Nienburg Vertretung für Bückeburg anfordern. Vielleicht können die Rintelner jemanden ausleihen, der Detlef so lange unterstützt. Den Außenbereich werden wir von der Bereitschaftspolizei absichern lassen. Carlotta würde sich gerne ein Hotelzimmer in der Nähe suchen und noch ein paar Tage für dich erreichbar bleiben. Ihr könntet zusammen spazieren gehen und euch unterhalten. Vielleicht erfahren wir im Gespräch auch noch etwas über den Täter. Du weißt, es sind immer die Kleinigkeiten, die dann doch mal relevant werden können." Er lächelte Wolf an. „Komm, tu einem alten Freund den Gefallen und nimm das Angebot an, dass Carlotta dir in dieser ersten Phase hilft, auch wenn du es gerne ablehnen würdest."

„Aber ich habe doch meine Familie hier", wandte Wolf ein.

„Das ist nicht dasselbe, und du weißt das auch", widersprach Thorsten.

„Also gut, wenn ihr das hinkriegt, dass ich nach Todenmann kann, dann gehe ich mit deiner Psychologin spazieren, aber nur, wenn sie einen Hund hält. Beide traue ich mir noch nicht zu."

„Das sollte kein Problem sein", sagte Carlotta und drückte Wolfs Hand. „Wir gehen auch schön langsam."

„Bis morgen wird es aber mindestens noch dauern", erwähnte Büthe.

„Schon klar", sagte Wolf Hetzer, der die Spurensicherung vor seinem inneren Auge in den Grundmauern seines vollkommen zerstörten Hauses arbeiten sah. Fragmente, dachte er, wie bei der alten Frankenburg, nur, dass seine Kate später niemanden mehr interessieren würde. Wenn er ehrlich war, hatte er vor dem Moment Angst, wenn er davor stehen würde. Auf Dauer konnte er nicht in Todenmann bleiben. Das wusste er. Wenn ihm auch Monis Duft, ihre Sachen in ihrem Haus und die Nähe, an die er sich dadurch erinnerte, jetzt zu Beginn vielleicht halfen … Wer erträgt dauerhaft den Anblick des Ortes, an dem ein innig geliebter Mensch gestorben ist, direkt vor seinen Augen?

Ex und hopp

Bei klirrender Kälte zitterten Kollege Oberkommissar Detlef Krahwinkel, Profiler Thorsten Büthe und Staatsanwältin Doktor Karin Kukla auf dem Friedhof an der Scheier Straße.

Glücklicherweise war die Erde noch locker über den Särgen, die jetzt einer nach dem anderen wieder aus dem Boden herausgeholt wurden, in dem sie die letzte Ruhe finden sollten.

Vorbei war es mit der Stille, denn der Bestatter wartete direkt am Grab mit zwei Sargwagen, um die Toten in die Rechtsmedizin zu bringen.

„Schon schrill, die grüne Farbe", sagte Karin Kukla, „man muss es mögen, aber unten drin sieht man sie ja nicht."

„Pietät war noch nie ihre Stärke", flüsterte Detlef in Thorstens Ohr.

„Und hat das jetzt geklappt mit dem Kollegen der Rechtsmedizin aus Hannover?", erkundigte sich die Kukla.

„Selbstverständlich", informierte Büthe die Staatsanwältin. „Professor Wunderlich wird die Sektion vornehmen und Doktor Enno Liebermann soll ihm assistieren."

„Ich weiß zwar nicht, wieso wir wen von außerhalb brauchen“, knurrte die Kukla, die mit Liebermann liiert war.

„Einfach der Neutralität wegen, Frau Staatsanwältin“, sagte Thorsten mit beruhigender Stimme, „Liebermann war ja nun Nadjas Kollege. Wir wollen uns doch später nichts nachsagen lassen, wenn das im Prozess zur Sprache kommt.“

Doktor Kukla, die wusste, dass er recht hatte, nickte nur. „Meinetwegen, meinen Segen haben Sie.“

Büthe dachte, dass es darauf nun wirklich nicht ankäme, reagierte aber nicht darauf.

„Wann erwarten Sie erste Ergebnisse?“, erkundigte sie sich.

„Mit der Spurenlage in Peter Kruses Fall beschäftigen wir uns gleich in der Ulmenallee. Aus der Rechtsmedizin erhoffe ich mir noch heute Abend erste Ergebnisse“, antwortete Thorsten Büthe.

„Na gut, meine Nummer haben Sie“, sagte die Kukla und stolzierte auf ihren Stiefelchen mit Absatz davon.

Professor Walter Wunderlich und Doktor Enno Liebermann waren schon in voller Montur, als man ihnen die Leichen von Nadja und Peter brachte.

Wunderlich, selber nicht betroffen und auch sonst eine echte Frohnatur, ließ die Finger knacken. „Gehen wir bei den Eheleuten der Reihe nach vor? Ich meine, wie sie gestorben sind oder Ladys first?“ Er schlug sich vor die Stirn. „Ach, ist in diesem Fall ja identisch.“

„Wie Sie wünschen", sagte Enno.

„Dann bitte die Dame auf den Tisch", bat Wunderlich, „den Herrn legen Sie auf Eis. Dass wir Männer auch immer auf die Frauen warten müssen …" Er kicherte und schnitt Nadjas Kleidung auf.

Enno war pikiert. Das war seine Kollegin da auf dem Tisch, und jetzt lag sie auch noch nackt vor ihm. Er fühlte sich peinlich berührt und schluckte einmal. Mann, er musste versuchen, das auszublenden, sonst konnte er gleich aufhören. Und diese Koryphäe aus Hannover machte auch noch blöde Witze.

„Möchten Sie oder soll ich?", fragte Wunderlich und riss Enno aus seinen Gedanken.

„Gott bewahre", sagte Enno.

„Ach, stimmt, sie war ja Ihre Kollegin. Das geht natürlich nicht", gestand er Enno zu. „Ziemlich riesig."

„Sie war fast zwei Meter groß", wusste Enno.

„Sieht aber noch ganz gut aus. Wie lange ist sie schon tot?", erkundigte sich Wunderlich, um den Kollegen mit etwas Smalltalk abzulenken.

„Knapp drei Wochen, meine ich", erwiderte Enno.

„Und: Hatten Sie was mit ihr?"

„Nee. Also wirklich. Ich verbitte mir …"

„War ein Scherz", wischte Wunderlich das Gezeter weg. „Sagen wir doch einfach Du. Und nehmen Sie es mir bitte nicht übel. Ich bin, wie ich bin, aber ich meine es nie böse."

Reichlich wunderlich, dachte Enno und sagte „Meinetwegen. Ich heiße Enno."

„Walter, mein Name, aber meist nennen mich alle nur beim Nachnamen, weiß Gott, warum. So, wir haben hier ein armes Unfallopfer, hörte ich. Angebliche Todesursache soll Genickbruch gewesen sein. Scheint zu stimmen", sagte er nach einer kurzen Untersuchung der Halswirbelsäule. Nadjas Kopf knickte ungesund zur Seite ab. „Vielleicht können wir uns das Aufschneiden ersparen. Ich schlage vor, wir schicken die Dame erst mal zum Röntgen und MRT von Schädel und HWS, und solange überlegen wir uns mal, was wir mit dem armen Kerl machen. Er soll sich ja eine Kugel in den Kopf geballert haben."

„Verstehen könnte ich es", gab Enno zu. „Er hatte gerade erst seine Frau verloren. Da kann man schon auf so einen Gedanken kommen."

Wunderlich schnaufte nachdenklich. „Irgendwem muss es aber komisch aufgestoßen sein. Sonst wären wir jetzt nicht hier. Ich schlage vor, wir untersuchen Hände und Schädel auf Schmauchspuren und Fingernägel auf Fremd-DNA. Dann gucken wir, ob wir irgendwie noch herausfinden können, ob er etwas im Blut hatte, was da nicht hingehörte. Das wäre jetzt so meine Vorgehensweise."

Ein Assistent kam kurze Zeit später mit Nadja und dem Datenträger mit dem Bildmaterial zurück. Wunderlich und Enno besahen sich die Ergebnisse am großen Apple-Bildschirm. Bei einigen Aufnahmen ging Walter mit dem Kopf vor und wieder zurück. Eine ließ er auf dem Monitor sichtbar stehen.

„Siehst du, was ich sehe?“, fragte er Enno.

„Genickbruch, in der Tat.“

„Stimmt“, gab Wunderlich zu, „aber einer durch seitliche Rotation, nicht durch einen Aufprall von vorn. Das sähe anders aus. Hast du wahrscheinlich noch nicht so oft gesehen wie ich. Ich bin ja schon ein alter Sack.“ Er grinste, tippte auf der Tastatur seines Laptops herum und zeigte Enno den Vergleich. „Sie müsste den Kopf beim Aufprall zur Seite gedreht haben“, erklärte er, „aber wir beide wissen, wie unwahrscheinlich das ist. Man guckt definitiv auf das, was auf einen zurast. In dem Fall war es ein Baum, wenn ich mich recht erinnere.“

„Dann hatte Peter also doch recht“, sagte Enno betroffen.

„Ja, ja“, stimmte Wunderlich zu, „da hat jemand nachgeholfen, und ein kleines, freches Vöglein zwitschert mir, dass sich der Angetraute seinen Verstand auch nicht freiwillig aus dem Schädel geblasen hat. Wetten?“

Enno ließ das Wettangebot unkommentiert. Das war wieder einer von Wunderlichs dummen Scherzen.

„Dann müssen wir ja meine Kollegin gar nicht …, also wir können sie unversehrt lassen“, kam es von Enno erleichtert.

„Jawohl“, erwiderte Wunderlich, „aber Moment.“ Er holte ein längliches Gerät aus seiner Arzttasche. „Wir wollen doch das Kleidchen wieder flicken.“ Blitzschnell tackerte er den Stoff von oben bis unten zu. „Nehme ich auch für die Leichen. Hat sich bewährt", erklärte er, „weil ich keine Lust habe, aufwendig mit Nadel und Faden zu nähen. So, jetzt kann sie wieder in ihren Schneewittchensarg."

„Dann nehmen wir uns jetzt den Peter Kruse vor?", erkundigte sich Enno, „oder willst du erst eine Pause machen?"

„Weder noch", antwortete Wunderlich und schmunzelte beim ungläubigen Blick seines jüngeren Kollegen. „Sie sehen so hässlich aus, wenn der Kopf zum Großteil weggesprengt worden ist. Das tun wir uns doch nicht an." Er zwinkerte Enno zu.

Der war jetzt gänzlich verwirrt.

„Wir lassen uns die Blutergebnisse per Mail schicken und trinken einen Kaffee dazu", schlug er vor. „Erst dann sehen wir weiter. Aber meine Erfahrung sagt mir, dass ihr mich nicht länger brauchen werdet."

„Okay, wie du meinst."

Enno rief im Labor an und bat um Übermittlung der Daten. Dann holte er die Thermoskanne.

„Milch und Zucker?", fragte er Professor Walter Wunderlich.

„Bloß nicht", antwortete der und klopfte auf seinen Bauch. „Lieber schwarz, auch wenn ich davon ganz bestimmt nicht mehr schön werde." Er lachte.

Fast hätten sie das „Pling" vom Eingang der E-Mail überhört.

„Da ist glaube ich schon was gekommen", sagte Enno und scrollte nach oben.

Wunderlich setzte sich direkt neben ihn und strahlte, als er die Untersuchungsergebnisse einsah.

„Sag ich es doch, Liquid Ecstasy. Siehst du, der alte schräge Vogel Wunderlich hat recht!“ Er klappte sein Laptop zu und steckte den Tacker wieder in die Tasche. „Meine Aufgabe ist beendet. Man hat den bedauernswerten Ehemann lahmgelegt. Und das muss kurz vor seinem Tod gewesen sein, denn die Substanz konnte sich im Körper nicht mehr abbauen, was sie aber getan hätte, wenn es Stunden her gewesen wäre. Tja, und in dem Zustand hätte er keine Waffe halten können, nicht mal seinen eigenen Colt zwischen den Beinen, wenn du verstehst, was ich meine.“ Er zwinkerte Enno zu. „Es ist also glasklar, diese beiden armen Seelen sind dahingemeuchelt worden, so leid es mir tut. Schade drum. Hätte die Kollegin gerne mal kennengelernt.“

Mit diesen Worten schwang er sich vom Schreibtischstuhl auf, trank seinen letzten Schluck Kaffee und verabschiedete sich mit den Worten „Meinen Bericht schicke ich dir und den Hellsehern vom LKA zu. Meine Hochachtung!“

„Und was ist mit der Kiste vom Explosionsort?“, wollte Enno noch wissen.

„Du meinst die mit den wenigen menschlichen Fragmenten, die am Tatort aufgesammelt werden konnten?“, erkundigte sich Wunderlich.

Enno nickte.

„Also, ich bin keiner von den Schamanen, die mit Knöchelchen würfeln und daraus das Schicksal ablesen können", seufzte Wunderlich. „Leider, in diesem Fall, aber da kann euch niemand helfen. Die Todesursache ist auch vollkommen irrelevant. Ob sie vor der Verpuffung oder erst durch sie ermordet worden ist, interessiert doch keinen. Hier müssen Techniker ran und den Grund finden, warum das Haus in die Luft geflogen ist. An einen Unfall glaubt nun wohl eh niemand mehr. Na ja, dir bleibt nur übrig, den Nachweis zu erbringen, um wen es sich da in der Kiste gehandelt hat. Hast du Vergleichs-DNA?"

„Ja, sicher, es kann nur die Verlobte unseres Hauptkommissars Hetzer sein", berichtete Enno.

„Oha", staunte Wunderlich und öffnete die Tür. „Da räumt aber einer bei euch auf. Pass mal schön auf dich auf!"

Während Enno ihm noch zuwinkte, dachte er, dass der alte, erfahrene Haudegen vielleicht recht hatte und fühlte sich gar nicht mehr wohl in seiner Haut.

Planungen

Während Till darüber nachdachte, dass Hetzers Beerdigung am Heiligen Abend ein echtes Geschenk für ihn wäre, lag er auf dem Bett seines Hotelzimmers unweit des Bückeburger Schlosses. Er hatte sich zum Zeitvertreib einmal umgesehen und fand, dass es schlimmere Käffer als dieses gab. Ein paar imposante Bauten wie die Stadtkirche, das Mausoleum oder das Palais im Herminenpark waren schon eindrucksvoll. Dort stand auch das Seniorenheim, in dem der Kommissar momentan untergebracht war.

Till entschied sich, einen Schlenker durch die winterliche Stadt zu machen und dabei auszukundschaften, in welchem Zimmer dieser Hetzer wohnte.

Die Fußgängerzone war mit Bäumen, Beleuchtung und weiter oben auch mit riesengroßen Adventskränzen an Pfählen geschmückt. So etwas hatte er noch nie gesehen. Es brachte ihn aber auf eine Idee, was die Todesart anging, die er für seinen Widersacher auswählen würde. Till brauchte seine Morde nun nicht mehr als Unfälle oder Suizide zu tarnen. Mittlerweile glaubte sicher niemand mehr an eine zufällige Häufung von Todesfällen rund um den verhassten Hetzer. Sie würden wachsam und vorsichtig sein. Wahrscheinlich hatten sie auch längst Beamte zum Schutz des Mannes und seines Umfeldes abgestellt.

Sosehr es ihn auch juckte, den Sohn Niklas qualvoll vor den Augen seines Vaters zu ermorden, so hemmte ihn doch die Tatsache, dass er sein eigenes Kunstwerk zerstören würde. Ohne ihn hätte der Junge niemals weiterleben können. In ihm hatte er wahrhaft Meisterliches geleistet. Darum war Till die Idee gekommen, Hetzer senior beim Töten zu suggerieren, dass sein Filius als Nächster dran glauben musste. Zur Ausweglosigkeit seiner eigenen Situation würde die Ohnmacht hinzukommen, rein gar nichts für sein einziges Kind tun zu können.

Die Stadtkirche inmitten des Ortes war hell erleuchtet. Durch die bunten Fensterscheiben tönte Musik. Jemand übte weihnachtliche Lieder oder Kantaten auf der Orgel, vermutete Till. Hier in der Kälte bei leichtem Schneefall war das sehr stimmungsvoll. Fast hätte ihm besinnlich ums Herz werden können, obwohl er Mordgedanken hegte, denn niemand war nur gut oder uneingeschränkt böse. Es gab etwas von beidem in jedem Menschen, nur eben in unterschiedlicher Verteilung. Auch Till hätte sich lieber ein glückliches Weihnachtsfest mit Vanessa und seinem Sohn gewünscht, ohne Altlasten und Zukunftsängste. Bei diesen Gedanken fiel ihm ein, dass sein Junge, von dessen Verbleib er keine Ahnung hatte, noch immer namenlos war. Das musste er ändern, wenn er auch wenig Hoffnung hatte, dass sie ihn nicht aus dem kühlen Bad mit flüssigem Stickstoff gehoben und seziert hatten. Und das alles nur wegen der beschissenen Formel, aber er würde sie ihnen nicht geben, um Vanessas Willen und weil er hoffte, damit noch richtig reich zu werden. Das würde ihm ermöglichen, eine eigene Kryonik-Station ins Leben zu rufen und zu betreiben. Es würde die erste sein, in der man Leute einfror, die später ohne Weiteres und ohne körperliche Schäden wieder aufgetaut werden konnten. Nach seinem Sohn wollte er sie benennen. Also war es nun an ihm, den richtigen Namen zu finden.

Es sollte ein altehrwürdiger Name sein, den es schon seit Jahrhunderten gegeben hatte und den es vermutlich auch in ferner Zukunft noch geben würde, sollte es überhaupt eine für seinen Spross geben. Eben war er am Denkmal von Johann Gottfried Herder vorbeigekommen, und vielleicht war das ein Zeichen gewesen. Den kleinen Frühgeborenen wollte er nach ihm benennen. Zahlreiche bekannte Persönlichkeiten der vergangenen Jahrhunderte hatten diesen Namen getragen. Johann schien ihm seines Sohnes würdig zu sein.

Kurz hinter der Stadtkirche bog Till nach rechts in den Bethelweg ein. Er führte nach dem Überqueren der Herminenstraße direkt in den Park des Palais. Oberhalb des Sees stand das Seniorenheim. Während er sein Ziel ansteuerte, überlegte er, ob er seinen „Mädchennamen" wieder annehmen sollte. Till und Johann von der Weiden hörten sich entschieden besser an als Niederegger. Noch immer wunderte er sich, dass Wolf Hetzer bisher nicht auf diese Verbindung gestoßen war. Das konnte nur daran liegen, dass er momentan keinen Zugang zu den Fallakten hatte. Ihm diesen Umstand beim Töten zu eröffnen, würde also ein weiteres Schmankerl im Verlauf der Prozedur sein.

Beschwingten Schrittes ging er auf den Eingang zu und fragte an der Rezeption nach Hauptkommissar Wolf Hetzer. Dort sah man ihn verwundert an.

„Ja, haben Sie denn gar nichts von dem Unglück gehört?", fragte ihn Schwester Marlene.

„Nein", log Till, „Herrgott, was ist denn passiert? Ich bin ein Bekannter von ihm und wollte ihn besuchen."

„Stellen Sie sich vor, sein Haus ist explodiert! In der Zeitung stand etwas von einem Gasunfall, und seine Verlobte soll auch drin gewesen sein. Ist das nicht tragisch?"

„Ach, du meine Güte", sagte Till scheinbar betroffen. „Dann wird er bestimmt froh sein, mich zu sehen. Wo kann ich ihn denn jetzt erreichen? In einem Hotel?"

Schwester Marlene sah ihn traurig an. „Da würde ich Ihnen gerne helfen, aber ich weiß es leider nicht. Das ging alles so schnell. Vielleicht bei seinem Sohn. Der hat ihn jedenfalls abgeholt. Die Adresse haben Sie doch sicherlich."

„Selbstverständlich", erwiderte Till und bedankte sich.

Auf dem Weg zurück zum Hotel suchte er auf seinem Smartphone im Örtlichen nach Niklas Müllers Adresse und freute sich, dass er durch die Operation wusste, dass der Sohn von Wolf Hetzer einen anderen

Nachnamen hatte. Sonst hätte er ihn nie gefunden. Till entschloss sich, einen Abstecher durchs Höppenfeld zu machen und war dankbar, dass er auf dem Weg an der „Quickteria" vorbeikam, wo er eine Currywurst mit Pommes aß, ohne zu wissen, wie gerne sein Mordopfer Peter dort zu Gast gewesen war.

Überraschend gut gesättigt folgte er der Scheier Straße, bevor er nach rechts in den Kirchhof einbog. Dort musste Till jedoch wenig später feststellen, dass es im Haus von Hetzers Sohn vollkommen dunkel war. Es schien niemand daheim zu sein oder die Vögel waren aus Angst vor dem Raubtier längst ausgeflogen.

Der Zufall kam ihm hier in Form von Fuß-Gaby zu Hilfe, die gerade mit ihren Hunden Berti und Loui Gassi ging.

„Wollen Sie zu Niklas?", fragte sie den sympathischen Mann, der vor dem Gartentor stand.

„Eigentlich zu dessen Vater", gab Till zu. „Ich bin ein Freund aus Hannover und wollte ihm in dieser schweren Zeit beistehen."

Der große Hund bellte ihn an.

„Berti, lass das", schimpfte Gaby und sah sich um. „Die sind nicht hier."

„Ach, das wusste ich nicht", sagte Till traurig.

„Sicherheitsmaßnahme", flüsterte Gaby. „Die haben Angst, dass einer von ihnen das nächste Opfer wird."

„Verständlich", erwiderte Till, „wo doch in letzter Zeit so viel passiert ist."

Gaby nickte.

„Erst die Nadja von der Rechtsmedizin …“

„Ja, das war die Enkeltochter von meiner Nachbarin“, unterbrach Gaby ihn.

Till sah sie bestürzt an. „Oh, wie schrecklich. Ja, und dann deren Mann Peter. Wissen Sie, er und ich waren beide Wolfs beste Freunde, aber der Tod seiner Moni hat ihn am schlimmsten getroffen.“

„Das stimmt“, wusste auch Gaby. „Okay, Sie scheinen wirklich ein enger Freund zu sein. Wenn Sie's nicht weitersagen: Er ist im Haus seiner Verlobten untergebracht mit Sohn und dessen Freundin. Soweit ich weiß, werden sie dort bewacht. Insofern kann sowieso nichts passieren. Die Hunde sind schließlich auch noch da.“ Sie lächelte traurig und strich ihrem Berti über den Kopf. „Ich mochte die Moni. Wir sind immer zusammen mit den Jungs spazieren gegangen.“

„Ja, das ist schade, dass dies nun nicht mehr möglich ist“, bedauerte Till. „Ich danke Ihnen. Morgen werde ich meinen Freund Wolf besuchen. Wenn er sein Handy an hätte, wäre es einfacher gewesen, ihn zu finden, aber ich kann es verstehen, dass er sich zurückzieht. Ich habe auch gerade meine Frau verloren.“

„Oh, das tut mir leid“, sagte Gaby.

Till seufzte. „Nun hatte ich gehofft, ihn hier bei seinem Sohn zu finden und mir schon Sorgen gemacht. Insofern bin ich heilfroh, Sie getroffen zu haben. Ich hätte sonst die ganze Nacht nicht schlafen können.“

„Schön, dass ich Ihnen helfen konnte“, freute sich Gaby und verabschiedete sich.

Till sah ihr und den Hunden nach, bis sie am Ende des Wegs nach links abbogen und dachte, dass es ganz schön gerissen war, genau diesen Ort als Versteck auszuwählen. Darauf wäre er nie gekommen, aber nun wusste er es.

Verfolgt

„Ich will diesen Kerl kriegen“, sagte Pepe mürrisch und betrachtete das Foto, das sie aus der Villa in Isernhagen mitgenommen hatten.

Gemeinsam mit Juan saß er unter einem Heizpilz an der Kneipe „Hofapotheke“ und starrte auf den Eingang des „Hotels am Schlosstor“.

Es hatte keine 24 Stunden gedauert, bis er über seinen Kontakt zur Polizei herausgefunden hatte, dass der Nuttenbulli am Straßenrand im Alten Weg nahe des Friedhofes aufgefunden worden war. Den sonderbaren Wagen hatten Passanten gemeldet, nachdem sie dreimal daran vorbeigegangen waren. Etwas schwieriger war es gewesen, das Handy zu orten, das Till im Puff mitgenommen hatte. Aber heutzutage war beinahe nichts unmöglich. Jeder Mensch hinterließ Spuren.

Als Till mit hochgeschlagenem Kragen die Fußgängerzone hinabkam, konnten Pepe und Juan ihn nicht erkennen. Es war zu dunkel. Das Schneetreiben tat sein Übriges. Hier, mitten in der Stadt, konnten sie ihn sowieso nicht packen. Im Hotel war es ebenfalls zu heikel. Sie mussten ihn an einem Ort ergreifen, wo es nicht auffiel und wo er nicht zu Schaden kam. Schließlich wollten sie ihn umfangreich befragen, falls er nicht sofort kooperierte und mit der Formel rausrückte, an der ihre Auftraggeber interessiert waren.

Till hegte ähnliche Gedanken, was Hauptkommissar Wolf Hetzer anging und überlegte, wo er den immer noch lädierten Ermittler am besten schnappen konnte. Dass er ihn während der Transplantation nicht auf dem OP-Tisch hatte sterben lassen, obwohl er die Embolie selbst herbeigeführt hatte, war eine Entscheidung von Sekundenbruchteilen gewesen. Ja, er wollte ihn tot sehen, aber nicht so einfach, nicht so schmerzlos. Eine Zeit des Leidens sollte vorangehen, sowohl körperlich als auch seelisch. Dass er überhaupt wieder so gut auf die Beine kommen würde, hätte Till niemals geglaubt. Ein bisschen bewunderte er seinen Widersacher dafür, dass er zäh wie Leder war.

Noch wusste er nicht, dass er seinerseits von zwei Gestalten verfolgt wurde, die ihm ans Leder wollten und ihm schon dicht auf den Fersen waren. Till fand jedoch aus eigenen Stücken, dass es an der Zeit war, seine Bleibe zu wechseln.

Also suchte er nach Alternativen im Bereich Todenmann, um Wolf Hetzer zu Fuß auflauern zu können. Zu seiner Freude konnte er umgehend in der Ferienwohnung „Panoramablick" unterkommen. Dort war man heilfroh, auch im Winter einmal Gäste zu haben. Daher checkte er neben dem „Schlosstor" aus und verließ das Hotel. Zu seinem Glück geschah das erst, nachdem seine Beobachter abgezogen waren. Reiner Zufall, aber hilfreich für den gejagten Jäger.

In der Ferienwohnung atmete Doktor Till Niederegger auf. Sie war zwar vom Komfort her nicht im Entferntesten mit einem der Hotelzimmer vergleichbar, die er immer buchte, aber hier hatte er wenigstens seine Ruhe und konnte sich auch selbst versorgen. Rund 70 Quadratmeter mit zugegebenermaßen grandiosem Blick bewohnte er jetzt. Gewichtiger wog jedoch, dass das Haus von Hetzers Verlobter in der Straße „Unter der Frankenburg“ fußläufig erreichbar war. Warum die beiden nebeneinander zwei Häuser bewohnt hatten, konnte Till nicht verstehen, aber des Menschen Wille war bekanntlich sein Himmelreich, und jetzt hatte sich dieser Umstand sowieso erledigt.

Zu seiner eigenen Sicherheit verfügte Till nun über ein neues Prepaidhandy. Er glaubte zwar nicht, dass die Kerle, die hinter ihm her waren, seine SIM-Karte oder das Nuttenfon orten konnten, aber wer sollte das schon genau wissen. In dieser ersten Nacht in Todenmann schlief er ruhiger als in den vergangenen letzten Wochen. Er hatte seine Spuren gut verwischt. Der Mensch war und blieb ein Raubtier. Till selbst sah sich in diesem Gefüge in der Mitte der Nahrungskette. Während er hinter Wolf her war, wurde er von imaginären Kräften verfolgt. Wer es sein konnte, wusste er nicht, aber er ahnte, aus welcher Richtung sie kamen. Gesehen hatte er sie noch nie. Das machte die Sache schwieriger. Für ihn galt es also in doppelter Hinsicht wachsam zu sein. Er musste die Beute erlegen, ohne selbst zu einer zu werden.

Am nächsten Morgen beschloss er, das Gelände zu erkunden, um vorbereitet zu sein. Dabei konnte er gut nachdenken, wie es möglich war, Wolf Hetzer in seine Gewalt zu bringen.

Schmerzliche Informationen

Sie konnten Wolf Hetzer die Wahrheit nicht ersparen. Er musste Bescheid wissen. Da auch Thorsten Büthe wegen des schlechten Wetters in Todenmann geblieben war, trafen sie am nächsten Morgen zu viert am Esstisch von Moni zusammen. Wolf, der schon seit Stunden wach war, hatte Frühstück gemacht.

Mehr oder weniger schweigend saßen sie auf ihren Stühlen, als es plötzlich klingelte. Niklas ging zur Tür und sah mit gezogener Waffe vorsichtig durch den Spion. Dann atmete er erleichtert auf. Es war die Psychologin. Thorsten Büthe musste sie wohl zur Unterstützung angerufen haben.

„Hallo, Carlotta", begrüßte er sie. „Gut, dass du da bist. Wir wollten …"

„Ich weiß", sagte sie leise und legte den Finger auf ihre Lippen. Dann sagte sie der Runde guten Morgen und setzte sich.

Niklas holte ein weiteres Gedeck.

„Ich hörte, ihr habt neue Erkenntnisse", sagte sie nach dem ersten Kaffee.

„Das kannst du wohl laut sagen", erwiderte Thorsten.

Wolf spitzte die Ohren.

„Etwas, was ich wissen sollte?"

„Du hattest den richtigen Riecher", erklärte Thorsten.

„Peter auch", fügte Niklas hinzu.

Thorsten sah ihn an. Er verstummte.

„Was meint ihr damit?", fragte Wolf.

„Weder Nadja noch Peter sind so gestorben, wie man es uns hat glauben lassen wollen", berichtete Thorsten. „Sie sind ermordet worden, und ich vermute", er machte eine Pause und holte tief Luft, „ich vermute, dass Moni ebenfalls umgebracht worden ist. Wir wissen allerdings nicht mal, ob vom selben Täter, halten es aber für wahrscheinlich und haben auch schon jemanden im Visier. Er hält sich in der Nähe auf. Es ist davon auszugehen, dass er Niklas oder dich aus dem Weg räumen will. Wir vermuten, dass es sich zunächst um deinen Sohn handeln wird."

Wolf klingelten die Ohren. Sein Gehirn war ohnehin überlastet. So viele Informationen auf einmal konnte er nicht verarbeiten. Er hakte nach.

„Kein Genickbruch, kein Selbstmord? Woher wisst ihr das?"

Carlotta schaltete sich ein. „Wolf, dir ist bekannt, dass manchmal Untersuchungen notwendig werden, die einem brutal und unmenschlich vorkommen, wenn man selbst beteiligt ist. Das lässt sich nur schwer ertragen."

„Ihr habt sie exhumiert?", fragte Wolf ungläubig und schluckte.

„Nach der Explosion nebenan schien uns das notwendig", antwortete Thorsten. „Es waren ein paar Zufälle in deinem direkten Umfeld zu viel."

„Und wen haltet ihr nun für den Mörder? Wer hat meine Freunde und meine“, Wolf räusperte sich, „also wer hat sie alle auf dem Gewissen?“

Thorsten zog eine Akte aus der Tasche neben sich hervor. „Unglaublich, aber sehr wahrscheinlich, dass es der Arzt war, der deine Niere in Niklas verpflanzt hat: Doktor Till Niederegger.“

Wolf war vollkommen verdattert. „Ja, aber verdammt noch mal warum? Das verstehe ich nicht!“ Er blätterte in der Akte. Es handelte sich um Informationen, die sein Kollege Detlef Krahwinkel zusammengestellt hatte. Plötzlich stutzte er. „Moment mal. Hier steht, dass er vor der Hochzeit mit seiner Münchener Frau von der Weiden geheißen hat. Das sagt mir was. Euch auch?“

Niklas, Nadine, Thorsten und Carlotta schüttelten den Kopf.

„Wartet, ich muss kurz nachdenken. Da war was. Irgendwas in der Vergangenheit. Jetzt hab ich's. Das ist die Rechtsmedizinerin vor Nadja gewesen. Frau Doktor Mechthild von der Weiden. Ich wollte sie festnehmen, da hat sie sich mit Insulin das Leben genommen. Tragische Geschichte, fast zehn Jahre her.“

„Ach, deshalb konnte Detlef auch nichts mit dem Namen anfangen“, sagte Niklas. „Hätte er ihn gekannt, müssten doch sonst sofort die Alarmglocken geklingelt haben.“

„Sicher“, gab Wolf zu. „Eine traurige Geschichte war das. Ich schätze, Till wird ihr Bruder sein.“

„Das klingt nicht gut“, schaltete sich Carlotta ein. „Dann ist es im Grunde genommen immer nur um dich gegangen, Wolf.“

„Denkt ihr, dass auch der Herzstillstand bei der OP schon absichtlich herbeigeführt war?“, hakte Niklas nach.

„Schwer zu sagen“, gab Thorsten zu. „Ich dachte, er hätte Wolf während des Eingriffs gerettet?“

„Das schon“, erwiderte Niklas.

Alle schwiegen und dachten nach.

„Wir wissen ja nicht genau, von welchem Moment an der Arzt davon Kenntnis hatte, dass Wolf der Kommissar ist, den er für den Tod seiner Schwester verantwortlich machen konnte“, wandte Carlotta ein.

„Hätte er's gewusst, dann hätte er mich auch schon viel früher plattmachen können“, überlegte Wolf laut. „Oder denkt ihr, er ist erst jetzt darauf gekommen, dass ich der Ermittler gewesen bin?“

„Wer guckt schon in so einen kranken Kopf?“, fragte Nadine.

„Hmm“, wandte Thorsten ein, „krank würde ich diesen Mann absolut nicht nennen. Zutiefst verletzt vielleicht, und möglicherweise ist ihm durch ein Ereignis der Draht aus der Mütze gesprungen, weswegen er nun mit seiner Vergangenheit aufräumt. Ihr wisst schon, der berühmte Tropfen, der sein Fass zum Überlaufen gebracht hat. Aber dass dieser Arzt hochintelligent und gerade deswegen besonders gefährlich ist, ist uns doch wohl allen klar.“

„Ja, leider“, stimmte Carlotta zu. „Wolf muss wirklich auf der Hut sein. Bisher hat er sein Umfeld ausgelöscht. Ich vermute, damit Wolf genauso leidet wie er selbst. Dabei ist er ihm immer näher gekommen. Denkt ihr das nicht auch? Erst die Frau seines Freundes, dann der Freund und schließlich seine zukünftige Frau. Was ist dem Menschen noch näher als sein Lebenspartner?“

Alle sahen Niklas an.

„Richtig“, bestätigte Carlotta, „sein eigen Fleisch und Blut. Ich vermute also, dass er es auf Wolfs Sohn abgesehen hat und vielleicht gar nicht auf ihn selbst. Den Kontrahenten leiden zu lassen, ist sein Ziel, vermute ich. Das geht nur, solange dieser lebt. Doch ich schließe nicht aus, dass Wolf zum krönenden Finale werden könnte.“

„Dann sollten wir unser Augenmerk zunächst einmal auf Niklas' Schutz legen“, schlug Thorsten vor. „Dass, was Carlotta ausgeführt hat, macht wirklich Sinn.“

„Ich bin auch nicht so wichtig“, betonte Wolf, der sich die Meinungen der Runde ruhig angehört hatte. „Mir ist es lieber, ihr konzentriert euch ganz auf meinen Sohn. Ich wäre auch bereit, mich als Lockvogel zur Verfügung zu stellen, wenn Niklas für ihn nicht greifbar ist. Bringt ihn mit Nadine in das Safehaus. Ich glaube Carlotta. Auch wenn ich die ganzen Zusammenhänge nicht verstehe, denke ich, sie hat mit einem möglichen Anschlag auf Niklas recht. Was wird dieser Mörder tun, wenn er ihn nicht kriegen kann?“

„Sich auf das nächste Opfer fokussieren", sagte Thorsten. „Er will es ja zu Ende bringen."

„Dann müssen wir ihm klarmachen, dass er an Niklas niemals rankommen wird und mich als Sahnehäubchen servieren", schlug Wolf vor.

„Niemals", lehnte Niklas ab. „Ihr glaubt doch nicht, dass ich diesen Plan unterstützen werde."

„Doch", forderte Nadine, „das wirst du! Dein Vater weiß, was er tut."

Wolf lächelte. „Mein Vorteil ist doch, dass er mich unterschätzt. Er denkt, er hätte es mit einem alten Krüppel zu tun, zu dem er mich überhaupt erst gemacht hat, wenn ihr richtig liegt. Und du, Niklas, bitte erspar mir doch die Sorge, dich auch noch verlieren zu können. Ich habe dich bisher noch nie um etwas gebeten. Jetzt tue ich es. Geh in das Safehaus! Tu es für Nadine und mich."

„Vorschlag", schaltete sich Thorsten ein, „wir tauschen Niklas und Nadine einfach gegen zwei Beamte aus, die ihnen ähnlich sehen. Dann brauchen wir den Fokus auch nicht auf dich zu lenken, Wolf." Er wandte sich an dessen Sohn. „Wärst du damit einverstanden?"

„Ja, mit dieser Vorgehensweise könnte ich leben", antwortete Niklas.

„Also gut, dann organisiere ich die Unterbringung und den Austausch", versprach Thorsten. „Wir müssen auch damit rechnen, dass dieser Niederegger bereits hier in der Gegend ist. In seine Isernhagener Villa ist kürzlich eingebrochen worden. Dort ist er aber seit Tagen nicht gewesen. In der MHH hat er überraschend Urlaub eingereicht. Das haben wir überprüft. Seine EC-Karte hat er zuletzt in Bückeburg in der Sparkassenfiliale in der Bahnhofstraße benutzt, die SIM-Karte sendete bis vor Kurzem aus der Nähe des Marktplatzes. Jetzt ist Funkstille. Wahrscheinlich verwischt er seine Spur. Wir überprüfen derzeit alle gestohlenen Fahrzeuge aus der Gegend. Viele haben schon GPS. Außerdem sind wir mit einem Foto von Till Niederegger an diverse Autoverleihfirmen herangetreten. Ich hoffe, dass wir ihn bald orten können, ohne dass er davon etwas merkt. Seid bitte draußen unheimlich vorsichtig", bat Thorsten noch, „wahrscheinlich ist es besser, wenn ihr beim Gassigehen im Wald eine Waffe tragt."

„Keine Bange, mein Freund", erwiderte Wolf. „Vor allen anderen bemerken die Hunde einen Fremden, der sich versteckt. Da kannst du sicher sein."

„Also abgemacht", beendete Thorsten die Gesprächsrunde. „Sobald wir so weit sind, agieren wir. Nadine und Niklas können schon mal packen."

Sie ahnten alle nicht, dass auch Till einige Tricks und Ideen im Köcher hatte.

Schneller als die Polizei

In der Nacht zuvor hatten Pepe und Juan zwar nicht mehr unter dem Heizpilz an der „Hofapotheke" gesessen, als Till klammheimlich gen Todenmann aufgebrochen war, aber das brauchten sie auch nicht. Sie waren mit einem 500-Euro-Schein an der Rezeption vorstellig geworden und hatten nach Tills Fahrzeug gefragt. Man zierte sich ein bisschen, nahm dann aber doch gerne den Geldschein und schrieb das Kennzeichen auf, für das derzeit ein Platz auf der hauseigenen Parkfläche reserviert war.

„Von mir haben Sie das aber nicht", sagte die Angestellte mit dem blondem Zopf.

„Natürlich nicht", bestätigte Pepe und grinste breit. „Ist für seine Hochzeit. Wir wollen ihn doch überraschen."

„Aha", erwiderte die Blondine und war beruhigt.

Daraufhin verabschiedeten sich Pepe und Juan. Sie gingen zu dem schwarzen SUV, bückten sich kurz und brachten einen kleinen GPS-Sender an. Er haftete durch einen außerordentlich starken Magneten.

Zufrieden zogen sie sich in ihr kleines Pensionszimmer am Rande der Stadt zurück und hatten sich soeben einen ordentlichen Tequila genehmigt, als Pepes Smartphone Alarm schlug. Der Wagen bewegte sich.

„Madre de Dios“, schimpfte Pepe. „Wo will der jetzt noch hin?“

„Sollen wir hinterher?“, erkundigte sich Juan.

Pepe schüttelte den Kopf. „Wir sehen ja, wo er hinfährt.“

Tills Reise dauerte nicht lange. Er stoppte bereits in Todenmann, stellten sie beim dritten Glas fest.

„Komische Adresse. Wahrscheinlich eine Ferienwohnung. Das sehen wir uns morgen früh genauer an“, beschloss Pepe und überlegte, was dieser Till vorhatte. Versuchte er nur, geschickt unerkannt über Umwege zu fliehen oder hatte es mit den merkwürdigen Dingen zu tun, die sie in seinem Keller gesehen hatten? Bisher konnten sie sich keinen Reim auf das Ganze machen. Aber sie würden es herausfinden, und darauf freute er sich. Ihnen blieb nämlich nichts verborgen, weil sie genau wussten, wie man Informationen aus einem Menschen herauspressen konnte. Man musste durchaus zugeben, dass Pepe ein Meister in seinem Metier war.

Beobachtungen

Till musste außerordentlich vorsichtig vorgehen. Das Haus von Hetzers Verlobter wurde gut bewacht. Er selbst eher weniger, denn er ging mit einer Frau und seinen zwei Hunden in den Wald, als ob nichts passiert wäre. Im Haus, so konnte Till erspähen, befanden sich Niklas und dessen Freundin. Ein weiterer Mann war mit einem Auto mit hannoverschem Kennzeichen weggefahren. Sie waren ihm also auf den Fersen. Direkt neben der Einfahrt parkte ein Streifenwagen. Im Wald, knapp oberhalb des Gartens, hatte er zwei weitere Beamte ausmachen können. Hier hinter dem Baum konnte er das Geschehen gut beobachten. Nun musste er sich entscheiden. Wollte er Wolf Hetzer verfolgen oder hier weiter aufpassen? Am liebsten hätte er sich teilen mögen. Da er aber mehr Sinn darin sah, einen Moment auszukundschaften, in dem er den Kommissar in seine Gewalt bringen konnte, folgte er dem Vierergespann in gebührendem Abstand. Aus dem Dickicht holte er sich einen Ast, der einem Spazierstock glich, zog den Kragen hoch und die Mütze tiefer ins Gesicht. So sah er aus wie ein weiterer Wanderer, der die frische Luft des Waldes schätzte. Mit der Komoot-App seines Smartphones zeichnete er den Weg auf, um ihn später wiederzufinden. Es war davon auszugehen, dass der Kommissar diese Route meistens für seinen Morgenspaziergang wählen würde. Der Mensch war ein Gewohnheitstier.

Während sich Till im Hintergrund hielt, musste er feststellen, dass der alte Haudegen schon wieder ganz gut zu Fuß war. Die Strecke führte durch einen stillgelegten, imposanten Steinbruch, der normalerweise nicht passiert werden durfte, und den er mit einem ersten Rundumblick in Augenschein nahm. Dabei kam ihm eine Idee. Er blieb zurück und inspizierte das Gelände eingehend. Es war wie gemacht für seinen Plan.

Als Till wieder zurück zu seiner Ferienwohnung kam, hatte er sich in seinem Kopf bereits alles minutiös zurechtgelegt. Aber diese beiden Kerle nervten ihn, die da in einem Wagen mit getönten Scheiben in der Nähe standen. Er hatte sie schon vor dem Hotel in einer Kneipe herumlungern sehen. Spanier oder Lateinamerikaner mochten es sein, die ihn da schon in Bückeburg verfolgt hatten. Ob sie wegen der Formel oder dem Nuttenbulli hinter ihm her waren, juckte ihn nicht. Sie kamen ihm vor wie lästige Fliegen oder Mücken. Es war an der Zeit, sie endgültig loszuwerden.

Kein Zweifel

Es fiel Enno wahnsinnig schwer, durch den Tag zu kommen. Seitdem Wunderlich ihm diesen Floh ins Ohr gesetzt hatte, dass auch er in den Fokus des Mörders geraten sein konnte, fühlte er sich schlecht. Warum? Sein Kollege von der MHH hatte recht. Schließlich war er nicht der erste Rechtsmediziner, der hier ermordet worden war. Mit Wehmut in der Brust dachte er an Doktor Nadja Serafin, die nun wieder in ihrem Grab lag und hoffentlich Genugtuung erfahren würde. Sie sollten diesen Wahnsinnigen umgehend einbuchten, am liebsten noch, bevor es ihn selbst erwischte. Enno war normalerweise kein redseliger Mensch. Er lebte eher in seinem Inneren, aber seine Fantasie schlug Purzelbäume. In manch stillem Zeitgenossen tobten Stürme. In diesem Fall war es Ennos Nachteil, dass es nicht allzu viele Todesursachen oder Mordmethoden gab, die ihm unbekannt waren. Insofern spielte sein Gehirn sämtliche Möglichkeiten durch, und er fragte sich, welche der Täter denn für ihn ausgewählt hatte.

Aus Sicht der Kommissare wäre das natürlich völliger Quatsch gewesen, denn wenn deren Theorie stimmte, hatte es der Mörder nur auf Hetzers direktes Umfeld oder ihn selbst abgesehen.

Trotzdem war es für Ennos Wohlbefinden nicht förderlich, als er endlich den DNA-Abgleich der zerfetzten menschlichen Leichenteile von der Explosionsstelle in den Händen hielt. Nun gut, es hatte niemand daran gezweifelt, dass es sich dabei um Hetzers bedauernswerte Verlobte Moni handeln musste, aber wenn man es schwarz auf weiß vor den Augen hatte, traf es einen doch, dachte Enno. Die Verstorbene war eine sehr sympathische Frau gewesen. Nichtsdestotrotz musste er der Dienststelle diese Tatsache mitteilen, auch wenn es dadurch unumgänglich wurde, dass Hetzer es bald erfuhr. Hoffnungen machte er sich wahrscheinlich sowieso nicht.

Detlef nahm nach zweimaligem Bimmeln ab.

„Kommissariat Bückeburg, Krahwinkel am Apparat."

„Ja, hallo, Detlef, hier ist Enno aus der Rechtsmedizin. Hast du meine Nummer nicht erkannt?"

„Hab nicht aufs Display geschaut", erklärte Detlef. „Guten Morgen, Enno. Hast du was Neues für uns?"

„Bedauerlicherweise ja", erwiderte Enno. „Wir haben jetzt das Resultat vom DNA-Abgleich und wissen, dass der Mensch, der in Wolfs Kate durch die Explosion gestorben ist, tatsächlich seine Verlobte war."

„Wie schrecklich", stöhnte Detlef, „aber das war ja zu erwarten gewesen, auch wenn die Hoffnung normalerweise zuletzt stirbt. Hier gab es von Anfang an keinen Zweifel. Es konnte nur Moni sein."

„Stimmt", bestätigte Enno traurig. „Es ist auch nicht mehr viel von ihr übrig. Beim anschließenden Brand müssen enorme Temperaturen entstanden sein. Die Experten prüfen noch, woran das gelegen haben könnte."

„Ach herrje, wie soll ich Wolf denn das mitteilen?", überlegte Detlef laut.

„Das muss doch gar nicht zu weit ausgeführt werden. Er wird sich selbst seine Gedanken dazu gemacht haben", antwortete Enno. „Vielleicht sprichst du mit seinem Sohn. Möglicherweise hat Moni im Vorfeld schon alles geregelt und bestimmt. Für eine Erdbestattung würde natürlich ein Miniatursarg reichen und auf ein Krematorium könnte man fast verzichten, aber das geht mich alles gar nichts an. Ich bin nur der Überbringer der schlechten Botschaft."

„Dabei kommst du noch gut weg", sagte Detlef, „denn du sagst es nur mir. Ich muss es Wolf mitteilen oder möchtest du vielleicht?"

„Nein", lehnte der Rechtsmediziner rigoros ab, „ich habe noch alle Hände voll zu tun, und es ist auch nicht meine Aufgabe, die Hinterbliebenen zu informieren."

„Wolf ist auch ein Kollege", wandte Detlef ein.

„Trotzdem!"

„Na gut", seufzte Detlef. „War klar, dass so etwas wieder an mir hängen bleibt."

„Eine Frage noch", begann Enno.

„Ja?"

„Denkst du, ich bin in Gefahr?"

Detlef, der gerade einen Schluck Kaffee im Mund hatte, tat sich schwer, ihn nicht gleich wieder auszuspucken. Er schluckte und musste husten.

„Wie meinst du das?“

„Na ja, wenn in Wolfs Umfeld Kollegen aus dem Kommissariat und der Rechtsmedizin einem Täter zum Opfer fallen, dann sind wir doch die Nächsten. Hast du keine Angst, Detlef?“

„Nein, und du musst auch keine haben“, erklärte der Kommissar. „Es geht scheinbar nur direkt um Wolf. So dicke wart ihr doch nicht.“

„Leider nein“, sagte Enno erleichtert. „Ich hatte kaum was mit ihm zu tun. Das war immer Nadjas Part.“

Dafür vögelst du die Staatsanwältin, dachte Detlef, hielt aber seinen Mund.

„Tja, dann will ich mal weitermachen. Alles Gute, Detlef, und pass auf dich auf“, verabschiedete Enno sich.

Kommissar Krahwinkel seufzte und verwarf den Gedanken, ob er nicht doch gefährdet sein konnte. Nein, auch er war definitiv nicht nah genug dran an Wolf Hetzer, aber ihm blieb jetzt die unglückselige Aufgabe, den Kollegen über den Tod seiner Verlobten in Kenntnis zu setzen. Selbstverständlich wäre es möglich gewesen, den Umweg über Niklas zu wählen, aber dabei kam er sich schäbig vor, und er hätte ihn auch nicht erreicht, da er bereits auf dem Weg ins Safehaus war.

Von der Bildfläche

Mit einem genialen Plan war es Thorsten Büthe gelungen, Niklas und Nadine auszutauschen. Er hatte die beiden angewiesen, ihre persönlichen Sachen in Einkaufstaschen zu verpacken, die sie in ihren Wagen luden. Zur besseren Glaubwürdigkeit ließ er Niklas noch ein paar große, leere Flaschen ins Auto schleppen. Anschließend fuhren die jungen Leute also in Richtung Rinteln und hielten auf dem Parkplatz des Lidl Supermarkts, der über diverse Möglichkeiten zur unerkannten Flucht verfügte. Da war zum einen der Personaleingang von Lidl und Backshop, aber auch das Tor für die Anlieferung der Waren.

Nadine und Niklas waren wie vereinbart im Markt verschwunden und sollten später an der Rückseite wieder herauskommen. Ihre Doubles warteten in einem abgeschlossenen Bereich, den man ihnen zur Verfügung gestellt hatte. Die Kleidung, die sie alle vier trugen, war im Vorhinein abgesprochen gewesen. Schlüssel und Taschen wurden getauscht. Ein kurzes Kopfnicken und das falsche Pärchen setzte den Einkauf fort.

Hetzers Sohn und Freundin liefen wie vereinbart über das stillgelegte Gleis zum Bahnhofsvorplatz, wo sie ungesehen in eine dunklen Kombi stiegen, der sie weit wegbrachte. Der Mörder hatte nicht länger Zugriff auf Wolfs nächsten Angehörigen.

Wer Monis Haus beobachtete, sah, wie das junge Paar vom Einkaufen zurückkehrte und im Inneren verschwand. Er wäre nie im Leben darauf gekommen, dass es sich nun um zwei völlig andere Personen handelte, die zur Unterstützung und Bewachung vor Ort bleiben würden.

Eine tolle Aktion, die von Till zwar nicht entlarvt wurde, ihn aber auch nicht interessierte, weil er Wolf im Visier hatte.

Hetzer wiederum wähnte sich in einer scheinbaren Sicherheit. Er hatte Besuch von Detlef bekommen und rechnete fest damit, dass sich der Mediziner nun auf „Niklas“ konzentrieren würde. Dabei konnten sie ihn vielleicht endlich fassen, so hoffte Wolf und verdrängte das Wissen um die spärlichen sterblichen Überreste in einer Kiste. Diese Endgültigkeit ließ seine Seele noch nicht zu. Es musste sich um einen Irrtum handeln.

Nichts ist sicher

Pepe und Juan waren aus dem Staunen gar nicht mehr herausgekommen. Was dieser Kerl alles unternahm, war merkwürdig. Vom Auto aus sahen sie ihn mit einer Schubkarre, in der Gartengeräte steckten. Das machte jedoch überhaupt keinen Sinn, weil es tiefster Winter war. Seile schleppte er aus seinem SUV und etwas, das sie für ein großes Stück Stoff hielten. Sie waren ihm auch schon in den Wald gefolgt, hatten die Sache aber wegen nasskalter Füße und heftigem Frösteln abgebrochen. Schnee und Eis waren einfach nicht ihr Ding. Sie mochten es warm.

Eigentlich hätten sie ihn am liebsten sofort abknallen wollen, aber das ging nicht, weil sie einen Auftrag zu erfüllen hatten. Also warteten sie auf eine gute Gelegenheit. Pepe und Juan waren der Meinung, die Jagd gelang am besten, wenn man seine Beute gut beobachtete und zuschlug, wenn sie es am wenigsten erwartete. Bei Till dachten sie zunächst, dass er vorhatte, seine Unterlagen zu vergraben, die Aufschluss über diese vermaledeite Formel gaben, die sie besorgen sollten. Wegen der Seile vermuteten sie aber mittlerweile, dass es irgendetwas mit dem Steinbruch zu tun haben musste, den sie aus der Ferne gesehen hatten. Diese Steilwand war wirklich nicht zu verachten und lehrte jedermann das Fürchten, der davor stand oder über ihren Abgrund blickte.

Till hatte natürlich längst bemerkt, dass ihm die Kerle ständig nachliefen. Doch das verlieh ihm nur ein maliziöses Schmunzeln. Er selbst war ein Perfektionist und ihnen vom Intellekt her weit überlegen. Diese beiden mochten als Killer in ihrem Metier gut sein, aber auf diesem Terrain des feinsinnigen, durchdachten Mordes waren sie heillos verloren. Es scheiterte schon an den einfachsten Dingen: Keine Ausrüstung gegen die Klauen des Winters und vermutlich nur eine Wumme in der Tasche. Dadurch wurden sie für ihn zu einer leichten Beute.

Inzwischen hatte Till Niederegger einen ungesicherten Stolleneingang ausgemacht, der etwas versteckt lag. Zwei andere waren mit schweren Toren unzugänglich gemacht worden. Ein bisschen hatte es ihn gewundert, dort ein altes Schild mit einem Totenkopf entdeckt zu haben. Ihn schreckte das nicht ab, aber warum war der Gang nicht abgeriegelt worden?

Nach und nach wagte er sich vorsichtig ins Innere und erreichte eine kleine Höhle. Ja, er hielt den gemalten Hinweis auf der Holztafel so lange für eine Warnung gegen Steinschlag, bis er wiederholt kleine Tiere verendet auf dem Boden vorgefunden hatte, die augenscheinlich an nichts Erkennbarem gestorben waren. Vier von ihnen hatte er vor Ort mit einem Taschenmesser seziert und entdeckt, dass sie erstickt waren. Ihm selbst ging es aber gut. Sofort war ihm die Idee gekommen, dass hier vielleicht giftige Gase austraten. Vorsichtig schnupperte er in die Luft. Es war aber nichts zu riechen, nur ein leicht säuerlicher Geschmack kitzelte in Mund und Nase, wenn er sich bückte. Eine Vermutung regte sich in ihm, nichts Greifbares. Er hatte eine vage Erinnerung an etwas, das er einmal gelesen zu haben glaubte. Nichtsdestotrotz wollte er genau wissen, womit er es zu tun hatte.

Am Abend durchstöberte Till das Internet und fand heraus, dass es unweit von Todenmann eine seltene Naturerscheinung gab. In Bad Pyrmont nannte man sie die „Dunsthöhle". Das war eine der wenigen Mofetten, die es in Europa gab. Augenscheinlich lag hier eine weitere verborgen, die man nicht publik gemacht hatte. Nun verstand er auch das Schild mit dem Totenkopf. Wenn hier unaufhörlich Kohlendioxid aus der Erde strömte, das sich nicht mit Wasser zu Kohlensäure verbinden konnte, war das eine wirklich absolut tödliche Gefahr für Mensch und Tier. Da Kohlendioxid schwerer als Luft war, bildete sich je nach Aktivität des Ausstoßes ein Spiegel in dieser Grotte, der höher oder niedriger sein konnte. Und da fiel ihm auch der Artikel über die Killer-Seen in Kamerun wieder ein, aus denen eine gigantische Kohlendioxid-Gasblase entwichen war, die mehr als 1700 Menschen und unzählige Tiere über Nacht getötet hatte. Sie hatte sich wie ein tödlicher Hauch herabgesenkt und war in angrenzende Täler geströmt, wo sie die Bevölkerung im Schlaf einhüllte, ohne sie zu wecken. Aus Schlaf wurde Bewusstlosigkeit und dann Tod. Den Hinterbliebenen musste es zunächst wie ein Fluch vorgekommen sein, überlegte er. Er jedoch wollte sich diese geologische Besonderheit zunutze machen.

Der gejagte Jäger

Am Nachmittag des nächsten Tages kamen mehrere Dinge zusammen. Bis zum Heiligen Abend war es nicht mehr lange hin. Till hatte sämtliche Vorbereitungen zur Durchsetzung seiner Pläne getroffen. Es dämmerte bereits, als er Wolf Hetzer und seiner Begleiterin hinterherschlich. Obwohl die Hunde mehrfach in die Luft schnupperten und in seine Richtung sahen, bemerkten die Menschen nichts, denn er wechselte hinter ihnen ständig die Seiten.

Zwei andere waren ebenfalls auf die Idee gekommen, dass die nahende Dunkelheit die perfekte Gelegenheit sein konnte, diesem Till im Wald endlich sein Geheimnis zu entlocken. Dort war es schön still. Niemand würde etwas hören. Sie folgten in gebührendem Abstand seinen Spuren im Schnee.

Falls er die Formel verborgen an seinem Körper bei sich trug, wie Pepe und Juan vermuteten, konnten sie ihn danach gleich abknallen. Hatte er seine Unterlagen versteckt, würden sie ihn foltern, bis er gestand, wo der Krempel lag, und hatte er sich sein Geheimnis auf die Haut tätowiert, würden sie es ihm herausschneiden. Das kriminelle Gespann lag in allem so vollkommen falsch, weil sie nur auf der Suche nach Vanessas Formel waren. Von seiner wusste niemand etwas. Vielleicht gab es nach der Untersuchung von Vanessas Gehirn und ihrem Embryo eine Vermutung. Wäre Till ein freundlicher Mensch so wie früher gewesen, hätte er KrioRus oder wem auch immer das Wissen um Vanessas Substanz sofort zur Verfügung gestellt. Sie hätten damit nicht viel anfangen können, denn ohne seine eigene zusätzliche Entwicklung, von der man höchstens etwas ahnte, war das alles nur Schall und Rauch. Und selbst wenn man sie hatte, gelang der Prozess nicht, wenn er nicht richtig vonstattenging. Man musste dem Körper kurz vor dem Tod die von ihm kreierte Lösung in den Blutkreislauf spritzen oder per Infusion verabreichen, damit die Zellen nicht durch das Frostschutzmittel zu Schaden kamen. Heparin war der Trägerstoff des Ganzen. Aber was wussten die Kleinkriminellen schon davon …

Till sah auf die Uhr. Er musste sich sputen, damit Wolf Hetzer nicht im Steinbruch war, bevor er selbst dort sein konnte. Aber es konnte noch klappen, denn die zwei schrägen Vögel hatten die von ihm präparierte Stelle gleich erreicht.

Er lockte sie genau dorthin. Das Zeichen, das er aus Tannenzweigen auf den Boden gelegt hatte, fiel ihnen nicht auf. Als sie richtig standen, sprang er aus dem Gebüsch und schrie sie an. Damit hatten sie nicht gerechnet.

„Was wollt ihr von mir, ihr Arschlöcher? Euer Hinterhergeschleiche geht mir auf den Geist."

„Ah, der Herr Doktor will sich beschweren", sagte Pepe in sicherem Abstand. Seine Hand hatte er ebenso wie Juan bereits an der Pistole, aber sie sahen in die Mündung von Tills Revolver und hielten den Ball flach. Sie trauten sich nicht, auch nur zu zucken. Ob der echt war, konnten sie von der Entfernung aus nicht beurteilen. Drauf ankommen lassen wollten sie es aber auch nicht. Einen von ihnen konnte er mindestens abknallen, bevor sie ihn erwischten. Außerdem brauchten sie zuerst die Formel.

„Was wollt ihr von mir? Wer schickt euch?"

Pepe grinste frech. „Das weißt du genau. Du hast etwas, was andere wollen. Wo ist es?"

„Warum sollte ich euch das sagen?", fragte Till.

„Weil du leben willst", erwiderte Pepe. „Ist das nicht so?"

„Eben drum gebe ich sie euch nicht. Sobald ihr sie hättet, bräuchtet ihr mich nicht mehr."

Pepe lächelte ihn frostig an. „Der Doktor ist ein Blitzmerker, aber wenn er sie nicht bald rausrückt, die Unterlagen, knallen wir ihn auch so ab."

„Nicht ohne eigene Verluste", drohte Till, „aber wisst ihr, ich habe die Nase ohnehin von eurem blödsinnigen Geschwafel voll."

Dann schnitt er neben sich unbemerkt die letzten Fasern eines Seils durch, und wie durch Zauberhand schloss sich ein riesengroßes, weitmaschiges Netz um die Verfolger und ließ sie nach oben schnellen, wo sie gegen einen dicken Ast prallten. Die Waffen, die sie vor lauter Schreck gezogen hatten, purzelten durch die Maschen und fielen auf den Boden. Ein dumpfer Schuss löste sich beim Aufprall. Das Projektil blieb in der Rinde einer Eiche stecken. Durch den Schalldämpfer hatte man nicht viel gehört. Es pfiff eher, als dass es knallte.

Benommen und in Leib wie Ehre geschädigt, hingen Tills Widersacher oben im Geäst und baumelten dort wie eine Christbaumkugel. Pepe war bewusstlos. Der Ast hatte ihn am Kopf getroffen. Etwas schlimmer war Juan dran. Ihm ragte ein spitzer Zweig aus dem Hals, der Sprechen oder Schreien unmöglich machte.

Umso besser, dachte Till und sah wieder auf die Uhr. Dann konnte er sich Zeit lassen. Die beiden kamen nicht weg und waren auch nicht in der Lage, nach Hilfe zu rufen. Es schien ihm unwahrscheinlich, dass ausgerechnet hier noch jemand vorbeikommen würde, dem von oben Blut auf die Mütze tropfen konnte, und selbst wenn, würde es derjenige mit Sicherheit nicht sofort bemerken.

Schnell hob er die Waffen auf, sicherte sie, bevor er sie in seinen Rucksack steckte, und hastete den Gassigängern hinterher. Sie würden sicherlich bald am Eingang des Steinbruchs eintreffen. Till änderte also seine Richtung und kam ihnen quasi entgegen, ohne dass sie ihn sahen. Das ging schneller, sagte ihm das GPS seiner App.

Eigentlich brauchte er dann nur abzuwarten. Noch wusste er nicht genau, was er mit der Frau und den beiden Hunden machen sollte, aber das würde sich ergeben, dachte er und hockte sich hinter eine kleine, beschneite Tanne.

Den Weg am Rande des Steinbruchs hatte er vor Stunden „umgelenkt". Dort, wo er normalerweise verlief, hatte er Schneewehen simuliert, und da, wo das Grüppchen entlanglaufen sollte, war von ihm in mühevoller Kleinarbeit eine Spur mit unterschiedlichen Schuhen präpariert worden, sodass es so aussah, als seien dort schon etliche Menschen an diesem Tag vorbeigekommen. Es konnte wegen der Schneedecke niemandem auffallen, dass der Weg mit einem Mal ein paar Meter weiter rechts verlief. Die Hunde, die Hetzer in diesem Bereich des Tals immer frei laufen ließ, tollten über die Ebene, als er selbst plötzlich mit einem verblüfften Schrei im Erdboden versank. Auch Carlotta rutschte ab, konnte sich aber an einer Wurzel festhalten. Die Hunde bellten und liefen zum Schacht, in den Wolf gefallen war. Direkt am Abgrund stoppten sie. Wolf stöhnte unten in der Tiefe, aber Carlotta hatte eine Idee. Kurzfristig hielt sie sich nur mit einer Hand fest. In die andere nahm sie einen großen Stock, den sie zu fassen bekommen hatte und hielt ihn den Hunden hin. Ole und Leo dachten, dass es ein Zerrspiel war und griffen das Holz mit den Zähnen, um daran zu ziehen. Dabei gingen sie rückwärts. Ein Glück, denn auf diese Weise gelang es der Psychologin, sich aus dem Schacht zu hangeln. Sie konnte mit einem Schuh Fuß fassen und sich schließlich mit dem rechten Bein über den Rand schwingen.

Draußen atmete sie auf, dann kroch sie in Richtung der Kante und rief nach Wolf.

„Bist du verletzt?“ Vor Schreck duzte sie ihn.

Von unten kam ein Stöhnen. „Weiß nicht. Bin etwas benommen. Hab mir wohl den Kopf angeschlagen.“

Carlotta suchte nach ihrem Handy, fand es aber nicht.

„Hast du ein Telefon dabei?“, fragte sie Wolf.

„Moment.“

Er schien zu suchen. „Ja“, sagte er kurze Zeit später, „ich hab aber keinen Empfang oder das Ding ist hin.“

„Siehst du meins? Es muss mit abgestürzt sein.“

„Nein. Tut mir leid.“

„Okay, bleib jetzt ganz ruhig“, sagte Carlotta zu ihm. „Ich werfe dir meine Jacke runter und renne dann mit den Hunden den Weg zurück, um Hilfe zu holen. Auf diese Weise wird mir auch nicht kalt, weißt du.“

„Nein, du behältst die Jacke in jedem Fall an“, erwiderte Wolf, „ich komme schon klar.“ Aber da ließ Carlotta nicht mit sich reden. Ehe er sich versah, kam eine pinkfarbene Daunenjacke zu ihm heruntergesegelt.

„Schön zudecken“, forderte Carlotta, „die hält warm. Ich renne, so schnell ich kann.“

Dann pfiff sie nach den Hunden, leinte die beiden an und lief zurück. Doch der rutschige Untergrund ließ nur ein moderates Tempo zu, wenn sie sich nicht auch noch verletzen wollte.

Till beobachtete das Spektakel mit Wonne. Manches erledigte sich von selbst. Nun konnte er sich ganz in Ruhe seinem Plan widmen. Er fühlte, dass sein Moment gekommen war. Endlich! So lange hatte er darauf gewartet, Hetzer wieder in die Augen zu sehen. Diese würden verändert sein, vielleicht überschattet und vom Leid gezeichnet, das er durch den Verlust der nächsten Menschen um ihn herum erlitten hatte. Gemächlich näherte er sich der Absturzstelle mit einem Seil und sah in die Tiefe.

„Nett, Sie wiederzusehen, Herr Kommissar", sagte er, „wenn auch unter etwas ungewöhnlichen Umständen. Kann ich Ihnen vielleicht helfen?"

Wolf Hetzer war nicht dumm. Er wusste, dass sein letztes Stündlein geschlagen hatte, sobald er sich in der Gewalt des Mörders befand. Also stellte er sich taub und stöhnte nur ein bisschen. Wie recht Büthe und die anderen mit ihrer Vermutung gehabt hatten, dachte er traurig, denn er sah keinen Ausweg für sich. So schnell konnte keine Hilfe eintreffen.

„Ach, komm, verarsch mich nicht!", forderte Till ihn auf. „Sprich mit mir, wir wollen doch noch ein bisschen Spaß haben oder möchtest du etwa, dass ich dich da im Schacht mit einem sauberen Schuss um die Ecke bringe?"

Wolf überlegte fieberhaft. Er musste versuchen, Zeit zu schinden. Das war seine einzige Chance, diese Sache hier überleben zu können. So viel hatte er schon durchgemacht. Das konnte doch noch nicht das Ende sein.

Aber er hatte die Bösartigkeit des Arztes unterschätzt.

Über den Wipfeln ist Unruh

Nur langsam war Pepe wieder zu sich gekommen. Sein Schädel schmerzte. So ganz klar fühlte er sich immer noch nicht, aber zum Abschätzen seiner Situation reichte es immerhin, denn Juans Röcheln hatte ihn geweckt. Außerdem war es lausig kalt. Vorsichtig sah er um sich und nach unten. Scheiße, war das tief. Dieses Arschloch hatte sie wie Kaninchen in einem Netz gefangen. Geschätzt mehr als zwei Meter baumelten sie eng zusammengedrängt in der Luft. Immerhin gab Juan Wärme ab, doch wahrscheinlich nicht mehr lange. Ihm war die Blutlache nicht entgangen, die sich da auf dem Boden unter ihnen ausgebreitet hatte. Dunkle Flecken im Schnee sah man auch bei eintretender Dunkelheit, und wenn der Mond so wie heute schien, glitzerten die Kristalle, wo das Blut schon gefroren war, wie Rubine. Echte Kacke, dachte Pepe. Juan war nicht mehr zu retten. Der kleine Ast, der aus seinem Hals ragte, hatte wohl ein größeres Gefäß getroffen. Alles, was er tun konnte, war ihn zu erlösen. Sein treuer Vasall hatte es nicht verdient, lange leiden zu müssen. Vorsichtig räkelte er sich im Gewebe des Netzes und zog sein Schweizer Taschenmesser heraus, das er immer bei sich trug und das ihn schon aus so mancher Situation gerettet hatte. Juan sah ihn mit großen Augen an, als er die Klinge ausklappte und dachte dann aber wohl eher an ein Kappen des Seils, denn Erleichterung wich der Angst in seinem Blick. Gut so, dachte Pepe, der erkannt hatte, dass er nicht die Möglichkeit haben würde, an Juans Herz zu kommen. Also schnitt er ihm rigoros und mit großer Kraft in einem Zug die Kehle durch. Doch das war nur ein letzter Akt, ein Aufflackern, denn die Blutung, die noch herauspulsierte, war schwach und versiegte schnell. Jetzt hieß es, weiter mit Bedacht vorzugehen. Pepe hatte wenig Lust, hier oben mit einer Leiche zu hängen, um auf Hilfe zu warten, damit er später eingebuchtet wurde. Er war auch selbst in der Lage, sich mit dem Messer zu befreien, das er an Juans Hose abwischte. Nur wo er das Netz aufschnitt, sollte gut überlegt sein, damit er sich nicht bei einem möglichen Aufprall verletzte. Wenn es nur nicht so hoch gewesen wäre … Nach kurzem Überlegen stemmte er sich mit den Füßen in zwei der großen Maschen, hielt sich weiter oben mit einer Hand fest und freute sich darüber, dass er Handschuhe trug. Die dünnen Seile hätten ihm sonst in die Finger geschnitten. So konnte er sich besser festhalten.

Vorsichtig durchtrennte er einen Teil der Schnüre, die unter Juans Körper verliefen. Die Schwerkraft tat ihr Übriges. Seine Leiche fiel mit einem dumpfen Schlag auf den mit Blut durchtränkten Schnee. Leider war die Konstruktion nun labil geworden. Pepe fing an zu schwanken, konnte sich nicht länger halten und rutschte ab. Anstatt jedoch ebenso auf dem Boden aufzuprallen, blieb er in der Luft hängen. Einen seiner Cowboystiefel hatte er nicht aus der Masche herausziehen können. Unter lautem Fluchen schaukelte er mit dem Kopf nach unten direkt über dem toten Juan, auf dem er sich abstützen musste, um nach seinem Fuß greifen zu können. Schließlich gelang es ihm, aus dem Schuh zu schlüpfen und sich seicht neben Juan fallen zu lassen. Das war gerade noch mal gut gegangen, fand er, aber jetzt hatte er eine nasse Socke, mit der er wohl wieder in den Stiefel steigen musste. Scheiße, er fror sowieso schon. Kurz überlegte er, Juans Jacke noch über seine eigene zu ziehen, aber die war vom Blut durchfeuchtet. Das brachte nichts, aber seinen Strumpf konnte er brauchen, auch wenn er den Gedanken an Juans Schweißfüße verdrängen musste, während er dem Toten den Schuh auszog.

Frierend, aber halbwegs trocken nahm er die Verfolgung wieder auf. Er war wütend, und das war kein gutes Omen. Wehe dem, der ihm in die Quere kam.

Hilf dir selbst oder stirb

Fast den ganzen Weg war Carlotta zurück nach Todenmann gerannt. Ihr war dabei tatsächlich nicht kalt geworden, obwohl die Temperaturen nach wie vor unter null lagen. Trotzdem hatte sie länger gebraucht als gedacht, denn die jungen Rüden verstanden es absolut nicht, dass sie weder schnüffeln noch markieren durften.

Völlig außer Puste kam sie vor Monis Haus in der Straße „Unter der Frankenburg" an und klingelte Sturm. Thorsten Büthe kam schnellen Schrittes zur Tür, sah durch den Spion eine erhitzte Carlotta ohne Jacke mit zwei Hunden und war sofort alarmiert.

„Was ist passiert?", fragte er voller Sorge, als er öffnete. „Geht es dir gut? Wo ist Wolf?"

Die Hunde stürmten ins Haus und bellten die fremden Kommissare an, aber darum konnte sich Thorsten jetzt nicht kümmern. Die würden sich schon allein arrangieren.

„Wolf ist in eine Spalte oder Grube im Steinbruch gefallen, aber er lebt", berichtete Carlotta keuchend. „Dies Loch muss aber neu sein. Wir sind da schon mehrmals spazieren gegangen, bisher war der Weg einwandfrei passierbar."

„Sehr merkwürdig", sagte Thorsten. „Denkst du, die Grube ist künstlich angelegt worden?"

„Nein, das glaube ich eigentlich nicht", erwiderte Carlotta, „und die Fußspuren anderer Spaziergänger gingen auch über diese Stelle hinweg."

„Knackte es, als Wolf einbrach?", erkundigte sich Thorsten.

Carlotta überlegte. „Das weiß ich nicht mehr. Was meinst du mit knacken?"

„Na, so als ob Äste zerbrechen, die jemand über ein Loch gelegt hat. Ich möchte herausfinden, ob es sich um eine Falle gehandelt hat oder eine spontane Erdverschiebung unter der Oberfläche", erklärte er.

„Aber dann hätte auch die Schneedecke aufgerissen sein müssen", wandte Carlotta ein.

„Nicht unbedingt", antwortete Thorsten. „Wurzelwerk, Gräser oder Ähnliches hätten die oberste Schicht erhalten, aber einen Menschen später nicht tragen können."

„Nee, nee", rief sich die Psychologin die Stelle wieder in den Sinn, „das war schon ein verdammt großes Loch. Ich hing ja auch halb drin." Zum ersten Mal bemerkte sie, dass sie Schmerzen hatte. Vorsichtig hob sie ihren Pullover an der Seite hoch.

„Ach du heilige Scheiße", sagte Büthe. „Davon wirst du lange was haben."

Ein blau-schwarzer Fleck von der Größe eines ganzen Schweinefilets war über ihrer Hüfte zu sehen.

Sie zuckte mit den Schultern. „Kismet."

„Wir müssen Wolf da rausholen und zwar schnell", entschied Thorsten und rief nach den beiden Kollegen, die inzwischen mit den Hunden auf dem Boden lagen und sie ausgiebig kraulten.

„Ich brauche eine Jacke", sagte Carlotta. „Meine habe ich Wolf gegeben."

„Nimm eine aus Monis Schrank", schlug Thorsten vor, „aber mach schnell. Ich kann es dir leider nicht ersparen, dass du mitkommst. Ohne dich finden wir nicht hin. Meinst du, das schaffst du trotz deiner Verletzung?"

„Aber sicher doch", kam es von Carlotta. Sie versuchte, den Schmerz zu ignorieren. Es gab ja keine Alternative, wenn sie Wolf retten wollten. Nur sie kannte den Weg, den er immer ging. Hätten sie ihn mit einer Drohne und einer Wärmekamera suchen müssen, wäre zu viel Zeit ins Land gegangen. Carlotta bezweifelte auch, dass ihn das System in der Spalte als warmes Objekt erkannt hätte.

Zu viert machten sie sich innerhalb von Minuten startklar und verließen mit Taschenlampen das Haus. Die Hunde blieben daheim.

Da Carlotta auf dem Rundweg nicht mehr an der Stelle vorbeigekommen war, wo Juans Leiche lag, stolperten sie jetzt direkt über ihn. Pepe hatte sich nicht die Mühe gemacht, ihn beiseitezuschaffen.

Es war schon ein merkwürdiges Bild, das sich ihnen da präsentierte: Ein toter Mann lag mit durchschnittener Kehle und einem aus dem Hals ragenden Ast rücklings im Schnee. An einem seiner Füße fehlten Schuh und Strumpf. Der Sneaker lag neben ihm und einem riesengroßen Netz, das an Fischfang erinnerte. Was für ein Leichenfundort! Und das ausgerechnet jetzt. An einen Zusammenhang wollte niemand glauben, auszuschließen war es aber auch nicht.

„Ruf einer von euch die Rintelner Kollegen an", bat Thorsten und drängte zum Weitergehen.

„Denkt ihr, der Täter läuft hier noch in der Gegend rum?", erkundigte sich Leonie Bloss. Sie war für Nadine ausgetauscht worden.

„Eher unwahrscheinlich", antwortete Thorsten. „Spontan kann ich mir auf den Fundort überhaupt keinen Reim machen. Darum können wir uns auch jetzt nicht kümmern. Aber wir sollten auf jeden Fall in jeder Hinsicht wachsam sein."

Zehn Minuten später kamen sie im Steinbruch an.

„Langsam jetzt", warnte Carlotta. „Da vorne muss es sein."

Vorsichtig näherten sie sich der Grube und leuchteten hinein. Man sah nur den pinkfarbenen Stoff einer Damenjacke.

„Hallo, Wolf, wir holen dich raus. Geht es dir gut?", fragte Thorsten, aber es kam keine Antwort. Er leuchtete in die Tiefe. Wolf war fort.

„Das gibt es doch nicht", sagte Carlotta fassungslos. „Da kann er gar nicht alleine hochgeklettert sein."

„Das sehe ich auch so", stimmte Thorsten zu.

„Selbst ich kam da kaum raus, und ich hing nur auf halb acht." Carlotta seufzte.

In Thorsten regte sich der unangenehme Gedanke, dass dieses Loch wohl doch eine Falle gewesen sein musste, aber wo war Wolf jetzt? Und hatte ihn dieser Till in der Gewalt? Davon mussten sie wohl ausgehen.

„Und wenn er doch einen Weg aus dieser Grube gefunden hat und nach Hause gegangen ist?“, hakte Kollege Tim Vogel nach.

„Sehr unwahrscheinlich, aber natürlich nicht gänzlich unmöglich“, gab Thorsten zu. „Warum aber sollte er die zusätzliche warme Jacke zurückgelassen haben? Ich schlage vor, du gehst mit Carlotta zurück. Sie braucht ohnehin Ruhe. Solltet ihr Wolf weder begegnen noch ihn zu Hause antreffen, dann fordert ihr Unterstützung an. In dem Fall bleibt uns nichts anderes übrig, als Steinbruch und Wald zu durchkämmen.“

„Dieser Niederegger, ich nehme mal an, um ihn handelt es sich bei dem möglichen Entführer?“, fragte Carlotta und sprach damit die Vermutung von Büthe aus.

Thorsten nickte.

„Er könnte Wolf längst verschleppt haben“, wandte Carlotta ein.

„Auch das ist möglich, aber wir müssen Schritt für Schritt vorgehen“, erinnerte Thorsten sie. „Tim, fordere bitte auch Holger Pinell mit seinem Suchhund an. Ich möchte nichts unversucht lassen. Leonie und ich warten hier. Wir sehen uns schon mal vorsichtig im Steinbruch um. Vielleicht sind sie hier noch irgendwo.“

Die Pärchen trennten sich, und niemand rechnete damit, dass es einen weiteren Mitspieler in diesem

Roulette gab, der ein ganz klares Ziel verfolgte und das Schauspiel beobachtet hatte.

Absturz

Während sich Thorsten Büthe mit Leonie besprach, wie sie hier vor Ort weiter vorgehen wollten, kroch Pepe leise wie eine Schlange näher. Die Kriminalbeamten standen an der Absturzkante des Schachtes und konnten ihn nicht hören, weil sie wegen des zwischenzeitlich böigen Windes etwas lauter reden mussten. Im Schlepptau zog Pepe einen langen, massiven Ast mit sich und holte plötzlich mit aller Kraft aus.

Thorsten und Leonie konnten sich nicht halten, als ihnen die Beine mit einem Mal weggerissen wurden. Die Kommissarin schrie vor Schmerz, weil sie sich Knie und Ellenbogen an der Felswand aufschlug, während sie fiel. Unten angekommen wimmerte sie leise. Profiler Thorsten schimpfte dafür aus vollem Hals. Er hing noch mit beiden Händen an der Kante und konnte deshalb keine Waffe ziehen, als ihn ein dunkles Augenpaar vom Rand aus angrinste.

Pepe stand inzwischen wieder und bückte sich.

„Na, bist du auch hinter dem Arsch von Medizinmann her?", fragte er Thorsten Büthe. „Was willst du von ihm?"

„Hilf uns hier raus, Mann", forderte Büthe. „Bitte!"

„Antworte erst!", befahl Pepe.

„Ja, bin ich. Er ist ein Mordverdächtiger, und jetzt gib mir deine Hand." Thorsten konnte sich nicht mehr lange halten.

Pepe seufzte. „Hmm, dachte ich es mir doch, dass du ein Bulle bist. Tja, ich kann leider nicht davon ausgehen, dass Doktorchens Feinde automatisch auch meine Freunde sind", sagte er bedauernd und trat Wolf mit seinen spitzen Cowboystiefeln auf die Hände.

Laut fluchend sauste Thorsten nach unten ins Dunkle, ohne seine Landung beeinflussen zu können. Darum war es nicht zu verhindern, dass er auf Leonies Oberschenkel aufkam. Man konnte hören, wie der Knochen brach. Ein gellender Schrei folgte, dann war Ruhe.

„Scheiße, Mann!", brüllte Thorsten nach oben. „Ich habe meiner Kollegin das Bein gebrochen. Hol wenigstens Hilfe, bevor du dich verpisst!"

Pepe lachte. „Du bist nicht ganz dicht, oder? Du stehst auf der falschen Seite. Willst ihn und wahrscheinlich auch mich in den Knast bringen, aber ich will ihn töten. Glaube mir, ich schnappe mir den Kerl, und euch bleibt der Schnabel sauber, nur aus diesem Grund bin ich übrigens in dieser beschissenen Kälte unterwegs." Er seufzte. „Und was ich definitiv besser kann als ihr, ist Spurenlesen. Ich werde ihn also auch finden."

„Lass uns doch zusammenarbeiten", bat Thorsten. „Dieser Niederegger hat einen Kollegen von uns in seiner Gewalt."

„Na und? Wenn der ihn killt, ist es einfach ein Bulle weniger, mehr nicht", erwiderte Pepe. „Brauch ich mich nicht drum zu kümmern, den Arsch beiseitezuschaffen."

Aus seinem Stiefel zog er eine kleine Damenpistole. Wer nur eine Waffe trug, war selber schuld. Die andere hatte er beim Baum verloren, aber dies kleine Schätzchen trug er versteckt. Liebevoll küsste er den Lauf, dann feuerte er in das dunkle Loch. Ein letztes Stöhnen beendete Leonies Leid. Sie war von einem Querschläger getroffen worden. Thorsten Büthe hatte Glück und drückte sich starr an die Wand.

„Noch jemand da?", fragte Pepe neugierig.

Stille.

Der Profiler versuchte, auch das Atmen so flach und langsam wie möglich zu gestalten.

„Na, auch egal", sagte Pepe zu sich selbst. „Kommt eh niemand raus."

Schnee knirschte. Dann hörte man nur noch das Pfeifen des Windes von den Steilwänden des Steinbruchs.

In der Grube hoffte Thorsten, dass sein Peiniger das Interesse an ihm verlor, aber das bedeutete gleichzeitig, dass er Doktor Niederegger suchen würde, und damit wäre auch Wolf in Gefahr. Vollkommen machtlos in seiner Situation hoffte der Profiler, dass die Kollegen schneller waren. Er selbst konnte nichts mehr ausrichten. Vorsichtig tastete er nach Leonie. Vielleicht war sie nur bewusstlos, hoffte er, doch als er ihren Puls zu fühlen versuchte und keinen fand, wusste er, dass für sie jede Rettung zu spät kam.

Am Marterpfahl

In der kleinen Höhle im verborgenen Stollen war es um einiges wärmer als draußen. Trotzdem erwachte Wolf Hetzer nur langsam von seinen K.-o.-Tropfen und fühlte, dass er auf etwas sehr Spitzem saß. Als er noch halb benommen mit dem Gesäß zur Seite rücken wollte, stellte er fest, dass das nicht ging. Auch hinfassen konnte er nicht. Die Arme blieben, wo sie waren. Erst ganz allmählich erkannte Wolf, woran das lag. Man hatte ihm die Arme wie in einer Zwangsjacke über Kreuz nach hinten gebunden. Direkt an seiner Brust ragte ein dicker Pfahl empor, an dem auch sein Kopf lehnte. Er umklammerte ihn also, wenn auch nicht freiwillig, aber untenrum tat ihm alles weh.

Wolf versuchte sich zu erinnern. Was war geschehen? Wie war er hierhergekommen? Warum der Pfahl?

Nur nach und nach ging ihm im Licht der flackernden Kerze auch vor seinen Augen eins auf. Man hielt ihn gefangen, aber sie würden ihn retten. Wenn nur der Schmerz nicht gewesen wäre, dachte er und verlor das Bewusstsein wieder.

Till wartete ab. Solange der Kommissar nicht ganz klar war, hatte er nur den halben Spaß. Wolf Hetzer sollte sich seiner ausweglosen Situation ganz bewusst sein.

Mit Genugtuung betrachtete er sein Folterwerkzeug. Es handelte sich nicht um einen Pfahl, sondern um zwei. Ein Meisterwerk der Folterkunst! Um den ersten war sein Opfer gebunden, wie um einen Pflock, damit es nicht weg konnte. Mit dem anderen hatte es eine ganz andere Bewandtnis. Der Pfosten war angespitzt und etwas dünner. Hetzer hockte auf einem Spieß, der ihn nach und nach durchbohren würde. Tills Helfershelfer war dabei die Schwerkraft. Er selbst musste überhaupt nichts weiter tun, als zuzuschauen und abzuwarten. Die Kerze sicherte seine und Wolfs Sauerstoffversorgung. Sobald sie ausging, war der Kohlendioxidspiegel in der Höhle zu hoch angestiegen, aber damit rechnete er nicht.

Till hatte sich nicht die Mühe gemacht, den Kommissar zu entblößen. Er fand es spannender, wenn der Prozess des Leidens nicht zu schnell vor sich ging. Man konnte es vielleicht als Wolfs Glück bezeichnen, dass er eine robuste Jeans trug, deren doppelte Naht die Spitze aufhielt. Doch irgendwann konnte sie nicht mehr standhalten. Wolf erwachte mit einem gequälten Stöhnen, als ihm der Spieß die Haut durchbohrte. Vor Schreck riss er die Augen auf und starrte direkt gegenüber in die von Till.

„Scheiße, Mann, was ist das hier?“, fragte er, immer noch nicht wieder ganz klar.

„Dein letztes Stündlein“, sagte Till maliziös. „Angst?“

„Lass den Schwachsinn und bind mich los!“, verlangte Wolf. „Wir können doch über alles reden.“

„Über was möchtest du denn sprechen?“

„Über dich.“

„Ich bin uninteressant.“

Wolf begann den Schmerz jetzt deutlicher zu fühlen. Er versuchte, seine Position zu verändern.

„Worauf sitze ich?“

„Das willst du nicht wissen.“

„Doch.“

„Na gut, du hockst auf einem Speer, der dich langsam aber sicher aufspießen wird.“

„Das ist unmenschlich.“

„Mir egal.“

„Dann bring mich doch wenigstens gleich um.“

„Nein, ich habe Zeit, und ich will mir nicht an dir die Hände schmutzig machen. Lassen wir den Dingen ihren Lauf.“

Wolf war jetzt fast wieder ganz da. In Wellen kam der Schmerz. Ihm wurde schlecht.

„Ich konnte nichts dafür. Ich musste deine Schwester festnehmen. Sie hatte mehrere Menschen ermordet“, brüllte Wolf zu seiner Verteidigung.

„Ah, jetzt kommen wir zur Sache“, freute sich Till. „Ich bin gespannt, ab wann du winselnd um Vergebung flehen und deine Schuld endlich eingestehen wirst.“

„Niemals!“, sagte Wolf und glaubte sich selbst nicht.

„Doch, da bin ich mir ganz sicher. Schon mal was von hochnotpeinlicher Befragung gehört? Das hat immer geklappt. Da gibt man alles zu. Egal was.“

Wolf schwieg.

„Weißt du, Mica hatte ihren Grund, all diese Menschen zu töten. Sie hatten ihr Unrecht getan."

„Selbst wenn", erwiderte Wolf und stöhnte, „sie hätte sie anders zur Verantwortung ziehen können als durch Selbstjustiz."

Till lachte. Es war ein hässliches Geräusch.

„Und was kann ich dafür, dass sie sich …"

„Schweig", schrie Till und drückte Wolf nach unten. „Ich will nichts mehr davon hören."

Wolf tat ihm den Gefallen. Er verlor kurz das Bewusstsein, als sich der Spieß seinen Weg durch die Darmwand bahnte.

Gespenstische Stille war eingetreten.

SUCHAKTION

Ja, sie waren alle guten Willens gewesen. Jeder hatte sich so schnell beeilt, wie er konnte. Bückeburger, Rintelner und Stadthäger Kollegen trafen vor Monis Haus zusammen und teilten sich auf. Eine kleine Gruppe samt Spurensicherung machte sich in Richtung der Leiche neben dem Fischernetz auf. Der Großteil rannte auf entgegengesetztem Weg in Richtung Steinbruch. Auch Carlotta hatte es sich trotz des Hämatoms nicht nehmen lassen, zu unterstützen. Mit dabei war auch Holger Pinell, Chef der Hundestaffel, der von seinen Mantrailern* Exit und Spike begleitet wurde. Trotzdem dauerte es, bis sie am Grund der Steilwand angekommen waren. Die Hunde hatten eine Spur aufgenommen und stürmten in Richtung der Grube.

„Halt“, schrie Carlotta von hinten. „Da ist das Loch in der Erde.“

Holger stoppte abrupt und gab seinen Hunden ein Kommando. Sie gingen langsamer, setzten sich an der Abrisskante und gaben Laut.

„Hier bin ich“, rief es erleichtert von unten.

Alle zuckten zusammen.

„Thorsten?“, fragte Carlotta verwundert. „Was machst du denn da drin?“

*Personensuchhunde

„Das erzähle ich euch später. Holt mich raus."

„Und was ist mit Leonie?"

„Sie lebt leider nicht mehr."

Geschockt standen die Beamten um die Grube herum. Dann ließen zwei Rintelner eine Strickleiter herunter.

„Schaffst du das, Thorsten?", fragte Carlotta besorgt. „Oder soll jemand zu dir runterkommen?"

„Nein, geht. Los, wir müssen zusehen, dass wir Wolf finden. Ich habe hier unten wertvolle Zeit verloren und hoffe, dass es nicht zu spät ist. Der Kerl, der uns hier hineinbefördert hat, ist auch hinter dem Niederegger her. Aber ich fürchte, dass ihm Wolfs Schicksal egal ist."

Man half Thorsten den letzten Meter hoch. Er war froh, wieder normalen Erdboden unter seinen Füßen zu haben.

„Aber wenn der hinter diesem Till her ist, der augenscheinlich Wolf gefangen hält, könnte er ihn doch befreien, sobald er den Doktor hat", wandte Carlotta ein.

Büthe schüttelte den Kopf. „Das ist ein Killer. Der ist niemandes Freund. Es macht ihm auch nichts aus, einen weiteren Zeugen zu eliminieren. Schnappt der den Niederegger, macht er auch Wolf platt, falls der in der Gewalt des Arztes ist. Das ist so sicher wie das Amen in der Kirche."

„Du humpelst ja", stellte Carlotta erschrocken fest. „Ich glaube, wir bleiben hier und lassen die anderen weitersuchen."

Notgedrungen fügte sich Thorsten in sein Schicksal. Es ärgerte ihn maßlos, dass er zur Rettung seines Freundes nichts mehr beitragen konnte, aber er hatte sich wohl die Bänder in seinem Knöchel gerissen. Der Fuß war doppelt so dick und Auftreten unmöglich.

Ein anderer war der Ermittlertruppe ein ganzes Stück voraus. Er konnte Spuren lesen, wie seine Vorfahren. Dabei war es hier im Schnee eigentlich für jedermann einfach, wie er fand, auch wenn seine Beute versucht hatte, ihre Abdrücke zu verwischen. Pepe war ein guter Jäger.

Er schmunzelte, als er den Eingang zum verborgenen Stollen fand und begrüßte den Totenkopf auf dem Schild wie einen alten Freund. Jetzt war aus anderen Gründen Vorsicht geboten. Er wollte nicht entdeckt werden. Leise schlich er voran und nahm einen leicht säuerlichen Geruch wahr. Als er vor sich einen Lichtschein sah, kroch er auf Knien weiter. So gelang es ihm, an den Rand der Höhle zu gelangen und das Schauspiel zu verfolgen, das sich vor seinen Augen abspielte. Es war herrlich und ganz nach seinem Geschmack. Pepe beschloss, sich diese Foltermethode für später zu merken, um sie selbst einmal anzuwenden, bemerkte aber, dass er Kopfschmerzen bekam und ihm übel wurde. Mist, musste er ausgerechnet jetzt eine Migräne kriegen? Sein Herz raste. Er japste nach Luft. Wahrscheinlich wegen der Aufregung, jetzt durch den Druck in seinem Schädel angreifbar zu werden. Aber Rückzug war nicht Pepes Art. Er zielte mit seiner kleinen Pistole auf Till, nachdem er gesehen hatte, dass unter dessen Opfer bereits Blut den Pfahl entlangrann. Es reichte also, wenn er den einen abknallte, der andere würde sich von selbst erledigen.

Pepe sah noch, wie seine Kugel den Mann traf, dann wurde er ohnmächtig. Das Kohlendioxidgas wirkte wie eine Narkose. Till ging durch den Schuss völlig überrascht zu Boden. Die Kugel hatte ihn ins Rückenmark getroffen, den Nervenstrang durchtrennt und ein großes Blutgefäß verletzt. Er lag auf dem Boden und spürte seine Beine nicht mehr, aber auch keinen Schmerz.

Wolf Hetzer hingegen war durch den lauten Knall in der Höhle wieder aufgewacht, hatte aber vom Schuss und der Anwesenheit des Schützen nichts mitbekommen. Pepe lag außer Sicht im Gang und hauchte sein Leben aus.

„Hilf mir", flehte Wolf seinen Widersacher in höchster Not an. Er litt unglaubliche Qualen, die sich niemand vorstellen konnte. Von Ferne hörte er Hundegebell. Sie kamen ihn retten.

Doch wo war sein Peiniger? Er konnte ihn nicht sehen und fürchtete schon, sein Mörder hätte ihn einfach seinem Schicksal überlassen.

„Ich kann dir nicht helfen", sagte Till keuchend. Wolf blickte nach unten und sah, dass der Kerl wie wild rudernd auf dem Boden lag. Mittels seiner Arme versuchte er, den leblosen Unterkörper zu Wolf zu schleifen, um sich an dessen Pfahl emporzuziehen, aber es gelang ihm nur zentimeterweise, sich auf dem steinigen Fels fortzubewegen. Er war zu schwer für seine Armmuskeln und schnappte nach Luft.

„Steh doch auf, du Arsch“, schrie Wolf, den es innerlich zerriss.

Aber von Till kamen nur noch undeutliche Laute. Er griff sich an den Hals und lief blau an. Wolf meinte etwas von Hölle zu vernehmen, aber es konnte auch Höhle geheißen haben. Kratzte dieses beschissene Arschloch etwa hier vor seinen Augen ab? Das würde sein Ende bedeuten.

Unter wahnsinnigen Schmerzen schrie und kämpfte er innerlich gegen das Unvermeidliche an, ohne sich auch nur einen Millimeter bewegen zu können. Sein ganzes Leben zog wie ein Film an ihm vorbei. Schöne und schlimme Momente wie im Zeitraffer. Er wusste, dass er es nicht mehr lange aushalten konnte … und brüllte sein ganzes Dasein, seine Wut, seine Sehnsucht und seine verlorene Liebe aus sich heraus …

Blut und Schmerz

Während Wolf Hetzers Todesschrei von den Wänden der Höhle widerhallte, mischte er sich in das Bellen der Polizeisuchhunde, die den gruseligen Mordschauplatz beinahe erreicht hatten. In seinem letzten Atemzug erkannte der Kommissar erleichtert, dass man ihn gefunden hatte und war unendlich dankbar. Dann umhüllte ihn die große Stille.

Er wähnte sich schon im Paradies, als er spürte, dass seine Hand sanft von einer Zunge massiert wurde. Aller Schmerz war passé. Lediglich einen sanften Druck verspürte er unter seinem Gesäß. Doch mit einem Mal kam ihm die Sache komisch vor. Jemand rüttelte ihn.

Wolf schlug die Augen auf und sah in drei Augenpaare. Das eine gehörte der völlig entsetzt dreinblickenden Moni, die anderen beiden seinen Hunden, die glaubten, ihm helfen zu müssen. Der kleine Ole leckte seine Hand, Leo schmiegte sich dicht an ihn. Es dauerte eine gefühlte Ewigkeit, bis Wolf begriff, dass er geträumt hatte.

„Geht es dir gut?", fragte Moni besorgt und versuchte, ihn aus der Decke zu wickeln. In die hatte er sich durch das Wälzen während des Albtraums völlig verheddert.

„Nein“, stöhnte er, „mein Hintern tut höllisch weh. Worauf liege ich da?“, fragte er und fasste unter sein Gesäß. Eine große Hundekauwurzel mit spitzen Enden kam zum Vorschein, und Wolf musste lachen. Ja, er lachte vor Erleichterung so sehr, dass er sich überhaupt nicht wieder einkriegen konnte.

Ole fand, dass das ein tolles Spiel war und schnappte sich die Wurzel, die jetzt auch noch lecker nach Herrchen roch. Leo folgte ihm.

Moni setzte sich auf die Bettkante. Sie wartete, bis Wolf sich beruhigt hatte und sah ihn dann fragend an.

„Diesen schrecklichen Schrei musst du mir aber schon erklären“, bat sie.

„Ein Albtraum, aus dem ich nur zu gerne wieder erwacht bin“, erwiderte er und seufzte glücklich. Ihm war es nie besser gegangen.

„Magst du ihn mir erzählen?“

„Nein, mein Schatz, den wollen wir mal ganz schnell vergessen“, antwortete Wolf. „Wie geht es Nadja und Peter?“

Moni schmunzelte. „Wahrscheinlich gut. Ich schätze, sie werden schon zu uns nach Margens unterwegs sein. Handelte der Traum etwa von ihnen?“

Wolf überhörte ihren Versuch, etwas aus ihm herauszukriegen.

„Schön“, sagte er nur, „ich freue mich auf die beiden.“

So ganz war er immer noch nicht wieder in der Wirklichkeit angekommen. Der Traum war zu real gewesen, fast so, als hätte das alles in einer Parallelwelt stattgefunden. Er fühlte eine tiefe Erleichterung und war wahnsinnig dankbar, dass er niemanden verloren hatte. Wohlig ließ er sich in sein Kissen zurücksinken, ergriff Monis Hand und küsste sie.

„Na gut, dann mache ich jetzt Frühstück", sagte sie, als Wolf nichts weiter von sich gab.

„Ich komme gleich und helfe dir", erwiderte er. „Nur noch einen Moment."

„Kein Problem, lass dir Zeit, ich schätze, du musst dich erst mal sammeln. Scheint ja ein echt fieser Traum gewesen zu sein. Mit den beiden Jungs war ich übrigens gerade spazieren. Es ist saukalt, aber der Kaminofen brennt schon."

„Toll, danke", freute sich Wolf. „Du bist ein Schatz. Wie lange habe ich denn geschlafen?"

„Na, halb neun ist es schon durch. Du hast mir einen ganz schönen Schrecken eingejagt, als ich von draußen reinkam und dich schreien hörte. Aber jetzt wollen wir den Tag genießen. Die Winterluft ist herrlich. Sonnenschein und Frost verzaubern die Landschaft. Vielleicht können wir nachher noch ein Ründchen auf dem Deich drehen, falls Nadja und Peter früh genug hier sind."

„Gute Idee", sagte Wolf und schwang die Beine aus dem Bett wie ein junger Gott.

Moni verschwand in der Küche und er im Bad. Unter der Dusche dachte er an den Traum zurück. Was hatte er sich da zusammenfantasiert? Schlaganfall während der Transplantation … das wäre eine Katastrophe gewesen. Es war glücklicherweise alles glatt gegangen.

Niklas ging es gut. Mit einer Niere konnten er und sein Sohn sorgenfrei leben. Nur der linke Arm, der ihm schon lange Probleme bereitete, war noch nicht ganz wiederhergestellt, aber das war zu verschmerzen. Dass er sich trotzdem in den Frühruhestand verabschiedet hatte, war die richtige Entscheidung gewesen. Er hatte mehr gesehen, als mancher ertragen konnte. Der Fall, in dem sein Sohn fast umgekommen wäre, hatte ihm den Rest gegeben. Noch während der Reha waren sich Moni und er einig geworden, das Angebot anzunehmen und einige Jahre früher in Pension zu gehen.

Dieser Entschluss hatte im Nachgang weitreichende Konsequenzen gehabt. In Wolfs alter Kate wohnten jetzt Peter und Nadja. Kruse war nach Hetzers Ausscheiden endlich zum Kriminalhauptkommissar befördert worden und darauf stolz wie Bolle. Kollege Detlef hatte geheiratet und war mit seiner Mimi in Monis Haus direkt nach nebenan eingezogen. Das war praktisch und für alle eine gute Lösung, denn Kruse und Krahwinkel würden von jetzt an noch enger zusammenarbeiten.

Dass Moni und er an die Küste ziehen würden, daran hatte es niemals einen Zweifel gegeben. Womit sie allerdings nicht hatten rechnen können, war Niklas' Versetzung nach Esens. Wolf erinnerte sich noch an das Gespräch mit seinem Sohn, in dem er ihm von der Idee erzählte, dessen Haus in Margens zu übernehmen. Niklas wollte er im Austausch seine alte Kate in Todenmann überlassen, auch wenn sie mehr wert war. Dorthin hätte sein Filius mit Nadine ziehen sollen.

„Nee, nee, Vaddern“, hatte der Jungspund gesagt, „dein Fachwerkhäuschen verticker mal an jemand anderen. Ich brauch meins an der Küste selbst, weil ich da in Kürze hinzieh.“ Und während er das sagte, grinste er frech.

„Wie jetzt?“, war Wolfs Reaktion gewesen.

„Na, ich werd der Kollege von meinem Kumpel Eike Hintermoser. Du weißt, dass ich schon lange hier wegwollte. Da oben ist in letzter Zeit so viel los, dass jetzt endlich Verstärkung für Esens bewilligt worden ist.“

„Und Nadine?“ Wolf war total perplex gewesen.

Niklas hatte geschmunzelt. „Na, verhungern wird sie nicht, bei den vielen Krabben. Und ans Meer wollte sie unbedingt. Ein Traum von ihr als Jugendliche war der Sommerjob als Inselsheriff, aber da habe ich mein Veto eingelegt. Ich will nachts schließlich nicht auf sie verzichten. Außerdem wird man sie als Kommissarin dafür niemals einsetzen. Vielleicht kaufen wir noch Fischerhäuschen aus der Nachbarschaft, und sie wird Pensionswirtin.“

„Okay“, hatte Wolf völlig perplex erwidert, „dann kann ich mir dein Haus wohl abschminken.“

„Schon, aber ich dachte, es freut dich, wenn die Familie zusammenbleibt, wo schon deine Niere in mir tuckert. Ihr könnt euch was Schnuckeliges suchen. Wie wäre es mit einem reetgedeckten Bauernhaus? Altes Fachwerk und so weiter. Das müsste doch voll dein Ding sein. Und das könnt ihr euch megamäßig leisten, wenn ihr beide Schuppen in Todenmann verkauft. Moni braucht ihr Haus doch auch nicht mehr.“

Wolf lachte insgeheim immer noch über den Floh, den sein Sohn ihm da seinerzeit ins Ohr gesetzt hatte. Und nun wohnten sie tatsächlich auf einem alten Hof in Stedesdorf, von dem aus man Niklas' Haus per Boot über das Margenser Tief erreichen konnte. So schnell konnte sich alles im Leben ändern.

Erfrischt kam er unter der Dusche hervor und trocknete sich ab. Den bösen Traum vergaß er lieber ganz schnell. Er war derart real gewesen, dass ihm noch jetzt ein Schauer über den Rücken lief, wenn er daran dachte. Aber es war nicht so einfach, an etwas nicht zu denken, auch wenn man es wollte. Ablenkung schien ihm das Beste zu sein. Also freute er sich auf das Frühstück in seiner neuen Wohnküche, von der aus man einen herrlichen Blick in die Landschaft und auf das Tief hatte. Ganz in der Ferne konnte man sogar den Deich ausmachen. Heute Morgen war Wolf so glücklich wie noch nie zuvor in seinem Leben. Alle, die er liebte und an denen er hing, waren noch da. Wie wichtig ihm das war, hatte ihm die Nacht bewusst gemacht.

Heiligabend am Morgen

Eine heiße Tasse mit dampfendem Cappuccino stand schon an Wolfs Platz, als er sich in der Eckbank niederließ, wo bereits Max und Moritz lagen, weil dahinter der Kachelofen bollerte. Neuerdings war ihr kleines Katzenleben um die schwierige Frage bereichert worden: Liegen wir auf der Chaiselongue in der Wohndiele vor dem Kamin oder doch lieber in der warmen Küche?

Wolf verdrängte den Gedanken an die Explosion und war erleichtert, dass ihnen allen so eine Katastrophe erspart geblieben war. Die Katzen räkelten sich im warmen Eck auf einem Kissen, während Moni ihr Ei köpfte. Unter dem Tisch schliefen Leo und Ole. Spaziergang und Futter hatten sie müde gemacht. Was für eine Idylle, dachte Wolf und überlegte, ob sie fast zu perfekt war, um wahr zu sein. Vielleicht träumte er jetzt oder er war tatsächlich tot, und das hier war sein Paradies …

Doch die herrliche Ruhe endete abrupt, noch bevor das Klingeln an der Haustür zu hören war. Seine Hunde hatten einen Eindringling ausgemacht und bellten in der Diele, was das Zeug hielt, bis sie erkannten, wer dort draußen in der Kälte stand. Dann ging das Kläffen in freudiges Jaulen über. Vor der Tür standen Peter und Nadja. Endlich mal Menschen, die man anspringen konnte, ohne einen auf den Deckel zu kriegen. Wolf umarmte seine Freunde und drückte Peter derart, dass er sofort einen Spruch bekam.

„Ey, Alter, ich bin auch froh, dich wiederzusehen, aber ich wusste gar nicht, dass man im Ruhestand so schnell sentimental wird oder hat die Seeluft dich schw…"

Nadja stieß ihn in die Seite.

„Nur kein Neid", konterte Wolf, „wir genießen unser Pensionsleben in vollen Zügen."

„Apropos Pension", mischte Moni sich ein, „ihr habt eure Unterkunft auf der anderen Seite des Hofes. Sie liegt hinten in dem kleinen Häuschen und hat einen eigenen Eingang. Da seid ihr ganz für euch."

„Oh, klasse, lieben Dank", freute sich Nadja. „Wie viele Wohnungen habt ihr denn mittlerweile zum Vermieten?"

„Mit eurer sind es fünf. Vier befinden sich in der umgebauten Scheune. Wolf hat da noch mal Hand angelegt. Wollt ihr erst auspacken oder jetzt mit uns frühstücken? Wir sind heute etwas später dran. Euer Kollege ist durch die Seeluft zum Murmeltier mutiert", berichtete Moni.

„So ein ordentliches Brötchen kann nicht schaden", erwiderte Peter, dem anstatt Marmelade etwas Fleischiges vorschwebte.

„Na, dann setzt euch doch schon mal in die Küche. Da ist es schön warm am Kachelofen", sagte Wolf Hetzer.

„Wir haben extra Nordseekrabben besorgt", erzählte Moni. „Möchtet ihr welche?"

Nadja nickte. „Sehr gerne."

„Äh, hättet ihr vielleicht auch was ohne Fisch, was nicht süß ist?", versuchte Peter sein Glück.

„Los, Moni, hol die Frikadellen raus!", rief Wolf und lachte. „Sie hat sie extra gestern für dich gebraten."

„Boah, das ist klasse", freute sich Peter und war froh, dass er dies Zeug aus dem Meer nicht essen musste.

„Wie habt ihr das denn heute geplant?", erkundigte sich Nadja. „Kommen Niklas und Nadine hierher oder gehen wir zu ihnen?"

„Wir haben gedacht, dass wir uns am frühen Nachmittag treffen und dann zum Hafen fahren", antwortete Moni. „Ist euch das recht?"

„Uns ist alles recht", kam es genüsslich von Peter. „Wir haben nämlich endlich mal ein paar Tage Urlaub. Und so lange ihr mich nicht zwingt, etwas Fischschwänziges, Schleimiges aus Schalen oder Krabbelndes zu essen, werde ich auch bei bester Laune bleiben." Er trank einen Schluck Kaffee.

„Vermisst ihr denn das Schaumburger Land kein bisschen?", erkundigte sich Nadja. „Also, ich finde die Küste auch wunderschön, aber ob ich dafür die sanften Hügel, Wälder und Felder hinter mir lassen würde, weiß ich nicht."

„Natürlich ist es ein kompletter Neuanfang", gab Moni zu, „und das ist in unserem Alter auch nicht mehr so einfach, aber wenn du dich hier in die Gemeinschaft der Einheimischen einbringst, fasst du schnell Fuß und wirst akzeptiert."

„Mit deinen Ferienwohnungen bist du aber wahrscheinlich auch Konkurrenz für die Fischköppe", wandte Peter ein.

„Ach, das geht", entgegnete Moni. „Vier Ferienwohnungen hat auch der Vorbesitzer schon vermietet. Wolf hat sie renoviert und das Häuschen umgebaut. Insofern ist fast alles beim Alten geblieben. Unser Angebot richtet sich auch speziell an Hundehalter. Jede Wohnung hat ihren eigenen kleinen Garten, und dann gibt es noch eine eingezäunte Hundespielwiese mit Teich weiter hinten auf dem Grundstück. Da kann man sich auch zu mehreren treffen. Entspannung für Mensch und Tier sozusagen. Fahr doch als Hundehalter in den Urlaub und such ein geeignetes Quartier. In Deutschland ist das kaum möglich."

„Wie groß ist denn euer Grundstück?", erkundigte sich Peter.

„Knapp achttausend Quadratmeter", berichtete Wolf.

Jetzt waren Nadja und Peter platt.

„Und so was kann man bezahlen?", hakte sie nach.

„War für 'nen Appel und 'n Ei zu haben", gab Wolf zu. „Okay, es war einiges dran zu machen, aber ich habe ja jetzt Zeit." Er strahlte.

„Du vermisst das Ermitteln kein bisschen?", wollte Peter wissen.

Wolf lachte. „Nee, ich ermittle jetzt höchstens noch, wann ich die Hütte hier abbezahlt habe und ob ich nebenan was dazukaufe. Die rennen uns hier nämlich die Bude ein. Wir könnten jede Wohneinheit zig Mal vermieten."

„Im Sommer vielleicht oder wenn Feiertage sind, aber wer will denn bei Schietwetter schon hierher? Da habt ihr dann sicher Leerstand."

Moni schüttelte den Kopf. „Davor hatten wir auch Angst, aber du kannst sagen, dass wir immer ausgebucht sind. Natürlich haben wir in der warmen Jahreszeit noch mehr Anfragen, aber auch im Herbst und Winter sind wir belegt. Es gibt viele Menschen, die die Nordsee gerade dann schätzen, wenn es hier rau und windig ist. Der Vorteil für Hundebesitzer ist dann noch, dass niemand etwas sagt, wenn die Vierbeiner mit auf dem Deich oder am Strand sind. Im Sommer wäre das unmöglich."

„Ich stelle fest, ihr habt euch hier echt schon gut eingelebt", freute sich Nadja.

„Man muss sich, wie gesagt, schon einbringen", erklärte Moni. „Darum bin ich mit einigen Damen aus Neuharlingersiel, Wernum und Umgebung in einem Handarbeitsclub. Wir treffen uns alle 14 Tage. Und Wolf ist …

Ein Fuß traf Moni unter dem Tisch. Sie ließ sich nicht beirren. „Also Wolf ist dem Shantychor hier beigetreten. Den leitet einer von der Spurensicherung. Sie proben immer in der alten Hafenkneipe. Die zeigen wir euch nachher."

Er versuchte wirklich sich zurückzuhalten, besonders, weil Nadja ihn in den Oberschenkel kniff, aber

Peter konnte sich nicht beherrschen. Aus ihm heraus brach ein regelrechter Lachflash. Er konnte sich überhaupt nicht wieder einkriegen.

„Puuuhu, nicht zu fassen", gackerte er. „Du sihingst. Darum hast du den Hof so günstig gekriegt. Der liegt schön weit weg von allem. Niemand wollte dich in seiner Nähe haben. Ersing dir doch noch mehr Immobilien."

„Willst du eine Kostprobe?", fragte Wolf. „Vielleicht was Weihnachtliches?"

„Untersteh dich", drohte Peter.

Es war wie früher. Wolf dachte, dass das eines der wenigen Dinge war, die er vermisste: diese herrliche Frotzelei zwischen ihm und seinem Freund. Alles andere hatte er gerne hinter sich gelassen.

Heiligabend am Mittag

Nadja und Peter hatten mittlerweile ihr kleines Fachwerkhaus bezogen, das direkt an dem Tief lag, über das man zu Niklas hinüber nach Margens rudern konnte, wenn man wollte. Ein herrlicher Ausblick bot sich aus dem Esszimmer der Ferienwohnung. Plattes Land, über das jemand einen Hauch von Puderzucker gestreut hatte, lag im Sonnenlicht des kalten Wintertages und verzauberte die Gegend.

„Es ist wirklich schön hier", sagte Nadja und erntete einen besorgten Blick von Peter.

„Also, ich gucke lieber ins Tal", bemerkte er, „und alles, was nach Meer riecht, geht ja noch, aber wenn es auch danach schmeckt? Pfui Teufel! Außer Sahneheringe vielleicht. Nicht, dass du jetzt auch auf dumme Gedanken kommst und an die Küste ziehen willst."

„Nein, nein, keine Bange, wir sind da im Schaumburger Land doch wirklich tief verwurzelt. Glaubst du, ich gebe meine gute Stelle im Agaplesion auf? Nie im Leben!"

Peter lachte sie beruhigt an. „Ja, das stimmt, und wo ich jetzt auch endlich befördert worden bin, sind wir beide Chef. Echt klasse!"

„Wir sollten uns aber gelegentlich eine Auszeit nehmen", schlug Nadja vor. „In den vergangenen Jahren haben wir das ganz schön vernachlässigt."

„Klar, fahren wir mal nach Bayern zu Schweinsbraten, Leberkäs und Weißwürschterln. Da bin ich voll bei dir", freute sich Peter.

Das war nicht ganz das, was Nadja gedacht hatte, aber sie verkniff sich einen Kommentar. Es war schon schwer genug gewesen, ihn hier überhaupt an die Küste zu locken. Allein das Wiedersehen mit Wolf hatte den Ausschlag gegeben.

Gegen halb eins versammelten sich alle im Hof von Wolfs und Monis Gut. Ja, man musste schon wirklich Gut oder Anwesen dazu sagen. Peter überlegte, ob das nicht doch eine Nummer zu groß für die beiden war.

Warm eingepackt standen sie zu viert mit den beiden Hunden draußen, als Niklas und Nadine ausstiegen. Die Freude war groß und die Begrüßung überschwänglich. Man hatte sich mehrere Monate nicht gesehen.

„Ihr könnt bei uns mit zum Hafen fahren", sagte Niklas. „Bei meinem Vater im Auto stinkt es immer so nach Köter."

Wolf drohte ihm spielerisch, lachte dann aber. Er hatte ja recht. Nasse Hunde rochen eben.

In Neuharlingersiel war noch jede Menge Betrieb.

„Hätte ich echt nicht gedacht", flüsterte Peter in Nadjas Ohr. „Was wollen die alle hier?"

„Seeluft schnuppern und sich den Wind um die Nase wehen lassen", sagte Nadja leise. „Jetzt gib doch endlich Ruh!"

Neben Touristen waren zu diesem Zeitpunkt auch etliche Einheimische unterwegs, die sich eben noch mal just ein Frohes Fest wünschen wollten. Wo konnten sie das besser als am Kiosk einer alten Dame, die – so sagen wir mal – zwar nicht einschlägig berüchtigt, aber einschlägig bekannt war. Und das nicht nur für ihre Rollmopsbrötchen, die ihresgleichen suchten, sondern auch für ihre erfolgreiche Ermittlungsarbeit in Sachen Mord an der Nordseeküste. Eine kleine Traube hatte sich schon vor ihrem Tresen gebildet, und wenn man genau hinhörte, musste man vermuten, dass hier bereits der eine oder andere Tropfen die Kehlen heruntergeflossen war.

Wolf Hetzer kannte die meisten aus den vergangenen Jahren, als sie in Neuharlingersiel Urlaub gemacht hatten. Trotz Schal und Mütze konnte er links den alten, hinkenden Fischer Hinnerk nicht nur an seiner roten Nase, sondern auch an seinem etwas kürzeren Bein ausmachen. Aus dem Kiosk selbst drang das Kichern von Oma Pusch und ihrer Freundin Rita. Da war er sich sehr sicher. Seinen Allerwertesten hätte er darauf verwettet. Zur Rechten entdeckte er das halblange, weiße Haar des Rechtsmediziners Enno. Ja, sie hatten tatsächlich auch einen mit diesem Namen hier, obwohl der vom Typ her ganz anders war. Neben ihm stand ein junger Mann. Wenn sich Wolf nicht täuschte, war das der Eike, ein

Kumpel seines Sohnes, der jetzt auch sein neuer Kollege geworden war. Oberkommissar Eike Hintermoser konnte seine Augen nicht von dieser blonden Schönheit lassen, die mit einem alten Knacker Weihnachtsshantys sang. Ganz am Rand lungerten noch zwei schräge Vögel im schwarzen Frack. Wolf ging jede Wette ein, dass der eine der Sohn dieser Oma Pusch war, der mit seinem Freund ein Beerdigungsinstitut besaß und ebenfalls auf die Blondine stierte.

„Moinsen", rief Wolf von hinten und grinste frech ins Innere des Kiosks.

„Sie haben mir gerade noch gefehlt", stöhnte Oma Pusch und verdrehte die Augen. „Was machen Sie denn hier?"

„Wir waren beim Du", erwiderte Wolf schelmisch, „auch wenn ich nicht mehr weiß, wie das passieren konnte. Übrigens: Wir wohnen jetzt hier. Für immer!"

„Nicht dein Ernst", lachte Oma Pusch. „Rita, gieß mir Grog nach. Düsse Kierl will mi vernarhollen."

„Nee, das stimmt, Tantchen", bestätigte Eike. „Der hat den Hof von Redelfs Hermann gekauft. Du wirst dich wohl an sein Gesicht gewöhnen müssen."

„Nie im Leben", sagte sie mit dem Brustton der Überzeugung.

„Also ich find ihn ganz schnuckelig", äußerte sich Rita hinter ihrer Freundin und wurde rot.

Schuld daran war nicht nur der Alkohol, sondern eine tief in ihrer Seele verborgene Sehnsucht nach einem Partner, die sie niemals zugegeben hätte.

„Lotti, es ist doch Weihnachten", schaltete sich Enno ein, „da wollen wir alle liebevoll miteinander umgehen. Lasst uns anstoßen. Ich gebe einen aus. Einmal Grog für alle! Hast du noch genug in deinem Bottich?"

„Sollte reichen, die vertragen doch eh nix, die Landeier." Oma Pusch kicherte. „Nicht, dass sie noch Geister oder Klabauter- anstatt Weihnachtsmänner und Engel sehen."

Beim Begriff Engel zuckte Wolf wieder zusammen. Seinen Albtraum hatte er immer noch nicht verdaut.

Moni und Nadine zogen dem heißen Alkohol lieber eine Tasse Tee vor. Auch der machte warm, und irgendwer musste die Autos wieder nach Margens fahren.

„Prost", sagte Enno und zwinkerte Niklas zu. „Neue und alte Einheimische müssen zusammenhalten. Gäste sind sowieso immer willkommen." Er nickte Peter und Nadja zu. „Sie sind auch Rechtsmedizinerin, hörte ich", sprach er die Frau an, die ihn um einen Kopf überragte.

„Mit Leidenschaft", antwortete Nadja. „Schön, Sie mal persönlich kennenzulernen. Wolf hat schon oft von Ihnen erzählt."

„Nur Gutes, hoffe ich", erwiderte Enno und erwartete keine Antwort. Was sollte man auch sonst über ihn sagen können. Er war ein überaus patenter Kerl.

Man verteilte sich vor dem Kiosk, erzählte, trank Grog und aß die legendären Rollmopsbrötchen von Oma Pusch. Sie waren genau die richtige Grundlage für alkoholische Genüsse aus der Spezialmischung von

Lotti und Rita. Nur Peter Kruse lehnte dankend ab. Er hatte für solche Situationen vorgesorgt. Heimlich zog er ein paniertes Schnitzel aus seiner Jackentasche und aß es hinter vorgehaltener Hand direkt aus der Gefriertüte.

„Butterbrötchen dazu?", tönte es aus dem Kiosk, doch Peter schüttelte den Kopf. Es war ihm peinlich.

Plötzlich ertönte vom Deich her lautes Rufen. Man sah eine hochbetagte Frau, die sich mit ihrem Rollator näherte, so schnell sie konnte, und anscheinend Hilfe brauchte.

„So helpt mi doch!", krächzte sie. „Do geiht wat för! De Lina is ümfallt. Ick bün bange, se hett de Düvel sehn. Und dat an d'Wiehnachtsavend."

„Das ist die alte Marga", flüsterte Wolf in Nadines Ohr. „Sie hat nicht mehr alle Tassen im Schrank und sieht überall den Teufel."

Eike seufzte. Normalerweise kümmerten sich seine Kollegen Martin Hinrichsen und Krischan Hansen um die durchgeknallte Seniorin, aber die hatten Urlaub. Weil er keine Lust auf zu viel Trara hatte, ging er ihr entgegen. Auch Hinnerk hinkte hinterher, denn er hatte ein Auge auf Lina geworfen und fürchtete um ihre Gesundheit.

„Wer möchte denn noch mit ans Meer?", fragte Moni, die die beiden Hunde an der Leine hielt. „So ein kleiner Spaziergang tut uns doch allen gut."

Mit einem letzten Weihnachtsgruß verabschiedeten sich Wolf und seine Familie sowie der Besuch aus dem Schaumburger Land. Die Sonne stand schon tief. Sie malte warme Farben auf die fast stille Nordsee, die vor ihnen lag, sobald sie den Deich erreicht hatten.

Am Kiosk sah Bestatter Nils Esen seine Chance für gekommen und näherte sich der schönen Nele Freese. Oberkommissar Eike Hintermoser konnte ihm zum Glück in diesem Moment nicht in die Quere kommen, weil er Margas Gespenstern hinterherjagte. Also trank Nils einen Kurzen auf die olle Schrappnelle, sandte ein Dankesgebet zum Himmel und lud Nele zum Essen ein.

Dass dieser Tag für alle noch turbulent werden würde, damit hätte in diesem Moment wirklich keiner gerechnet. Wer nahm schon die alte Marga ernst, während sie am Kiosktresen vom Teufel sabbelte und dabei Grog trank? Erst als eine Stunde später der Krankenwagen vorfuhr und Eike mit ernster Miene zum Kiosk zurückkehrte, ahnten die Umstehenden, dass es wohl für einige von ihnen mit den ruhigen Weihnachtsfeiertagen vorbei war. Aber das ist eine andere Geschichte.

Weder Wolf Hetzer noch sein Sohn Niklas bekamen davon etwas mit. Sie waren bereits auf dem Weg nach Margens, und Eike entschied, seinen Freund erst am nächsten Tag mit hinzuzuziehen. Im Gegensatz zu ihm hatte sein Kumpel Familie und sollte den Heiligen Abend genießen.

Eine schöne Bescherung

Nachdem Wolf Hetzer mit Familie, Freunden und Hunden eine Runde am Strand gedreht hatte, waren alle ziemlich durchgefroren.

Zurückgekehrt in die gemütliche Wohnküche, kochte Moni eine große Kanne Kaffee, während die anderen schon am Kachelofen hockten und sich aufwärmten. Am Vortag hatte sie Plätzchen, Apfelkuchen sowie kleine Speckküchlein gebacken.

„Und, wie kommst du hier so klar?", fragte Peter seinen früheren Kollegen Niklas. „Diese Nordlichter sollen ja echt stur sein."

„Geht so", erwiderte Niklas. „Manche sind speziell, aber die meisten sind wirklich in Ordnung."

„Diese alte Schrulle war der Hammer", sagte Peter und schmunzelte.

Niklas lachte. „Täusch dich nicht. Die sabbelt zwar viel Mist, aber oft ist ein Körnchen Wahrheit drin, wenn man ihr Gerede richtig interpretiert. Aber das ist natürlich wieder eine Kunst für sich."

„Ältere Damen werden oft unterschätzt", schaltete sich Nadja ein. „Ohne die Christel, die Nachbarin meiner Oma, würdest du wahrscheinlich gar nicht mehr leben."

Wolf verdrehte die Augen. Daran mochte er überhaupt nicht mehr denken.

Für einen Moment versank jeder in seinen Gedanken. Die Stille im Raum war fast greifbar.

„Seid doch ehrlich“, ergriff Niklas das Wort. „Niemand von euch hat damals noch daran geglaubt, dass ich lebe.“

„Das mit deinem Blut in einem fremden Herzen war auch eine fiese Nummer. Kein Wunder, dass Nadjas ehemalige Kollegin davon ausgegangen ist, dass es sich um deins handelt“, fügte Nadine an. „Mann, ich bin tausend Tode gestorben, bis du endlich gefunden worden bist.“

„Nun ja“, wandte Nadja ein, „man muss aber sagen, dass sie in der Eile oder der Aufregung nicht wirklich gründlich vorgegangen ist. Sie hätte neben dem Blut auch sofort parallel die Zellen des Organs untersuchen müssen. Dann wäre ihr aufgefallen, dass beides nicht zusammenpasste. Aber ich gebe zu, dass es sich alles in allem um eine schwierige Situation gehandelt hat, weil wir als Kollegen persönlich betroffen waren. Da reagiert man nicht immer rational.“

„Wollen wir das jetzt nicht mal alles vergessen?“, schlug Moni vor. „Wir haben uns so lange nicht gesehen und möchten hier doch schöne Tage miteinander verbringen. Die Sorgen haben wir hinter uns gelassen. Heute ist doch alles gut. Denkt ihr nicht?“

„Du hast völlig recht“, stimmte Peter zu. „Ich kann die ollen Kamellen auch nicht mehr hören. Ist doch super jetzt, oder? Vielleicht bis auf die Tatsache, dass ihr euch vom Acker gemacht habt, um bei den Fischköppen zu leben, was ich niemals verstehen werde, aber nun gut. Jeder, wie er möchte.“ Er nahm noch fünf Speckküchlein.

„Peter, es gibt nachher auch noch was zu essen“, zischte ihm Nadja zu.

„Möglicherweise Karpfen, Aal oder sonstige Forellen“, flüsterte er zurück. „Der kluge Mann sorgt vor.“ Zwei von den Leckereien steckte er in seine Hosentasche, denn der Kühlschrank in der Ferienwohnung war leer, und falls er in der Nacht Appetit bekommen sollte …

„Wie wollen wir denn den weiteren Tag gestalten?“, fragte Moni.

„Ich würde gerne noch nach Hause, mich duschen und schick machen“, antwortete Nadine.

„Gute Idee“, stimmte Nadja zu und überlegte, was sie mit ihren Haaren machen sollte, die grundsätzlich so aussahen wie ein unordentliches Vogelnest, obwohl sie sie kurz hielt.

„Au ja“, kam es gähnend von Peter. „Kann ich noch ein Nickerchen machen, bevor mein Magen was zu tun kriegt. Was gibt es denn zu essen?“

Wolf lachte. „Unser Neandertaler hat Angst, der Weihnachtsbraten könnte Flossen haben.“

Dafür fing er sich einen bösen Blick von Peter ein.

„Nun lasst euch mal schön überraschen“, bat Moni. „Es ist etwas für jeden Geschmack dabei.“

„Gebt ihm einfach ein ganzes Wildschwein, und er wird den ganzen Abend über zahm sein", frotzelte Niklas.

„Heiße ich Obelix oder was?", brummte Peter und stand auf. Er fühlte sich ertappt. „Immer auf den Schwächen anderer Menschen rumreiten."

„Ich wusste noch gar nicht, dass du deine Fleischeslust als Handicap ansiehst", konterte Nadja.

Mit lüsternem Blick ging er zur Tür voran. „Ja, Frau Doktor, ich bin schrecklich krank, bitte heilen Sie mich! Soll ich Ihnen mal zeigen, wo es am schlimmsten ist?"

Nadja schubste ihn grinsend nach draußen.

„Kindsköpfe wie immer", freute sich Wolf und sah ihnen nach, wie sie es plötzlich eilig hatten, in ihr Häuschen zu kommen.

Auch Niklas und Nadine fuhren kurze Zeit später.

Den Gastgebern blieb jedoch keine Ruhepause. Während die Vierbeiner schliefen, bereitete Wolf die Vorspeise zu und schmückte den Baum. Moni kümmerte sich um Hauptgang und Dessert. Die Putenbraten, die schon seit Stunden bei Niedrigtemperatur in einem Mantel von Parmaschinken schmurgelten, übergoss sie wieder und wieder mit Bratensaft. Im Kühlschrank ruhte der Teig für die Kräutergnocchi. Auf dem Herd wurden die Paprikahälften in einem Dampfgarer weich. Sie sollten später gefüllt werden. Monis Herrencreme stand längst gut zugedeckt im Freien. Sie musste noch richtig steif werden.

Gegen 18 Uhr kam man wieder zusammen und stellte kleine Päckchen unter den Weihnachtsbaum. Sechs Gläser Prosecco standen bereit, sie prosteten sich zu, und der Abend nahm seinen Lauf. Peter Kruse, völlig entspannt und relaxed im Aroma der Putenbraten, das in seine Nase drang, erzählte von den vergangenen Monaten in Bückeburg. Sie waren wenig spannend gewesen. Ein paar „alte Bekannte" waren wieder straffällig geworden. Gelegentlicher Einbruchsdiebstahl hatte das Team beschäftigt, aber in puncto Kapitalverbrechen war alles ruhig geblieben. Einen beinahe lustigen, aber zumindest kuriosen Fall hatte es gegeben, wo zwei Gauner Kupferrohre am Bückeburger Bergbad geklaut hatten. Leider waren diese aber aufgrund der Länge nicht einwandfrei in ihren maroden Polo gelangt. Beim Hantieren zerstörten sie nämlich das Glas der Heckscheibe. Die Bremsen waren sowieso schon hin gewesen. Weil der Wagen nun so voll mit Diebesgut war, konnte der Beifahrer nicht mehr einsteigen. Also fuhr er auf dem Dach des Autos mit. So waren sie von einer zufällig vorbeikommenden Funkstreife erwischt worden. Peter wettete, dass sich die Beamten das Lachen hatten verkneifen müssen. Die bildliche Vorstellung war auch während seiner Erzählung zu köstlich. Besonders Nadine konnte sich überhaupt nicht wieder einkriegen.

Anschließend berichtete Wolf von ihrem Umzug nach Margens und den Umbauten, die er am Hof vorgenommen hatte. Mit dem Spätherbst war endlich

Ruhe eingekehrt. Seine Entscheidung, in den Frühruhestand zu gehen, hatte er nicht bereut. Von morgens bis abends waren Moni und er beschäftigt. So ein Hof machte Arbeit, aber es handelte sich nicht um den Stress des Dienstalltags. Hier ging ihnen alles locker von der Hand, wie es kam und möglich war. Mittlerweile hatten sie sich sogar ein paar Hühner angeschafft, die von Leo und Ole behütet wurden, wenn sie mal zu weit ausbüxten. Alles in allem war es ein beschauliches Leben.

Nadine, die derzeit ohne Dienstposten war, unterstützte Moni bei der Betreuung ihrer Feriengäste. Sie hatte ihre Leidenschaft darin entdeckt, kleine Touren zu den Inseln anzubieten. Dabei informierte sie die Urlauber über Flora, Fauna und Geschichte der Eilande, während Niklas mit seinem Freund Eike Hintermoser an der Küste ermittelte.

In Todenmann hatten sich Detlef und Peter auch menschlich immer weiter angenähert. Dadurch, dass sie nun nicht nur Kollegen, sondern auch Nachbarn waren, hatte man sich besser kennen- und schätzen gelernt. Das Verhältnis der beiden äußerlich sehr unterschiedlichen Frauen war schon seit Jahren herzlich gewesen, wenn man sich bei der Arbeit begegnete. Mimi, die mit Seppi von der Lancken bei der Spurensicherung tätig war, fand den Austausch höchst interessant, der sich nun nach Feierabend am Gartenzaun oder wechselweise in der Küche ergab. Es hatte sich beinahe ein kleiner Wettstreit entwickelt, wer dem

Täter durch seine Ermittlungsmethoden eher auf die Schliche kam.

Nach dem Essen räusperte sich Wolf mit erhobenem Glas, stand auf, nahm Monis Hand und machte ein wichtiges Gesicht. Alle vermuteten, dass nun eine Weihnachtsansprache erfolgen würde. Umso mehr waren die vier erstaunt, als Wolf ihnen mitteilte, dass die beiden seit zwei Tagen verheiratet waren.

„Ohne uns was zu sagen?", fragte Niklas verdutzt und schien fast ein bisschen verärgert.

Wolf grinste und küsste seine Moni.

„Wir wollten den Tag nur für uns", erklärte er. „So ganz in Ruhe und ohne Tamtam."

„Kann ich verstehen", sagte Peter und grinste. „Glückwunsch! Wurde ja auch Zeit."

„Feiern wollten wir das heute mit euch, dachten wir. Da wollten wir doch sowieso zusammenkommen", fügte Moni hinzu. „Und außer meinem Nachnamen ändert sich ja nichts."

„Das finde ich aber schon", widersprach Wolf, „es ist ein viel besseres Gefühl, weil ich endlich MEINE FRAU sagen kann."

„Also, ich finde das auch gut", erwiderte Nadja, „und gratuliere euch ganz herzlich. Du hast recht, Wolf, ich weiß zwar nicht, warum es so ist, aber sobald aus einer Beziehung eine Ehe wird, fühlt es sich anders an. Psychologisch gesehen, würde ich sagen, das ist was, was sich im Unterbewusstsein abspielt, aber egal: Hauptsache gut!"

Nadine zwinkerte Niklas zu. Der nickte.

„Okay, erst mal auch von uns alles erdenklich Gute, und wenn das schon der Augenblick für Offenbarungen ist, dann freut es uns sehr, euch mitzuteilen, dass ihr Oma und Opa werdet."

„Wie jetzt? Echt? Kein Scheiß?", fragte Peter schmunzelnd und schlug Niklas auf die Schulter. „Gut gemacht, Alter!"

„Hast du etwa von dem Prosecco getrunken?", fragte Moni mit sorgenvollem Blick.

„Nee, ich habe nur so getan, damit ihr nicht vorzeitig was merkt", erklärte Nadine. „Keine Bange, ich stoße jetzt nur mit Wasser an. Prost!"

„Was wird es denn?", fragte Nadja. Einen kleinen Stich versetzten ihr Schwangerschaftsnachrichten immer noch. Da musste sie für einen kurzen Moment an die Vergangenheit zurückdenken.

„Zwillinge, die Geschlechter wissen wir noch nicht", sagte Niklas stolz. „Wenn schon, denn schon!"

„Oha", kam es von Moni. Sie lächelte. „Da werdet ihr Hilfe brauchen."

Peter streckte sich. „Wird sich alles finden. Jetzt lasst uns feiern, aber ohne Weihnachtslieder, okay? Bei diesen tollen Neuigkeiten tritt der Heiligabend ja direkt in den Hintergrund. Ich trinke auf euch alle, auf das Leben und die Liebe." Dass ihm dabei ein kleiner Rülpser entfuhr, lag an den Scheiben des Putenbratens, die er zum Schluss noch kalt in der Küche genascht hatte. „Huch, na dann Prost!", sagte er und wurde rot.

Es herrschte eine heitere Stimmung. Geschenke wurden ausgepackt, man lachte, drückte und küsste sich. Auch das eine oder andere Glas wurde geleert, bis plötzlich das Telefon in Peters Brusttasche klingelte wie ein Störenfried. Es war Detlef. Das konnte nichts Gutes bedeuten.

„Sorry, dass ich dich am Heiligen Abend …", begann er.

„Was ist los?", brummte Peter unwirsch in den Hörer und verließ den Raum in Richtung Diele. „Du störst! Wenn es nichts wirklich Wichtiges ist, reiße ich dir den Kopf ab. Wir haben hier jede Menge Spaß."

„Ja, also, tut mir leid, ihr müsst zurückkommen", sagte Detlef kleinlaut.

„Heute Nacht noch?", brüllte Peter in den Hörer. „Das geht nicht, ich bin besoffen."

„Beruhig dich, Alter, dann eben morgen. Wir haben im Herminenpark eine Frauenleiche gefunden."

„Kacke!"

„Ja, und man hat sie drapiert wie einen Engel."

„Oberkacke!"

„Das ist noch nicht alles."

„Was noch?"

„Jemand hat was mit Blut über die Tote geschrieben."

„Krass. Was denn?"

„Wissen wir noch nicht."

„Wer ist sie?"

„Auch noch keine Ahnung. Enno sieht sie sich jetzt erst mal an."

„Halt mich auf dem Laufenden“, bat Peter. „Wir fahren morgen früh zurück. Schöne Weihnachten!“ Die letzten Worte klangen sarkastisch.

„Euch auch. Grüß bitte alle von mir!“

„Mal sehen“, sagte Peter und legte auf.

Dann ging er zu den anderen zurück.

Epilog

Liebe Krimifreunde,

nun hoffe ich, dass ihr mir nicht böse seid, dass ich euch in diesem Buch so ein bisschen an der Nase herumgeführt habe, aber es ist ja doch alles Fantasie – das eine, wie das andere.

Die Idee mit dem Traum ist mir erst beim Schreiben gekommen. Niemals hätte ich meine Protagonisten meucheln können. Wer mich einmal auf einer Lesung oder einer Buchmesse kennengelernt hat, wird sich vielleicht an meine Worte diesbezüglich erinnern. Nichtsdestotrotz hat es mir ungeheuren Spaß gemacht, so ein Szenario probeweise durchzuspielen – natürlich ohne Risiko für Hetzer und Team. Gelitten habe ich während des Schreibens trotzdem ;-) genauso wie ihr beim Lesen, denke ich.

Dieser SchattenKrimi wird nun vorerst der letzte sein. Darum habe ich Wolf Hetzer im Vorruhestand an die Küste ziehen lassen. Dort ist er nicht ganz aus euren und meinen Augen verschwunden und kann Oma Pusch gelegentlich Hilfestellung bei ihren Ermittlungen leisten, falls er überhaupt dazu Lust hat. Wir werden sehen.

Was dahinter steckt, ist ganz einfach: Zwei Bücher in einem Jahr zu schreiben, hat mich an meine Grenzen gebracht. Es bedeutet nicht nur, intensiv zu recherchieren und sich rund 800 Seiten auszudenken. Sie müssen auch „zu Papier" gebracht werden. Dazu kommen noch die Lesungen und Buchmessen … All das will neben dem Alltag bewältigt werden.

Darüber hinaus war ich an einem Punkt gekommen, an dem ich das Gefühl hatte, dass etwas zu Ende gehen sollte, bevor es fad und langweilig werden konnte. Es ist immer mein Anspruch gewesen, dass jeder Band für sich so ganz anders sein sollte, was das Thema und die Gestaltung angeht. Darum habe ich das Dutzend vollgemacht. Eine runde Sache, wie finde. Aber wie ihr seht, habe ich mir ein Hintertürchen offengehalten und könnte unseren Wolf Hetzer jederzeit reaktivieren.

Vorerst aber wird es nur noch FriesenKrimis geben. Oma Pusch brennt nämlich schon darauf, sich mit Wolf bei ihren Ermittlungen auseinanderzusetzen, und er wird mit Sicherheit den alten Hasen heraushängen lassen. Daraus können sich neue, kuriose Situationen ergeben.

Wie ihr wisst, sind sich die beiden schon begegnet, denn ich habe die ganze Zusammenführung von langer Hand geplant, als ich merkte, dass eine Veränderung anstand. So konnte ich die Reihe auf meine Weise beenden, ohne dass es einen endgültigen Schlussakkord geben musste.

Warum habe ich mich entschlossen, mit den FriesenKrimis weiterzumachen und nicht mit den SchattenKrimis? Das werden sich vielleicht einige von euch fragen. Eine einfache Antwort kann ich hierauf nicht geben. Es kamen sicher mehrere Aspekte zusammen. Auf meinen Lesungen habe ich zum Beispiel festgestellt, dass ich die Menschen mit den heiter-skurrilen Szenen so schön zum Lachen bringen kann. Das hat mir gefallen. Da wird die Atmosphäre gleich locker und unbeschwert. Fröhlichkeit ist wichtig. Wer in einen FriesenKrimi eintaucht oder mir auf meinem YouTube-Kanal und bei meinen Auftritten zuhört, soll mit einem Augenzwinkern unterhalten werden.

Als Urlaubsgebiet steht das Weserbergland der Küste in nichts nach. Ja, wirklich. Es dämmert glücklicherweise nur im Dornröschenschlaf. Wir haben so schöne Ecken hier, dass ich dankbar bin, hier leben zu können. Ich hoffe, dass ich euch die Gegend etwas näherbringen konnte, die an den letzten Höhenzügen vor der norddeutschen Tiefebene liegt und daher sowohl Plattland als auch hügeliges Gelände bietet. Unser Bückeburg ist umgeben von Wasserstraßen. Zahlreiche Bäche, die Weser und der Mittellandkanal laden zum Spazierengehen und Radeln ein. Es gibt herrliche Seen und natürlich das Steinhuder Meer. Auch geschichtlich kann man hier einiges entdecken, wenn man sich auf die Suche macht oder Schlösser, Kirchen und Mausoleen besucht. Als Krimikulisse hatte meine Heimat also viel zu bieten. Vielleicht werden sich einige von euch einmal hierher verirren und die Schauplätze besuchen. Das würde mich sehr freuen.

Bei euch allen möchte ich mich herzlich für eure Treue bedanken. Wie schön war es mitzuerleben, wie ihr euch auf den nächsten Band gefreut habt. Möglicherweise folgt ihr mir weiterhin an die Nordseeküste oder wohin auch immer meine literarischen Ideen mich treiben …

Eure Nané

DANKSAGUNG

Mein besonderer Dank gilt meinem lieben Freund, dem Fallanalytiker des LKA Niedersachsen Carsten Schütte, dem es immer besonders gut gefällt, wenn es in meinen Krimis richtig heftig zugeht. Wir haben immer viel Spaß zusammen, wenn wir über die Fälle diskutieren. Inzwischen ist er selber Krimiautor, worüber ich mich sehr freue. Er hat „Im Fokus" und „Der Pelikan" bei CW Niemeyer veröffentlicht und präsentiert in Kürze seinen ersten Kreuzfahrt-Krimi „Schärengrab".

Wie in jedem SchattenKrimi liest auch meine Freundin Sabine Semrau das Manuskript schon während der Entstehung mit und überrascht mich mit ihren Vermutungen, wie es denn weitergehen könnte. Oft bringt mich das zum Schmunzeln und meist ändere ich dann meine Pläne, wenn sie zu durchschaubar sind. Diesmal habe ich sie so sehr an der Nase herumgeführt, dass sie mir fast böse war. Aber nur fast, versteht sich, denn wir sind seit Jahrzehnten befreundet, worüber ich glücklich bin.

Meine größten Kritiker Constanze Kulozik und Joachim Holzendorff haben mich auch wieder mit ihren

Kommentaren unterstützt. Vielen Dank! Das ist ganz klasse. Ich freue mich über so viel informative und positive Resonanz.

Ein herzliches Dankeschön möchte ich auch dem Team von den CW Niemeyer Buchverlagen, Hameln, sagen. Bis so ein Krimi druckfrisch vor einem liegt, bedarf es vieler hilfreicher, guter Geister.

Brigitte Pacholeck, Sarah Fischer, Rebecca Frankowitz unterstützen mich hervorragend, jeder in seinem Bereich. Mit Carsten Riethmüller verbindet mich wohl eine kreative Symbiose. Seine Cover sind wie ein vielschichtiger Spiegel des Geschriebenen.

Auch die anderen Autoren meines Verlages möchte ich an dieser Stelle dankend erwähnen. Mit vielen hat sich ein liebes, interaktives Miteinander entwickelt, das zu gemeinsamen Lesungen, aber auch zu tollen Events rund um die Buchmessen in Frankfurt und Leipzig geführt hat. Mit Micha Krämer (Westerwald-Krimis) verbindet mich mittlerweile eine herzlich-heitere Freundschaft.

Von Herzen danke ich außerdem den Menschen an meiner Seite, die mich unterstützen, mich zum Schreiben ermuntern und meine Bücher verschenken. Hier möchte ich vor allem meinen Ehemann, meine Familie und meine Freunde nennen.

Unsere vierbeinigen Begleiter, die uns sehr ans Herz gewachsen sind, möchte ich nicht unerwähnt lassen. Leo und Ole, im Buch Wolf Hetzers Gefährten, verschaffen meinem Mann und mir den nötigen Ausgleich zur sitzenden Tätigkeit und darüber hinaus viel frische Luft. Auch auf Lesungen begleiten uns unsere Literaturhunde immer. Möge ihnen ein langes Hundeleben an unserer Seite beschert sein.

Stellvertretend für viele tolle Buchhandlungen möchte ich vor allem drei besonders dankend erwähnen, die mich immer unterstützen und mit denen mich schöne Erinnerungen verbinden: Die „Hofbuchhandlung Frommhold“ von Thilo Fuhrmann, die Buchhandlung „Scheck“ der Familie Lorenzen (beide in Bückeburg) und die Deisterbuchhandlung von Lars Pasucha (Rodenberg).

Zuletzt danke ich den wunderbaren Fans deutschlandweit in den Buchhandlungen, Krimiforen und sozialen Netzwerken, die mich täglich unterstützen und meine Bücher weiterempfehlen! Was wären die SchattenKrimis ohne euch …?

Ja, und wer da mal Mäuschen sein möchte, was sich in meinen Gedanken im Hintergrund so alles abspielt, der besucht mich auf einer meiner Lesungen, denn dort erzähle ich auch, was nicht in den Büchern steht. Bleibt also neugierig und lasst euch auch weiterhin in das

Reich der Fantasie entführen! Es gibt doch nichts Schöneres, als in einem Buch zu versinken ...

Im Verlag CW Niemeyer bereits erschienen ...

Fiete Hansen wird tot in seinem Gewächshaus unter den Radieschen gefunden. Bestattet in einem Friesennerz! Und als ob das nicht schon schlimm genug wäre, entdeckt Oma Pusch am Strand von Neuharlingersiel ein paar Gummistiefel, die mit den Sohlen aus dem Wasser ragen. Der Tote steckt kopfüber im Watt. Auch er trägt einen Friesennerz. Die Botschaft des Mörders? Oma Pusch ist alarmiert. Mit ihrer Freundin Rita kommt sie einer unglaublichen Geschichte auf die Spur. Der Täter wähnt sich bis zuletzt in Sicherheit – ein Trugschluss ...

Nané Lénard. FriesenNerz
320 Seiten. Paperback. ISBN 978-3-8271-9441-1
E-Book 978-3-8271-9692-7 (Pdf)
978-3-8271-9892-1 (Epub)

Im Verlag CW Niemeyer bereits erschienen ...

Die Hafenidylle von Neuharlingersiel wäre perfekt, aber ...

Ach, du Schreck! Oma Pusch schaut aus ihrem Fenster direkt auf den toten Emil. Der Fischer hängt im eigenen Mast. Gerade als sie mit ihrer Freundin Rita die Ermittlungen aufnimmt, erfährt Oma Pusch, dass Theo leblos in einem Strandkorb sitzt. Ein Selbstmord? Oma Pusch hat ihre Zweifel. Vor allem, weil sich der Tote samt Strandkorb in Luft aufgelöst hat, noch bevor die Polizei vor Ort ist. Oma Pusch folgt ihrer guten Nase und bringt dabei nicht nur sich selbst in Gefahr, denn ...

... ein böser Geist treibt an der Küste sein Unwesen.

Nané Lénard. FriesenGeist
352 Seiten. Klappenbroschur. ISBN 978-3-8271-9518-0
E-Book 978-3-8271-8526-6 (Pdf)
978-3-8271-8326-2 (Epub)

Im Verlag CW Niemeyer bereits erschienen ...

... aber um Himmels willen, wo ist denn bloß Hinnerks Boßelkugel? Nach dem Training an einem nebligen Novemberabend ist das teure Erbstück aus Ebenholz verschwunden. Ein Schock für den ehemaligen Fischer, der nun den Geist seiner Vorfahren fürchtet. Die Kugel war seit Generationen im Familienbesitz. Ihm bleibt nichts anderes übrig, als sich nachts auf den Acker zu wagen und nach ihr zu suchen. Ein Pech nur, dass er sie ausgerechnet im Mund eines Toten wiederfindet, der sich als Frau verkleidet hat, denn das hat ungeahnte Folgen, die das Ermittlerteam hellhörig machen ...

Nané Lénard. FriesenSpiel
368 Seiten. Klappenbroschur. ISBN 978-3-8271-9532-6
E-Book 978-3-8271-8541-9 (Pdf)
978-3-8271-8340-8 (Epub)

Im Verlag CW Niemeyer bereits erschienen ...

NEUHARLINGERSIEL – VÖR WAT BÜST DU BANG?

Ein heimtückisches Verbrechen ...
De Düvel ook! Das ist gar kein Brötchen, das da bei Sonnenaufgang im Wasser treibt. Hinnerk glaubt seinen Augen nicht zu trauen. Die Erscheinung entpuppt sich als bloßer Mors, der gerade mal so eben aus dem Wasser ragt. Die Einwohner sind entsetzt. Jeder erzählt eine andere Geschichte, wie die Tote umgekommen ist. Zu viele sind verdächtig, aber keiner hat etwas gesehen. Oder doch? Nur durch listiges Fragen kommen Oma Pusch und Rita der Sache näher. Doch Vorsicht: Die Tatwaffe bleibt scharf und ...
... könnte weitere Opfer fordern.

Nané Lénard. FriesenLust
368 Seiten. Klappenbroschur. ISBN 978-3-8271-9494-7
E-Book 978-3-8271-8554-9 (Pdf)
978-3-8271-8353-8 (Epub)

#niemeyerbuch

Jetzt kein Buch mehr verpassen

Im Verlag CW Niemeyer bereits erschienen ...

Neuharlingersiel wehr di mit Flunken und Foten!

Eine Leiche … verpackt in Folie … mit einem leeren Heringsbecher in den Händen … Soll das ein Zeichen sein?
Na klar! Denn der Tote ist Adde Jacobsen, Inhaber einer Plastikfabrik, der mehr Feinde als Freunde hatte.
Gut, dass er hin ist, hört man es wispern! Zum Teufel mit dem Sondermüll, heißt es hinter vorgehaltener Hand, aber keiner will's gewesen sein. Als man den Mord Umweltschützern in die Schuhe schieben will, laufen Oma Pusch und ihre Freundin Rita zur Hochform auf und ermitteln …

Nané Lénard. FriesenSchmutz
368 Seiten. Klappenbroschur. ISBN 978-3-8271-9553-1
E-Book 978-3-8271-8580-8 (Pdf)
978-3-8271-8379-8 (Epub)

Folgt uns auf

#niemeyerbuch